中國語言文字研究輯刊

五　編

許　錟　輝　主編

第 16 冊

殷墟花東H3甲骨刻辭所見人物研究（下）

古　育　安　著

花木蘭文化出版社

國家圖書館出版品預行編目資料

殷墟花東 H3 甲骨刻辭所見人物研究（下）／古育安 著—
初版—新北市：花木蘭文化出版社，2013〔民 102〕
目 4+194 面；21×29.7 公分
（中國語言文字研究輯刊　五編；第 16 冊）
ISBN：978-986-322-519-5（精裝）
1. 甲骨文　2. 研究考訂
802.08　　　　　　　　　　　　　　　　102017819

ISBN-978-986-322-519-5

9 789863 225195

中國語言文字研究輯刊
五　編　　第十六冊　　　　　　ISBN：978-986-322-519-5

殷墟花東 H3 甲骨刻辭所見人物研究（下）

作　　　者　古育安
主　　　編　許錟輝
總 編 輯　杜潔祥
出　　　版　花木蘭文化出版社
發 行 所　花木蘭文化出版社
發 行 人　高小娟
聯絡地址　235 新北市中和區中安街七二號十三樓
　　　　　　電話：02-2923-1455／傳眞：02-2923-1452
網　　　址　http://www.huamulan.tw 信箱 sut81518@gmil.com
印　　　刷　普羅文化出版廣告事業
初　　　版　2013 年 9 月
定　　　價　五編 25 冊（精裝）新台幣 58,000 元

殷墟花東 H3 甲骨刻辭所見人物研究（下）

古育安　著

第六章 花東卜辭所見俘虜、奴隸與人牲考

第一節 花東卜辭所見俘虜、奴隸考

一、俘虜與奴隸

（一）執

「執」字於花東卜辭中僅一見，字形作，辭例如下：

庚申卜，鼎（貞）：執死。 一二 《花東》294

卜辭「執」字象人兩手爲刑具所梏，作動詞義爲拘捕，作名詞爲被捕之人。〔註1〕
《類纂》將、、、、、、、、、、、、
、、、、、、、、 等字都釋作「執」。〔註2〕其
中、、 字裘錫圭據孫詒讓之說釋爲「擇」，「擇」、「釋」可通， 可
讀爲「釋」； 字裘先生釋爲「虜」，與甲骨文中的 字同爲俘虜之義。〔註3〕

〔註1〕詳見《詁林》，頁 2591～2592。李學勤與裘錫圭指出「執」有作「句末語氣詞」的
用法，張玉金對此問題有總結性的討論，可參〈關於卜辭中的「抑」和「執」是
否句末與氣詞的問題〉，《古漢語研究》2000.4。

〔註2〕《類纂・字形總表》，頁 18。

〔註3〕詳見〈說殷卜辭的「奠」——試論商人處置服屬者的一種方法〉，頁 666；〈說「捲

· 433 ·

二說已爲不少學者接受。🐾、🐾二字李旼姈釋爲「達」，訓爲「逃」，趙平安釋爲「逸」。﹝註4﹞另外，趙先生認爲🐾、🐾、🐾、🐾、🐾、🐾、🐾等字在字形與用法上都不同於「執」，指出：「它們同古隸和小篆系統中的𡙁、𠨀是同一個字。左上像頸枷，左下像手銬，右邊爲人形，字像人戴上頸枷手銬之形。」並說明卜辭的「𡙁」字有兩種用法，與告字連用的「告𡙁」應即古書「告凶」之類意思，另一用作動詞的「𡙁」應讀爲「梏」。而🐾、🐾、🐾、🐾等字也與「𡙁」字有關，可能即「梏」的本字。﹝註5﹞從目前的研究來看，上述從🐾、🐾與🐾等形的字可釋爲「執」、「釋」、「虜」、「達」（或逸）、「梏」五類。

「執」常指戰俘，卜辭中有「逆執」、「以執」、「告執」、「來執」等詞，與迎接戰俘和獻俘的禮儀有關，多在「東單」、「南門」、「南室」、「庭」等地點舉行，相關研究頗多，茲不贅述。﹝註6﹞也有作爲人牲者，如：

☒北☒來執，其用自大☒。 《屯南》2501

執其用至中宗且（祖）乙，王受又（有）又（祐）。

乙亥卜：執其用。 《合》26991

函」——兼釋甲骨文「櫓」字〉，《華學》（廣州：中山大學出版社，1995）第 1 期，頁 60～61。

﹝註4﹞ 詳見李旼姈，〈釋甲骨文「達」（🐾、🐾）〉，《第十八屆中國文字學國際學術研討會論文集》；趙平安，〈戰國文字的「奉」與甲骨文「遊」爲一字說〉，《古文字研究》第 22 輯（2000）。王子揚發揮趙說，釋甲骨文的奉爲逸，見〈說甲骨文中的「逸」字〉，發表於「復旦大學出土文獻與古文字研究中心」網站（http://www.gwz.fudan.edu.cn/SrcShow.asp?Src_ID=573），2008 年 12 月 25 日。

﹝註5﹞ 趙平安，〈釋「𡙁」及相關諸字〉，《語言》第 3 卷（2002），頁 299～300。方稚松又指出動詞「𡙁」也有用爲「告」之例，與「祝」意思相近（《合》27306、28085），見〈讀殷墟甲骨文箚記二則〉，《殷墟甲骨文五種記事刻辭研究·附錄三》，頁 273～274。

﹝註6﹞ 可參蔡哲茂，〈逆羌考〉，《大陸雜誌》52.6；〈商代的凱旋儀式——迎俘告廟的典禮〉，《多維視域——商王朝與中國早期文明研究》。其他相關論文有：劉釗，〈卜辭所見殷代的軍事活動〉，《古文字研究》第 16 輯；王貴民，《殷商制度考信》，頁 252～261；高智群，〈獻俘禮研究〉，《文史》第 35 輯（1992）；鍾柏生，〈卜辭中所見的殷代軍禮之二——殷代的戰爭禮〉，《中國文字》新 17 期（1993）；張永山，〈商代軍禮試探〉，《二十一世紀中國考古學——慶祝佟柱臣先生八十五華誕學術論文集》（北京：文物出版社，2006）。

　　辛未卜：執其用。

　　于甲用。

　　于丁用。　　《醉古集》171（《屯南》489+173）

《花東》294 的「執」一般解釋爲戰俘、奴隸之類，[註7]不過林澐認爲「執」也有可能是人名。[註8]當然，卜問「執」是否死的辭例過去似未曾出現，花東卜辭中也僅此一見，由於此辭與同版其他卜辭的關係不明，很難判斷卜問的原因爲何。花東卜辭中常見卜問馬是否死的內容，如《花東》60、369、288、126、431，可能因爲馬有許多用途，才會關心其生死，而戰俘是奴隸的來源之一，死了便無用處，故此「執」也可能是準備用作奴隸的俘虜，才會卜問其生死。另外，此「執」也可能準備用爲人牲。透過繫聯可知，此條卜辭可能與其他事件相關，姚萱將《花東》87、209、294、226 中的相關內容繫聯在一起，[註9]其結果如下：

　　庚申卜：子益商，侃。一

　　庚申卜：子益商，日不雨。卬（孚）。一 87.2

　　其雨。不卬（孚）。一 87.3

　　庚申卜：叀（惠）今庚益商，若，侃。用。87.4

　　附：庚申卜：歲匕（妣）庚牝一，子尻钔（禦）㞢（往）。一二三四五六 209

　　庚申卜：鼎（貞）：執死。一二 294.9

　　庚申：歲匕（妣）庚牡一。子占曰：面□自來多臣殹。二 226.7

　　庚申：钔（禦）崮目癸子，曹伐一人，卯窜。一 226.8

在庚申日有「益商」及爲子尻、崮祭祀妣庚之事，其中提到了「曹伐一人」，根據劉海琴的研究，《花東》226「曹伐一人」的「伐」不是動詞而是名詞，並

〔註7〕曾小鵬，《《殷墟花園莊東地甲骨》詞類研究》，頁 3、53；孟琳，《《殷墟花園莊東地甲骨》詞滙研究》，頁 6、50；韓江蘇，《殷墟花東 H3 卜辭主人「子」研究》，頁 283。

〔註8〕〈花東子卜辭所見人物研究〉，《古文字與古代史》第 1 輯，頁 34。

〔註9〕《初步研究》，頁 419。

指出「伐」是經砍頭處理後的人牲，處理前是被抓來的羌俘之類。〔註10〕或許《花東》294 的「執」就是《花東》226 卯祭所曹的「伐」，也就是即將被砍頭製成「伐」的俘虜。不過《花東》294 的「執死」這條卜辭與該版其他卜辭除了干支接續以外無明顯關聯，與其他卜辭也只是間接相關，非因同文例或同事而繫聯，並不能肯定此繫聯一定能成立。

（二）何

「何」字於花東卜辭中一見，字形作 ，辭例如下：

何于丁屰。　一

于母帚（婦）。　一

其難（艱）。　一

其 何。　一

丁卜：弗其 何，其難（艱）。　一　《花東》320〔註11〕

學者多認為此「何」指某個人物，由於上引卜辭辭義難解，各家說法有七類之多：

（1）《花東·釋文》中認為「丁」字是干名，並將「 」字釋為「七」，對「屰」字未作解釋。〔註12〕

（2）朱歧祥認為「屰」為「迎逆」義，「何于丁屰」是「何屰于丁」的倒裝句，與之對貞的「于母婦」為「何于母婦屰」之省，丁為人名，為何「屰」的對象。至於「 」字，朱歧祥認為應該是執字，為 漏刻 形，並認為「丁卜：弗其 何，其難」應拆成「丁卜：弗其 何」與「其難」兩句，前者與「其 何」正反相對，後者與「其難」成組並列。〔註13〕

〔註10〕《殷墟甲骨祭祀卜辭中「伐」之詞性考》，頁 207～208，193～194。關於名詞「伐」的用法還可參劉海琴，〈甲骨文「伐」字資料反映「獵首」風俗商榷〉，《傳統中國研究輯刊》第 2 輯。

〔註11〕此為《花東·釋文》、《校釋》、《初步研究》、《校釋總集·花東》的辭序，本文有所更動，詳後。

〔註12〕《花東·釋文》，頁 1691。

〔註13〕《校釋》，頁 1018、1023。

（3）宋鎮豪認爲「屰」爲迎娶，「丁」是丁日，「𠂊」爲「匕」，「比親」之義，將「何于丁屰」、「于母帚（婦）」、「丁卜：弗其𠂊何，其艱」三條卜辭詮釋爲「丁日致于母婦，問要否親迎達成與何族的比親禮」。〔註14〕

（4）魏慈德將「囗何」的「何」解釋爲「何地之𡚽或羌」，將「何于丁屰」釋爲「屰丁于何」，即「在何地逆丁」。〔註15〕

（5）姚萱釋「屰」爲「迎逆」，「何于丁屰」、「于母婦」即「屰何于丁」、「屰何于母婦」。〔註16〕

（6）林澐認爲「屰」作「不順」解，「母帚」則指婦好。先卜問何觸怒了商王還是婦好，進而卜問是否囚禁何。「𠂊」字的解釋，林先生曰：「𠂊字字形和匕明顯不同，應釋爲尸，讀爲『夷』，有殺、滅之意。是何得罪而有性命之虞，故卜問『其艱』。」〔註17〕

（7）韓江蘇認爲本版記錄了商朝對「何」的戰爭，認爲「何于丁屰」、「于母婦」應爲「逆丁于何」、「婦母于（何）」，「屰」爲「迎接」，「何」爲地名。又釋「𠂊」字爲「从」的異體字，義爲追趕。對本版內容的詮釋爲：「子要在何地迎接丁、婦好？捉拿何有災禍？丁日貞問，不追趕何？有災禍？……逆丁和逆婦好的主人當是『子』。」〔註18〕

本文同意朱歧祥、姚萱釋「屰」爲「迎逆」。而「何于丁逆」應如何理解，沈培曾提到一種「表示受事的名詞性成分在動詞前的句子」，如：

貞：舌方于河匄。　《合》6152

壬申卜，㱿貞：于河匄舌方。　《合》6203

並指出此種句子可視爲「受事主語句」，非「賓語前置句」，〔註19〕張玉金進一

〔註14〕《夏商社會生活史》，頁246～247。

〔註15〕《殷墟花園莊東地甲骨卜辭研究》，頁89。

〔註16〕《初步研究》，頁131。

〔註17〕〈花東子卜辭所見人物研究〉，《古文字與古代史》第1輯，頁30。《初步研究》也認爲「𠂊」非「匕」，而釋爲「人」，但釋爲人難以通讀卜辭，因此未多作解釋，見頁329。

〔註18〕《殷墟花東H3卜辭主人「子」研究》，頁151～152。

〔註19〕《殷墟甲骨卜辭語序研究》，頁62～65。

步認爲此類辭例是所謂在語義上表達被動的句子。〔註20〕因此本文認爲「何于丁逆」表達的是「何」被動被子「逆」的語義,「何」爲子迎逆對象,「何于丁逆」也可作「于丁逆何」、「逆何于丁」。而「于母婦」與之對貞,應該是「何于母婦逆」之省,可知卜問的重點是要在「于丁」或「于母婦」中擇一。此「丁」與「母婦」相對,應該也是指武丁與婦好。韓江蘇將行款從外而內讀爲「逆丁于何」、「母婦于」,但該版其他卜辭行款皆由內而外,顯然可商。至於「𠂤」、「何」的解釋須進一步討論。

屈萬里最先指出「𠂤」與「匕」在字形上應區分爲二,其後林澐有進一步的論述,〔註21〕本文從之,將「𠂤」隸爲「人」。由於「人」在此爲動詞,與一般名詞「人」的用法不同,故林先生將其讀作「尸(夷)」,〔註22〕釋爲「夷滅」。韓江蘇則認爲是「从」的異體字,釋爲「追趕」。但卜辭中似尚未發現有「人」字有作滅義者,「从」字亦無「追趕」的用法。〔註23〕至於朱歧祥解釋爲漏刻 𣪘 的 𡎉 字亦可商。花東卜辭執字作 𡎉（《花東》294),本版 𡆥 字作 𡆥,𡆥 字尚有二例作 𡆥（《花東》118)、𡆥（《花東》410),右邊人字的腳皆爲跽形,手前伸於刑具之中,而「人何」的「人」作 𠂤,手下垂,腳亦非跽形,看不出準備要刻爲執或 𡆥 字,且花東卜辭尚未發現作 𡎉 形的執字,故本文認爲 𠂤 爲 𡎉 字漏刻 𣪘 的說法可能性較低。目前所見卜辭中可能作爲動詞的人字的還有前文提到的二例(本文第三章第三節「𥎊子」處):

丁卜:子令(命)庚又(侑)又(有)女(母),乎(呼)求凶,𥎊子人。

子曰:不于戊,其于壬人。 一 《花東》125

癸亥貞:其𢾭人。

弜人。 《懷》1595

前者可能與「獵首」有關,或許本版與「𡆥」相提並論的「人」字也是與追捕

〔註20〕《甲骨文語法學》,頁 261。

〔註21〕詳見〈甲骨文中的商代方國聯盟〉,《林澐學術文集》。

〔註22〕或有學者認爲「尸」作「𠂤」,「人」作「𠂤」,形義皆有別,詳見《詁林》,頁 7～12。但卜辭中確有許多「𠂤」、「𠂤」不分的例子。詳見王獻唐遺稿,〈人與夷〉,《中華文史論叢》1982.1,頁 203,及蔡哲茂,〈甲骨文釋讀析誤〉,《第十三屆全國暨海峽兩岸中國文字學學術研討會論文集》,頁 164。

〔註23〕从字相關討論參本文第四章第二節「子臣」處。

有關的動詞，但此三「人」字的確切意義仍無法肯定，目前可以推論的是「人何」的「人」爲動詞，可能與同版「圖何」的「圖」有關，其他只能存疑待考。

　　關於「圖何」的「何」，花東卜辭時代爲武丁晚期，而武丁時有「何」（ᷓ、ᷓ）族，曾受到商王呼令，向商王通報事務，商王也向何徵取芻人或其他貢物，如：

　　□大：令何□。　　《合》20239

　　丁未卜，貞：何𠃓（肩）﹝註24﹞告〔王〕。

　　丁未卜，貞：襄𠃓（肩）告王。　　《合》20577+《合補》10239【謝湘筠綴】﹝註25﹞

　　丁巳卜，爭貞：乎（呼）取何芻。　　《合》113甲正

　　勿乎（呼）取何芻。　　《合》113乙正

　　貞：令良取何。　　《合》4954

　　丁丑卜，㱿貞：匄于何，虫畀。　　《合》15462+19037【蔡哲茂綴】﹝註26﹞

　　□何㠯（以），虫取。　　《懷》343

《合》15462+19037「匄于何，虫畀」與《懷》343「何以，虫取」意義剛好相對，前者命辭從王的角度出發，卜問「王向何求取貢物，何給予」，後者從何的角度出發，卜問「何致送貢物，王（派人）向何取」。﹝註27﹞非王卜辭中也曾出現向何求取女奴的記錄，﹝註28﹞如：

　　先曰屰（逆）。　　一

　　先曰何。　　一

　　癸亥卜：子夕往屰（逆），㠯（以）。　　二

　　匄娥。　　二

﹝註24﹞張玉金釋爲虛詞「逋」，指出此字「祇能出現在謂語動詞是表示客體行爲變化的語句裏，僅表示可能的語氣」（《甲骨文語法學》，頁39）。

﹝註25﹞〈殷墟甲骨新綴二十組〉，《東華人文學報》第11期（2007），第18組，頁13。

﹝註26﹞〈甲骨新綴二十七則〉，《中國文化研究所學報》第46期（2006），頁9。

﹝註27﹞關於「虫取」的相關討論，本章第三節還會提到。

﹝註28﹞本版相關討論見本節「妾」處。

句逆女。　　二

娥。　　二

句屰（逆）娥。　　三

句屰（逆）孅。　　一

句屰（逆）𡜏。　　一

句何𡚬。　　一

句何𡚬。　　三　　《合》22246

另外，過去學者曾指出「何」出現於賓組記事刻辭中，第一例是《合》1449（《簠拓》140 臼，現藏於天津歷史博物館），在骨臼上殘辭有「何」，但拓片模糊，骨臼上的文字難以辨識。〔註29〕第二例見於《合》5217 反（《甲》2983，現藏於中央研究院歷史語言研究所），《殷墟文字甲編考釋》的釋文為「來三百，𡊊」，〔註30〕饒宗頤的釋文為「□來三百，何」。〔註31〕然而「來三百」後一字拓片模糊，依稀可見其字下部為「山」形，蔡師哲茂曾向史語所調閱原骨，目驗後認為此字應為「岳」，而非「何」字。〔註32〕方稚松指出「岳」為甲橋刻辭與骨臼刻辭常見史官，只有在《合》7103 正作貞人，目前統計「岳」見於骨臼刻辭者共四十六例，甲橋刻辭亦有八例。〔註33〕

綜上所述，可知「何」地有負責牧芻的奴隸供商王取用，也曾提供女奴給非王家族族長，應臣屬於商王朝，目前無法證明武丁時代的「何」曾見於記事

〔註29〕方稚松將此版列入「骨臼刻辭一覽表」中，見《殷墟甲骨文五種記事刻辭研究》，頁 207。

〔註30〕屈萬里，《殷墟文字甲編考釋》（台北：中央研究院歷史語言研究所，1961），頁 642。胡厚宣的〈武丁時五種記事刻辭考〉（《甲骨學商史論叢初集（外一種）》，頁 356）、《合集・釋文》、《校釋總集・合集》（第 3 冊，頁 653）皆認為可能是「𡊊」。

〔註31〕饒宗頤，《殷代貞卜人物通考》，頁 1075。伊藤道治也認為此版有「何」，見江藍生譯《中國古代王朝的形成——以出土資料為主的殷周史研究》（北京：中華書局，2002），頁 50。

〔註32〕照片可參中央研究院歷史語言研究所「考古資料數位典藏資料庫」（http://ndweb. iis.sinica.edu.tw/archaeo2_public/System/Artifact/Frame_Search.htm。

〔註33〕詳見《殷墟甲骨文五種記事刻辭研究》，頁 151 及「甲橋刻辭一覽表」、「骨臼刻辭一覽表」。

刻辭。若從上述「何」的形象來看，花東卜辭的「何」很難理解爲人物「何」，因此「何」可能如魏說，指「何地之芻或羌」。某地之奴隸或人牲或可省略爲「某」，如：

令夋取大，㠯（以）。

弗其㠯（以）。

乎（呼）取大。

貞：𦎫㠯（以）大。

弗其㠯（以）大。　《醉古集》307（《合》11018 正+《乙》4084【鄭慧生綴】+《乙補》2471【林宏明加綴】）

從「令夋取大，以」、「呼取大」、「𦎫以大」來看，被「取」、「以」的「大」也可以解釋爲「大」此地的奴隸之類。因此本文認爲「𠨘何」與「何于丁屰」的「何」都是指何芻或何羌，向丁迎逆的「何」可能是商王的賞賜物。

至於朱歧祥認爲「丁卜：弗其人何，其艱」應分爲兩句之說亦可商。本辭位於左甲橋，從行款看爲一句話，語意完卒，不可分割爲二，而花東卜辭中類似的句型有明確不能分割的例子，如：

乙丑卜：凵友其祉（延）又（有）凡，其𡆥（艱）。　二　《花東》375

〔乙丑卜〕：祉（延）又（有）凡，凵友其𡆥（艱）。　一　《花東》455

中縫左右兩側的「其艱」、「其𠨘何」對貞，應該是呼應「弗其人何，其艱」的卜問而有所省略，又此辭主詞省略，從否定副詞「弗」可知「人何」一事非子能決定，「人何」者應該是武丁或婦好，〔註 34〕

總結以上討論，本文認爲《花東》320 有關「何」的幾條卜辭可重新詮釋，

〔註 34〕張玉金指出「弗」「用在謂語中心詞是表示占卜主體所不能控制的行爲和變化的語句裏」，見《甲骨文虛詞詞典》，頁 81，而沈培指出「表示動作已決定不實施或指本來就沒有實施的動作時可以用『不』或『弗』」，並舉出此版「弗其比何」的「弗」即此種用法，見〈商代占卜中命辭的表述方式與人我關係的體現〉，《古文字與古代史》第 2 輯，頁 105～106。由於本文認爲「比何」應爲「人何」，「人」可能是與追捕有關的動詞，「何」指商王或婦好賜給子的奴隸之類。而花東卜辭中提到「丁」時也有用「弗」者，如「丁弗饗𦔻（肆）」（《花東》236）、「丁弗其比伯㦰伐卲」（《花東》449），故仍將此「弗」視爲表示否定占卜主體不能控制的行爲的否定詞。

順序應改爲：

（1）丁卜：弗其人何，其鼙（艱）。　一

（2）其鼙（艱）。　一

（3）其圂何。　一

（4）何于丁屮。　一

（5）于母帚（婦）。　一　　《花東》320

「何」爲該地的羌或𡧛之類奴隸，可能有逃亡之事發生。從（1）的否定副詞「弗」可知「人何」一事非子能決定，應爲對武丁或婦好是否「人何」的卜問，（1）～（3）是卜問武丁不要「人何」，會有災咎否，「圂何」則是相對於「人何」的另一種選擇。（4）、（5）的卜問則是被動語義，表達子要向武丁還是婦好迎逆擒獲的何𡧛或何羌，可能武丁或婦好準備將其賞賜給子。

（三）疢、臣、圂臣

前文推論花東卜辭中的「何」指何地的奴隸之類，而花東卜辭中有「疢」字，或指「疢」地的奴隸或俘虜，可與「何」互相參照。

「疢」、「臣」、「圂臣」見於《花東》257、410，陳劍在說明花東卜辭的子與丁的關係時，已注意到《花東》257、410 的「攽子臣」與「丁畀子圂臣」之事，[註35] 姚萱將此二片的內容繫聯在一起，爲「辛、壬卜『丁肇子臣』事」。[註36] 林澐認爲此「臣」爲商王賞賜給子的奴隸。[註37] 相關卜辭如下：

辛卜：子其又（有）攽（肇）臣自▨。　一二

辛卜：隹（唯）疢畀子。　一

辛卜：丁曰：其攽（肇）子臣。允。　一

辛卜：子其又（有）□臣自〔𣥠〕寮。　一　　《花東》257

壬卜，才（在）麗：丁畀子圂臣。　一

[註35]　〈說花園莊東地甲骨卜辭的「丁」──附：釋「速」〉，《甲骨金文考釋論集》，頁 84。

[註36]　《初步研究》，頁 389。

[註37]　〈花東子卜辭所見人物研究〉，《古文字與古代史》第 1 輯，頁 23。韓江蘇則將此二版的「臣」視爲「臣屬」，見《殷墟花東 H3 卜辭主人「子」研究》，頁 299。

　　壬卜，才（在）**龕**：丁曰：余其厥（肇）子臣。允。　二《花東》410

「肇」有「致送」之義，「畀」爲「給予」之義。可知《花東》257是卜問丁是

否要給予子「自**斘**寮」的「臣」一事，此「臣」也就是《花東》410的「**圉**臣」，

「臣」字前加上定語「**圉**」，指被拘捕的「臣」。〔註38〕「自**斘**寮」姚萱指出要

賜給子的臣就是來自此「某寮」，〔註39〕何景成認爲此與裘錫圭提出的「賜朕文

考臣自厥工」類似，「自厥工」以是說明臣的來源。〔註40〕「**圉**臣」《花東·釋

文》中指出：

> **圉**臣，戰爭中的俘虜或奴隸，從字形分析，是戴著手銬，並被關起
> 來的人。「丁畀子**圉**臣」，是丁送給「子」一批奴隸（或俘虜）。這是
> 殷代奴隸像牲口一樣被轉送最好的見證。〔註41〕

至於《花東》257的「疫」字，何景成認爲可能
就是屬於要給子的臣，〔註42〕可從。「疫」就是
「臣」、「**圉**臣」，指疫地的俘虜或奴隸，與前文
提到的「何」用法相同。

　　由於「辛卜：唯疫畀子」一辭行款特殊，及
學者對「疫」字解釋不同，此辭也有三種不同的
釋讀：

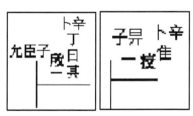

　　　辛卜：□畀子□疫隹？　一　（《花東·釋
　　　文》）

　　　辛卜：□畀子，隹疫（疾）□？　一（朱歧祥）

　　　辛卜：隹（唯）疫畀子。　一（姚萱）

《花東·釋文》中對「疫」字未作解釋，曾小鵬的釋文行款同《花東·釋文》，

認爲「疫」是動詞，「象以手按病人」。〔註43〕朱歧祥認爲花東卜辭的行款一般

〔註38〕關於甲骨文定語的相關問題，可參《甲骨文語法學》，頁150～161。

〔註39〕《初步研究》，頁305。

〔註40〕〈論西周王朝政府的僚友組織〉，《南開學報（哲學社會科學版）》2008.6，頁19。

〔註41〕《花東·釋文》，頁1720。孟琳從之，見《《殷墟花園莊東地甲骨》詞匯研究》，頁39。

〔註42〕〈論西周王朝政府的僚友組織〉，《南開學報（哲學社會科學版）》2008.6，頁19。

〔註43〕《《殷墟花園莊東地甲骨》詞類研究》，頁8、55。

繞兆作弧形，但本辭左邊的空間為「辛卜：丁曰：其肇子臣。允」所佔，無法延卜兆向下書寫，故本辭是由右而左橫書二行的形式，又認為「疒」字是「疾」的異體。〔註44〕姚萱則指出此辭「從照片看並無缺文，據其行款當釋讀為『辛卜：隹（唯）疒冎子。』」〔註45〕細審照片，確無缺字。此辭行款特殊處在於「辛卜」二字橫列，其他字直列後左行，為 ←⌐，應該只是繞兆的基本行款因刻劃空間較小產生的變化，而左邊的「辛卜：丁曰：其肇子臣。允」也與此辭的行款相同，行款並非橫列兩行（⇐），故本文認為姚萱的說法較為合理。以上從行款論，又從句型看亦然。花東卜辭中有類似的句型，如：

乙巳卜：叀（惠）璧。用。　一

乙巳卜：叀（惠）良（琅）。　一

乙巳卜：又（有）𡉚（圭），<u>叀（惠）之界丁</u>，絅五。用。　二　《花東》475

「之」為代詞，「惠之界丁」的「之」指「圭」。〔註46〕「唯」與「惠」都是表提示、強調的語氣詞，〔註47〕張玉金指出：

> 第一：「惠」通常出現在謂語動詞是表示辭主能夠控制的動作行為的語句裏，表示必要的語氣。……而「唯」既出現在謂語動詞是表示辭主能夠控制的動作行為的語句裏，也出現在謂語動詞是表示客體行為變化的語句裏，不表示必要的語氣。……第二：「惠」都出現在肯定句裏，表示一種肯定的語氣。……而「唯」既用在肯定句裏，也出現在否定句中，本身不表示肯定語氣。〔註48〕

〔註44〕《校釋》，頁1008。

〔註45〕《初步研究》，頁305。《校釋總集・花東》同，趙偉亦同意此說，認為「行款為下行由右至左排列」。（《《殷墟花園莊東地甲骨・釋文》校勘》，頁45。）

〔註46〕關於甲骨文「之」的代詞用法，可參張玉金的《甲骨文語法學》，頁27～32及〈殷墟甲骨文詞類系統〉，《西周漢語代詞研究・附錄》。花東卜辭中「之」用為代詞者有六例，參馮洪飛，《殷墟花園莊東地甲骨虛詞初步研究》，頁13。

〔註47〕據馮洪飛的整理，姜寶昌與張玉金認為「唯」與「惠」是副詞，沈培、楊逢彬認為是「語氣詞」，管燮初認二字於句首為語氣詞，於謂語動詞前者為副詞，見〈殷墟花園莊東地甲骨虛詞初步研究〉，頁51。

〔註48〕《甲骨文語法學》，頁36～37。楊逢彬對惠與唯的差別有進一步的討論，可參《殷

故「惠之畀丁」是卜問子是否將圭給予丁，用「惠」表示子能控制所畀之物，
[註49]而「唯疫畀子」則是卜問丁是否將「疫」給予子，用「唯」表示子不能
控制丁的行為。「唯疫畀子」應即「將疫給予子」，強調給子的是「疫」，此句
也可寫成「（丁）畀子疫」或「（丁）畀疫（于）子」。裘錫圭曾指出：

　　　　貞：乎（呼）畀𩵋牛？　　乙 3621

　　　　貞：牛畀倗、𐀳（疋？）？　　乙 6399

𩵋、倗、𐀳都是卜辭屢見的人名。「牛畀倗、𐀳」應是「畀倗、𐀳牛」
的另一種說法。他辭或言「三百羌用於丁」（續 2.16.3）、「三羌用于
祖乙」（前 1.9.6），意即「用三百羌于丁」、「用三羌于祖乙」，文例
與此相類。[註50]

也可作為參考。確定疫為武丁給予子者，則此疫即同版中武丁賜給子的臣、𦥑
臣。

　　疫字卜辭中多見，一般認為與疾病有關，或釋為腹疾，李旼姈認為此字應
為疾字異體，卜辭中大部分為人、地、族名。[註51]由於相關卜辭甚多，茲舉
幾例說明其身分與地位。疫在商王對外戰爭中常扮演重要的角色，如：

　　　　貞：乎（呼）子妻呂（以）𠂤新射。

　　　　允其臺。

　　　　𠂤般呂（以）疫又。

　　　　☑吾☑。　　《合》5785

　　　　貞：𠱫人三百。

　　　　呼（呼）歸。

　　　　勿㞢。

　　　　貞：叀（惠）疫令。

　　　　貞：勿隹（唯）疫。　　《綴集》298（《合》4344 反+7348 反）

　　　　墟甲骨刻辭詞類研究》，頁 274～276。

〔註49〕《上古漢語雙及物結構研究》，頁 86。

〔註50〕〈畀字補釋〉，《古文字論集》，頁 94。

〔註51〕《甲骨文字構形研究》，頁 79～81。各家說法見《詁林》，頁 3103～3105。

庚戌貞：叀（惠）王自正（征）刀方。

叀（惠）王族令🔲刀方。

叀（惠）疫令。　　《合》34131+《粹》1184【周忠兵綴】〔註52〕

庚戌卜：王族令。

庚戌：叀（惠）疫令🔲。

庚戌：叀（惠）王自正（征）刀方。

王弜正（征）令。

辛亥貞：王正（征）刀方。

王弜🔲。　　《合》33035（《粹》1186+《京》4783【許進雄綴】）+《合》14920【周忠兵加綴】〔註53〕

黃天樹先生曾舉賓組的「貞：呼王族眔疫🔲」（《合》14913）與歷組的「惠王族令🔲」、「惠疫令。」（《合》34131）認為是賓組卜辭與歷組卜辭占卜同事的例子，〔註54〕透過周忠兵的綴合可知《合》34131 內容為伐刀（召）方。商王還卜問此人的健康狀況，如：

庚子卜，耳貞：疫不🔲（殙）。　　《合》3942

庚子卜，叔貞：疫🔲（殙），隹我正🔲🔲。　　《合》9663

壬辰卜，𠂤貞：疫🔲克。

貞：疫🔲弗其克。　　《醉古集》59（《合》4349 正甲+《合》合 4349 正乙+《乙》4881+《乙》4498+《合》7548 正部分+《合》18321+《乙》4712+《乙補》4305）【合集、嚴一萍、張秉權綴】+《乙補》4660【林宏明加綴】）

根據齊文心的研究，「疫」常向商王進貢羌俘，該地的監獄亦常有羌俘逃出或暴動之事，相關辭例如：〔註55〕

〔註52〕周忠兵，〈歷組卜辭新綴〉，發表於「先秦史研究室」網站（http://www.xianqin.org/xr_html/articles/jgzhh/483.html），2007 年 3 月 26 日，第 17 組。

〔註53〕〈歷組卜辭新綴〉，第 20 組。

〔註54〕《殷墟王卜辭的分類與斷代》，頁 183。

〔註55〕詳見〈殷代的奴隸監獄和奴隸暴動〉，《中國史研究》1979.1。

癸未卜，䊸貞：疫呂（以）羌。　二

貞：疫不其呂（以）羌。　二

貞：𤲢呂（以）羌。　二

〔貞：𤲢不其呂（以）羌。　二〕　《合》274 正〔註56〕

〔癸卯卜〕，□貞：〔旬亡田（憂）。甲辰〕大撤（驟）風，〔之夕〕𡆥（向）乙巳疫奉（達）〔羌五〕人。五月。才（在）臺。　《合》13362 正

☒卯屮☒𤭔，庚申亦屮（有）戠（異）屮（有）鳴，疫圐（梏）羌戋（戎）。《合》522 反

綜上所述，可知「疫」爲商王朝重要的臣屬，且該地有囚禁戰俘，常供應商王所需，非罪臣、奴隸之類，應與前文提到的「何」的狀況類似，因此本文認爲武丁給予子的「疫」可能指該地的奴隸或俘虜。而《合》274 中「疫」與「𤲢」同見，又同爲致送羌人者，「何」、「𤲢」很可能是同一人名的不同寫法，〔註57〕也說明花東卜辭中的「疫」、「何」可能就是王卜辭中的「疫」、「何」，在花東卜辭中，是指該地的奴隸或俘虜之類。

黃天樹先生指出，商王出於鞏固王權的需要，常賞賜各家族族長以行攏絡，見於王卜辭與非王卜辭，其中有賞賜俘虜的記載，如非王圓體類的「壬戌貞：商（賞）執」《合》21909（《合》21886 同文），〔註58〕黃先生還提到：

> （36）癸卯卜鼑貞：呼□逆奠，又商（賞）？《合集》21626
> 〔子組〕
>
> （37）辛未卜貞：□遘奠？　《合集》21531〔子組〕

（36）中「呼」下一字不識，是人名。逆奠即逆迎於奠。……（36）、（37）中奠應指散落在子組家族所居中心大邑四周的邊地，可能是該家族奠置被其戰敗的異族居住之地。〔註59〕

〔註56〕《合》273 正反、《合》274 正反、275 正反、276 正反爲成套卜辭。

〔註57〕可參趙鵬，〈《乙編》3471 中兩條卜辭的釋文〉，發表於「復旦大學出土文獻與古文字研究中心」網站（http://www.guwenzi.com/SrcShow.asp?Src_ID=910），2009 年 9 月 16 日。

〔註58〕〈非王卜辭中「圓體類」卜辭研究〉，《黃天樹古文字論集》，頁 101。

〔註59〕〈子組卜辭研究〉，《黃天樹古文字論集》，頁 89。

本文認為黃先生所舉《合》21626「呼□逆奠，又賞」的句型應與前文提到的《合》15462+19037「勾于何，屮畀」、《懷》343「何以，屮取」與《合》22246「癸亥卜：子夕往逆，以」都是前後呼應的同類句型，可解釋為子組卜辭族長子迎逆商王賞賜的俘虜或奴隸之類。而《花東》320 迎逆何地之奴隸或俘虜與《花東》257、410 丁賜給子疫地的奴隸或俘虜，應該也是商王賞賜子家族族長的例子。

二、女性奴隸

卜辭中的妾有三種用法，前文曾提到「娥中周妾」的「妾」字為配偶義，下節會談到作為人牲的「妾」，本節的「妾」與「磬妾」則為奴隸。

（一）妾

花東卜辭中作為奴隸的「妾」有一例如下：

辛亥 卜：家其勾又（有）妾，又（有）畀一。　　一　　《花東》490

韓江蘇認為此「妾」是賞賜物，[註60] 孟琳認為是女性人牲。[註61] 花東卜辭中有不少「勾馬」的例子，𠂤組卜辭中也有（如《合》21007 正），但並未出現「勾妾」的用法。不過卜辭中卻有「勾某女」或「勾某某（從女字）」、「勾某（從女字）」例子，茲節引相關辭例如下：

辛卯：勾犬母（女）。

辛卯：勾犬母（女）。　　《乙》4810+北圖 5232+5237+5251【曾毅公綴】
[註62]

先曰屰（逆）。　　一

先曰何。　　一

癸亥卜：子夕往屰（逆），㠯（以）。　　二

勾娥。　　二

勾逆女。　　二

〔註60〕《殷墟花東 H3 卜辭主人「子」研究》，頁 182。

〔註61〕《《殷墟花園莊東地甲骨》詞匯研究》，頁 38。

〔註62〕曾毅公遺作，〈論甲骨綴合〉，《華學》（廣州：中山大學，2000）第 4 輯，頁 33。

娥。　二

勹屰（逆）娥。　三

勹屰（逆）孅。　一

勹屰（逆）妠。　一

勹何姵。　一

勹何娏。　三　《合》22246

丁未卜：光☒六月。

光勹𤖌。　《合》22174

對這些女性人物的身分，歷來有不少說法。以《合》22246 一版爭議最大。李學勤認爲這些女性「與問疑者同輩」，〔註63〕即貴族婦女。林澐曾認爲《合》22246（即《乙》8896）是一組向「逆」、「何」兩族求親的「擇婚卜辭」，有「納采」、「問名」、「納吉」的卜問。而認爲「逆」、「何」兩族的女性當爲異族婦女，〔註64〕目前有不少學者接受此說。宋鎮豪同意此版與迎娶有關，但釋「逆」字爲「迎」，並將《合》22174 與《乙》4810 中的「𤖌」、「犬女」都視爲迎娶對象，還舉《合》19973「辛丑見女」，認爲「商代婚姻或又有『見女』之禮」。〔註65〕而方述鑫對李、林二說曾提出不同意見，認爲這些女性人物應該是用作人牲的女奴。其主要觀點如下：

（1）與《合》22246 內容相同的《合》22247 中有「a 娃」。

（2）「娃」也見於《合》22301（《乙》4677）「妣乙娃」、「妣戊娃」，陳夢家解釋爲「先妣私名」，于省吾認爲是用爲人牲的女奴，方先生從于說。

（3）《合》22301 的「娃」是作爲人牲以祭祀「妣乙」和「妣戊」的女奴，《合》22247 的「娃」也應爲人牲。《合》22246 上的從女字也是同類。〔註66〕

〔註63〕〈帝乙時代的非王卜辭〉，《李學勤早期文集》，頁106～107。

〔註64〕〈從子卜辭試論商代家族型態〉，《林澐學術論集》，頁55。

〔註65〕《夏商社會生活史》，頁246。

〔註66〕《殷墟卜辭斷代研究》，頁78～81。

關於（2）還可作一點補充，《合》22301 有「妣乙媞」、「妣辛宴」、「母庚豕」、「妣辛嫐」、「妣癸蠅」、「妣戊姑」、「母庚三牢」、「妣戊媞」、「妣戊媞」，姚孝遂於〈商代的俘虜〉一文中已指出「妣戊」不可能同時名姑、媞、媞，「媞」不可能同時爲妣戊、妣乙之名，方先生從此說，又指出「媞」、「媞」、「嫐」、「蠅」等女旁所從的字是當時的方國名。〔註67〕

　　蔡師哲茂也曾對上引卜辭中的女性身分及所謂「擇婚卜辭」的詮釋問題有相關討論，對《乙》4810「犬女」有如下看法：

> 和乙 4810 同類字體的乙 1826+乙 1563（黃天樹先生綴合）有「辛亥又勾」、合 19973（人 2213）有「☑卜辛丑見（獻）女」，可見這一類卜辭所言的勾是向其下屬的家族乞求犧牲和物品。〔註68〕

對《合》22246 上的女性人物也從姚孝遂的觀點，認爲是人牲之類，總結曰「從乙 4810 來看，乙 8896 的勾逆和勾何後的女，應該也是人牲，而非占卜問名、納吉等事。」〔註69〕本文同意上舉卜辭中的女性人物應該都是女奴、人牲之類的看法。

　　依據以上討論，本文認爲《花東》490「家」所勾的「妾」也應是此類人物。林澐釋《花東》490 的 𠂤 爲「瞽」，認爲：「商周時代多利用盲人作樂師，『子』的家族作爲強勢家族可能有私家的『瞽』，由這位『瞽』占卜所勾的妾，也許是樂舞之女奴。」〔註70〕可備一說。卜辭的妾多用爲人牲，此處「家」所勾之妾也可能是準備用作人牲的女奴，而本條卜辭並未出現祭祀動詞，故此「妾」可視爲奴隸。至於「又妾」的「又」爲「虛詞性詞素」之名詞詞頭，與《花東》416 的「取又車」的「又」用法相同，相關討論可參本文第四章第一節「大、發（射發）」處。

　　最後，本辭「勾」、「畀」有前後呼應的關係，卜辭中也有不少此類句型，

〔註67〕《殷墟卜辭斷代研究》，頁 79。裘錫圭也曾指出卜辭中一些「女化字」表示某族之女，見〈說卜辭的焚巫尪與作土龍〉，《古文字論集》，頁 222。

〔註68〕〈《殷虛文字乙編》4810 號考釋〉，中國文字學會、中山大學中國文學系，《第十四屆中國文字學全國學術研討會論文集》（高雄：中山大學中文系，2003），頁 11。

〔註69〕〈《殷虛文字乙編》4810 號考釋〉，《第十四屆中國文字學全國學術研討會論文集》，頁 12。

〔註70〕〈花東子卜辭所見人物研究〉，《古文字與古代史》第 1 輯，頁 27。。

如：

丁丑卜，宕貞：勾于何，⩃畀。　　《合》15462+《合》19037【蔡哲茂綴】

辛□卜，敵貞：乎（呼）勾陕于方，畀。　　《合》19662

貞：勾陕于方，□畀。　　《合》8677

裘錫圭曾對此類句型有詳細的論述曰：

「勾陕于方」可能是要求某個方國放回所俘虜的陕族人的意思。但
是也有可能陕族曾背叛殷王，「勾陕于方」是勾陕于四方神的意思，
與「桒舌方于岳」同例。〔註71〕

此種句型中，勾也與其他與畀義近的動詞呼應，如：

戊戌卜，宕貞：牧勾人，令菁呂（以）嬰。　　《合》493

己亥卜，宕貞：牧勾人，攽（肇）。《合》8241（《合》10526、11403 同
文）

方稚松曾舉此二例說明「肇」與「以」義近。〔註72〕此二辭干支相連，很可能
是對同一件事的卜問。綜上所述，《花東》490 的「辛亥🉑卜：家其勾有妾，有
畀一」可理解為辛亥日由🉑進行卜問，卜問內容為「家」向子求取女奴，給予
妾一人。

（二）磬　妾

花東卜辭有「磬妾」一詞，辭例如下：

戊辰卜：子其呂（以）殸（磬）妾于帚（婦）好，若。　　一二三四五

戠（待）。用。　　一二三四五

庚午卜：子其呂（以）殸（磬）妾于帚（婦）好，若。　　一二三

戠（待）。用。　　一二三　　《花東》265

《花東・釋文》中將「磬」、「妾」釋為「磬」與「奴婢」二物，林澐與《花東・
釋文》意見相同，宋鎮豪也將「磬」視為樂器，朱歧祥將「磬」、「妾」斷開，
認為妾是人牲，孟琳、曾小鵬認為「磬」為樂器，曾小鵬認為「妾」指婦人。

〔註71〕〈「畀」字補釋〉，《古文字研究》，頁 93〜94。

〔註72〕《殷墟甲骨文五種記事刻辭研究》，頁 43。

〔註73〕姚萱則認為:「『殸（磬）妾』當是指磬地或磬族之妾。地名『殸京』、『殸』卜辭多見（《類纂》848～849 頁）。」〔註74〕韓江蘇也認為磬應指地名，〔註75〕趙鵬認為「磬妾」是女名，為「某＋妾＋某」的省略。〔註76〕郭勝強認為「磬妾」是「會演奏磬的妾」。〔註77〕本文同意「磬」為地名，「妾」指女奴。卜辭中還有其他「某妾」的例子，如：

　　□爭貞：取⚎妾。　　《合》657

〔註73〕《花東‧釋文》，頁 1669；〈花東子卜辭所見人物研究〉，《古文字與古代史》第 1 輯，頁 23；〈殷墟甲骨文中的樂器與音樂歌舞〉，《古文字與古代史》第 2 輯，頁 45；《校釋》，頁 1023；《《殷墟花園莊東地甲骨》詞匯研究》，頁 7、46；《《殷墟花園莊東地甲骨》詞類研究》，頁 3、40、49。

〔註74〕《初步研究》，頁 308。章秀霞有同樣的意，見〈《殷墟花園莊東地甲骨‧釋文》求疵〉，頁 253，齊航福引述。

〔註75〕《殷墟花東 H3 卜辭主人「子」研究》，頁 181。韓江蘇的理由是石磬在商代稱「石」，故「磬」不是指石磬，而是地名，此說似有可商。其所舉證據為婦好墓的石磬上有「妊竹入石」（石作◗形），又舉《合》39680 認為沚𢦏曾入「十石」，指十個石磬，證明石磬在商代稱「石」。但「妊竹入石」的石也可能指石材，曹定雲曾指出，此「竹」地近產美石之「醫無閭山」，所獻石磬或可能以此地之石製成，「在商王（或婦好）看來，此石磬稀罕，屬『東方之美』，乃難得之物，故刻字以作紀念。這可能就是『妊竹入石』四字的來歷」，見《殷墟婦好墓銘文研究》，頁 57。再者，所舉《合》39680 為《庫方》之摹本，無「十石」二字，拓片見《英藏》126，有「十石」二字，釋文為「辛卯卜，永貞：今十三月沚𢦏〔至〕◪十石」，此版下部殘斷，「至」字僅存上半，可知「十石」前明顯有殘文，無從得知是否有「入」字。另外，關於◗字，李孝定曾認為可能象石磬之形，徐寶貴從其說，並指出：「經過比較，可見甲骨文『石』字及『磬』之初形跟豎起來的古磬形狀是完全相同的。……本來『磬』、『石』都用◖表示。後來則增加偏旁使其分化。曾加聲旁『生』者作為『磬』，𥐚、𥐼字之所從即是。增加「口」作◖、◗（《甲骨文編》9‧8）形者則為『石』。『石』字所加之『口』只起區別分化的作用。」見〈甲骨文考釋兩篇〉，《古文字研究》第 26 輯。本文認為此說合理，從造字原理來看，為了避免「磬」與「石」同用一形所造成的混淆，而加聲符「生」以表「石磬」之義，「磬」本指「石磬」。由此可知此字形義演變為：◗字為石磬象形初文，𥐼為石磬之形聲字，並假借為地名。顯然「磬」非地名專字。

〔註76〕《殷墟甲骨文人名與斷代的初步研究》，頁 105、295、312。

〔註77〕〈婦好之再認識——殷墟花東 H3 相關卜辭研究〉，《甲骨學 110 年：回顧與展望》，頁 282。

貞：訊州妾䢔。　《合》659

「取」字有徵取貢物之義，所取之物包括奴隸與犧牲，□為地名，或即卜辭中常見的□地，「□妾」爲「□地之妾」。訊字作□，人形雙手反綁，從口而有訊鞫之義，〔註 78〕被訊的「州妾」應爲奴隸。卜辭中還有「州臣」逃亡是否能抓回的卜問（如《合》849 正+850【嚴一萍綴】、851），「臣」也是奴隸，〔註 79〕由於卜辭中有「□妾」、「州妾」這類的詞，本辭「磬」與「妾」連讀爲「磬妾」應較合理。至於「磬妾」的身分，韓江蘇認爲花東卜辭的妾可能是犧牲（《花東》409）或賞賜物（《花東 490》），身分高低無法判別，〔註 80〕商代人牲的來源爲戰俘或奴隸，此「磬妾」與「州妾」、「□妾」相同，皆爲奴隸，送給婦好作何用途則不可考。

第二節　花東卜辭所見人牲考

一、異族人牲

（一）羌

從目前所見卜辭資料來看，羌是與商王朝互動最頻繁的方國之一，卜辭中常見與羌的戰爭，追捕、捉拿羌人及以羌爲人牲、奴隸的記載，這些與商王朝敵對的羌人被俘虜後多用爲人牲，王愼行指出，商代殺戮俘虜的方法有十五種，用在羌上的就有十二種之多，包括：宜（王釋爲「俎」）、攺、葡（䰜）、宂、

〔註 78〕《詁林》，頁 488～492。

〔註 79〕陳邦懷認爲「州臣」即《周禮》「州有伯」之「州伯」，見《殷代社會史料徵存》，頁 20 下。胡厚宣認爲「州臣」指「耕作的奴隸」，與小耤臣、小丘臣……都是較一般奴隸高者，見〈甲骨文所見殷代奴隸的反壓迫鬥爭〉，《考古學報》1976.1，頁 7、13。寒峰則認爲：「『州臣』和『臣』無多大區別，均會逃王和被追捕。當然，聯繫到另有『小丘臣』（《佚》733）的名稱，據《周禮》的『四邑爲丘』，『五黨爲州』，也可以考慮他們是州、丘這類行政、井田區等級中的官職。但是這種根據目前終不如以卜辭辭例本身的證明充分。再者還有『州妾』的名稱，彼此互證，更像是奴隸身分。是否即『耕作的奴隸』，還可繼續研究。」見〈商代「臣」的身分縷析〉，《甲骨文與殷商史》，頁 40～41。「州」更可能爲族、地名，如林澐就認爲「州臣」是州族的奴隸，見〈從子卜辭試論商代家族型態〉，《林澐學術文集》，頁 56。

〔註 80〕《殷墟花東 H3 卜辭主人「子」研究》，頁 182。

燎、卯、歲、酉、發（王釋爲「彈」）、用、屮（侑）、劊（王作「劊」）。〔註81〕
「冘」字陳劍釋爲「皆」，〔註82〕沈培則認爲此字很可能是「遞及」的「遞」之
類的動詞，〔註83〕目前尚無定論，但從用法看，此字應非用牲法。而「用」泛
指用牲，「屮」亦非具體的用牲法，〔註84〕故卜辭中用羌的方法至少有九種。又
王卜辭中用羌最多有到三百之多。〔註85〕花東卜辭中的羌也多用爲人牲，辭例
如下：

> 又（侑）羌。　一
>
> 勿（侑）又羌。　一　《花東》345
>
> 辛丑卜：卲（禦）丁于且（祖）庚至□一，酉羌一人、二牢；至卲一且
> （祖）辛卲（禦）丁，酉羌一人、二牢。　《花東》56
>
> 己酉夕：伐羌一，才（在）入。庚戌宜一牢，發。　一
>
> 己酉夕：伐羌一，才（在）入。
>
> 庚戌：歲匕（妣）庚卲一。　一
>
> 庚戌：宜一牢，才（在）入，發。　一二
>
> 庚戌：宜一牢，才（在）入，發。　一　《花東》178
>
> 戊申卜：子〔祼〕于匕（妣）丁。用。　一
>
> 己酉夕：伐羌一。才（在）入。庚戌宜一牢，發。　一　《花東》376

花東卜辭中只有「侑羌」、「酉羌」、「伐羌」三種，且都只一人，用羌祭祀的狀

〔註81〕〈卜辭所見羌人考〉，《古文字與殷周文明》（西安：陝西人民教育出版社，1992），
　　　　頁 125～130。關於「宜」與「劊」的關係，可參陳劍，〈甲骨金文舊釋「𩛥」之字
　　　　即相關諸字新釋〉，《出土文獻與古文字研究》第 2 輯，頁 37～44。

〔註82〕〈甲骨文舊釋「智」和「盥」的兩個字及金文「𩰤」字新釋〉，《出土文獻與古文字研
　　　　究》第 1 輯。

〔註83〕沈培，〈釋甲骨文、金文與傳世典籍中跟「眉壽」的「眉」相關的字詞〉，發表於
　　　　「復旦大學出土文獻與古文字研究中心」網站（http://www.guwenzi.com/SrcShow.
　　　　asp?Src_ID=938），2009 年 10 月 13 日，頁 15～16。

〔註84〕此字一般從王國維釋爲「侑」，劉源又有「又」字爲「表抽象進獻意思的祭祀動詞」，
　　　　見《商周祭祖禮研究》，頁 99～104。

〔註85〕裘錫圭，〈從殷墟甲骨卜辭看殷人對白馬的重視〉，《古文字論集》，頁 235。

況遠不如王卜辭。另外還有一些辭義不明的卜辭，如：

壬申卜：子其呂（以）羌嗳曆于帚（婦），若，侃。　一

甲戌卜，鼎（貞）：羌弗死子臣。　一二三　《花東》215

本文第四章第二節「子臣」處已有討論，茲引述結論如下：「羌弗死子臣」的「死」可能為為動用法，或許「羌」是為子臣行攘祓之祭的人牲或為子臣陪葬的人殉。也不能排除「弗」解釋為「不」的可能性，則此辭也可斷為「羌弗死，子臣」，辭義為何則待考。

（二）莧

關於花東卜辭中的「莧」，《花東・釋文》於《花東》179 考釋中已有說明：

莧，本作𦫫。莧在卜辭中作為地名或族邦之名。如《合集》33148「丙辰貞：王步于莧？」《合集》6062「☑自西☑舌方征我☑莧亦𢦔齿☑」。……從《合集》6062 可知，莧距舌方不遠。其地望在殷王朝西北。莧族與西方羌族的人均被用為殷王室祭祀祖先時的人牲。〔註86〕

舊有卜辭中「莧」為族、地名，辭例如下：

☑自西☑舌方圍我☑莧亦𢦔（寏）齿☑。　《合》6062

〔癸卯卜〕，徝☑旬亡田（憂），王固（占）曰：虫求（咎），陷業其虫☑四日丙午允虫來〔娸〕☑友唐告曰：舌方☑入于莧☑。　《綴集》135（《合》6065+8236）

貞：莧罕（擒）。　《合》10777

丙辰貞：王步于莧。

貞：王步于𡕥。　《合》33148

一般將𦫫字釋為莧，林歡則認為卜辭中的𦫫、𦫺、𦫲（𦫳）、𦫴都是莧字，〔註87〕從辭例看𦫺很可能與𦫫同字，而𦫲（𦫳）、𦫴無法判斷是否同字。關於𦫺的辭例如下：

〔註86〕《釋文》，頁 1628。

〔註87〕《晚商地理論綱》，頁 41。相關辭例可參《類纂》，頁 224。

・455・

貞：叀（惠）🔣令伐。　　《合》4491

叀（惠）🔣☒🔣。　　《合》4492

貞：🔣牧。　　《合》5625

☒貞☒〔令〕🔣☒取鼓昏☒白🔣（執）。　　《合》33091

丁巳貞：王步自🔣于🔣。

戊戌貞：乙丑王步自🔣。

乙丑貞：今日王步自🔣于🔣。　　《合》33147

連邵名曾將《合》33147（歷二類）與《合》33148（歷一類）相提並論，指出商王在「🔣」、「莧」、「🔣」等地的活動同見於歷組一類與二類卜辭中。〔註88〕而《合》33148「丙辰貞：王步于🔣」「貞：王步于🔣」與《合》33147「丁巳貞：王步自🔣于🔣」干支相連，事類相同，🔣、🔣應爲一字，都可釋爲莧。與莧地近的族、地名包括了舌方、🔣、🔣、🔣、（🔣）友唐等，皆殷西方國，可知莧亦位於殷西。〔註89〕

從上舉卜辭可知，舊有卜辭中「莧」爲族、地名，似未見用爲人牲之例，而花東中的「莧」爲人牲，相關辭例如下：

甲辰卜：歲莧，友且（祖）甲🔣，叀（惠）子祝。用。　一《花東》179

甲辰：歲莧且（祖）甲，又友。用。　一

甲辰：歲且（祖）甲莧一，友〔🔣〕。　一

甲辰：歲且（祖）甲莧一，友🔣。　二三　《花東》338

此二版同卜一事，〔註90〕於甲辰日用莧與🔣爲犧牲祭祀祖甲，其中「友」字的解釋目前尚有爭議，相關卜辭還有：

豋（登）匕（妣）己友🔣。　一

豋（登）匕（妣）己友🔣。　二　《花東》39

〔註88〕〈歷組一類卜辭研究〉，《中原文物》，2003.4，頁57。

〔註89〕可參《晚商地理論綱》，頁41～43。

〔註90〕《校釋》，頁989；《殷墟花園莊東地甲骨卜辭研究》，頁160；《初步研究》，頁408、410；〈由花東甲骨中的同卜事件看同版、異版卜辭的關係〉，《第十八屆中國文字學國際學術研討會論文集》，頁140。

甲辰卜：叉（早）祭且（祖）甲，叀（惠）子祝。　一

甲辰：叉（早）祭且（祖）甲友乩一。　一

甲辰：叉（早）祭且（祖）甲友乩一。　二

乙巳：叉（早）祭且（祖）乙友乩一。　一

乙巳卜：出，子亡欣（肇）。用。　一

戊申卜：叀（惠）子祝。用。　一

戊申卜：叀（惠）子祝。用。　二

庚戌：叉（早）祭匕（妣）庚友白乩一。　一　《花東》267

《花東‧釋文》於 39、179、267、338 版考釋中分別曰：

友，在第 2、3 辭似「又」之繁體，義與「又」同。（《花東》39）

覓，在本書還見於 338（H3:1042）第 1—3 辭，辭爲：「甲辰：歲覓祖甲友（引者按：友前缺一又字）？用。一」「甲辰：歲祖甲覓一，友麀？一」「甲辰：歲祖甲覓一，友麀？二三」本片第 2 辭與 338（H3:1042）的三條卜辭貞辭的意思是卜問歲祭祖甲是否用一個覓人又麀。「友」讀爲又。（《花東》179）

友，通「侑」。有學者釋爲「双」（一對），于本辭則很不好理解，因爲第 4、5、6 辭明言「友乩一」，第 10 辭明言「友白乩一」，其用牲數目已十分清楚，與「双」義無涉。故此處之友當通「侑」，祭名。（《花東》267）

第 1 辭「又友」之「友」疑爲「祐」。康武文卜辭中「受祐」之「祐」常作「𢑑」，「𢑑」與「𢽬」應是一字。（《花東》338）〔註91〕

朱歧祥進一步認爲：

〔原釋文〕已指出是「又之繁體」，在此用爲連詞。本辭省略句首的祭祀動詞（或即歲）。全句應該是：「（歲）妣己：豈（登）友（又）麀？」的位移句型。（《花東》39）

友，爲又字繁體，作爲連詞。對比 338 版的「甲辰：歲祖甲覓一友

〔註91〕《釋文》，頁 1577、1628、1670、1696。

兎？」，應爲同時所卜。此言歲祭祖甲，用祭牲莧和兎。因此，命辭
的句首應讀作「歲祖甲：莧友（又）兎」。句意和行款明顯有別。（《花
東》179）

友，爲「又」的繁體。〔原考釋〕認爲通侑。但亦可以理解爲詞頭，……。
（《花東》267）

〔原釋文〕謂「又友之友疑爲祐」，可從。但説「康武卜辭中『受祐』
之『祐』常作「🦴」，「🦴」與「🦴」應是一字」，似可商。🦴爲「🦴」
（有祐）二字合文，但本辭的「🦴」爲又字一字的繁體，性質不同。
（《花東》338）〔註92〕

其説與《花東‧釋文》大體相同，39、179、338版有所發揮，267版有不同看
法。而魏慈德、趙偉有完全不同的見解，趙偉同意魏説，不同意《花東‧釋文》
對「友」字的解釋，歸納出「又」、「侑」、「祐」三種用法，指出：

若要對此三種解釋作出辨析，正確分析第338版（1）辭顯得至關重
要。請對比338版前三辭：……（引者按：見上引卜辭，此從略）
上揭三辭顯係同卜。且（1）辭位於（3）辭之下，相對於（2）辭處
於對貞的位置。魏慈德先生已指出：（1）辭「友」字後省略「兎」
字。甚確。即是説「又友」爲「又友兎」之省。則上述第一種和第
三種解釋不攻自破（引者按：即釋爲「又」、「祐」）。魏先生以爲「『友』
爲一種祭儀」。此與整理者第二種解釋相合（引者按：即釋爲「侑」）。
筆者對此考釋尚有補充：由上揭338版前三辭可知，「歲莧」與「友
祖甲兎」實屬二事。而第179版（2）辭先言「歲莧」，後言「友祖
甲兎」，可證「友兎」係「友祖X兎」之省。如此則上述「友」自
爲祭祀動詞毫無疑義。第267版有「友牝一」之語。其「友」字用
法與本版同。〔註93〕

沈培也認爲《花東》179、338的「友」與「歲」一樣是動詞，《花東》338第一
辭的「又友」可與花東卜辭常見的「又𠴴（登）」作對比，提出了進一步的看

〔註92〕《校釋》，頁969、989、1009、1025。

〔註93〕《校勘》，頁13。

法：

> 「友」、「醢」二字讀音很近。《說文》大徐本對「醢」的解釋是：「肉
> 醬也。從酉、盉。」段注認為字型結構當是「從酉盉聲」。又，《說
> 文》：「盉，小甌也。從皿，有聲。讀若灰。一曰：若賄。盉，盉或
> 從右。可見「盉」是「盉」的異體，其所從的「右」「有」都是聲旁。
> 古書中「友」與「有」、「有」與「右」相通的例子很多。因此，把
> 「友」讀為「醢」在語音上是沒有問題的。〔註94〕

朱歧祥將「友」釋為連接詞「又」的問題在於《花東》39、179 為遷就此解釋
而不得不將卜辭視為省略並改變行款讀法。而《花東》338「又友」視為「又
友龏」之省，則《花東》39 的「友龏」，《花東》267 的「友羌」、「友白厎」
與《花東》179 的「友祖甲龏」，《花東》338「又友（龏）」、「友龏」等詞並無
結構上的差異，應該都可以指用於「友」這種祭祀或以「友」這種方式處理
的犧牲「龏」、「羌」、「厎」等，不必特別將「友」解釋為「祐」或「詞頭」
之類。故本文認為將上述四版的「友」一律視為動詞應較為合理。至於此友
是否可讀為「醢」，仍有待更多具體的證據證明。最近陳煒湛有異於諸家之說，
引饒宗頤對卜辭「某友某」之「友」的解釋，認為此「友」應解釋為「偕（耦）」，
〔註95〕本文第四章第三節對卜辭「某友某」有相關討論，基本上同意該「友」
字表示某種身分，「某友某」為人名格式的看法，目前所見卜辭的「友」字應
無「偕（耦）」的用法。

（三）屯

花東卜辭中有作名詞的「屯」，見於《花東》220：

甲申卜：叀（惠）配乎（呼）曰帚（婦）好，告白（百）屯。用。　一

□□卜：子其入白（百）屯，若。　一　《花東》220

「配」即「子配」，子與婦好之間的溝通經常透過此人，此辭即子要貢納「白屯」
給婦好，派子配前往告知的卜問。「白屯」一詞，《花東·釋文》中將屯讀為「純」，

〔註94〕〈殷墟花園莊東地甲骨「皂」字用為「登」證說〉，《中國文字學報》第 1 輯，頁
　　　　45。

〔註95〕〈讀花東卜辭小記〉，《紀念徐中舒先生誕辰 110 周年國際學術研討會論文集》，頁
　　　　29。

解釋爲「白色的絲織品」，朱歧祥認爲「白屯」與《花東》223 的黃🦴都是貢品。
〔註96〕姚萱將「白屯」讀爲「伯屯」，與卜辭中「用侯屯」的「侯屯」同例，屯
與卜辭中常見的「多屯」一樣，都是指人牲。〔註97〕蔡師哲茂也認爲屯爲人牲，
但釋白爲「百」，指出此「白屯」應爲「百屯」，指「一百個屯族的人」，〈花東
卜辭「白屯」釋義〉〔註98〕一文已有詳論，本文從其說。

卜辭中的屯爲絲織品的看法最早由于省吾提出，王貴民在〈殷墟甲骨文考
釋兩則〉中有如下討論：

> 骨臼刻辭之「若干屯」，明確爲某種物件的單位量詞。于氏釋屯爲
> 「純」，刻辭中即用作絲織物品之單位量詞。古籍所謂「錦繡千純」，
> 注謂「純，束也」，「純，匹端名」，可以爲證。但是，此解徵之於甲
> 骨刻辭，則難以成立。于著《甲骨文字釋林》，以刪去此說，殆是廢
> 去舊說，對之持審愼、科學態度。……就目前所知，「屯」字之用爲
> 「純」者，見之西周金文，指衣服緣飾。此後，故籍用爲織物及其
> 單位量詞。在商代，凡各方國、族地向王朝貢納各種物產、奴隸和
> 犧牲等，均紀錄於大量卜辭中，而能確認爲絲織品者絕少，是否由
> 此類骨臼刻辭專記絲織品的貢納？既無事實根據，亦不合於情理。
>
> 〔註99〕

記事刻辭之「屯」與絲織物無關可以確定，〔註100〕而舊有卜辭中的屯爲人牲，
亦無作絲織品者。關於卜辭中屯作爲人牲之例，前舉蔡師哲茂之文有詳細的整
理與詮釋，茲轉引主要辭例如下：

☑卜王□二屯伐。　　《合》820

貞：率𢦏多屯，若。

〔註96〕《花東・釋文》，頁 1647；《校釋》，頁 999。曾小鵬、孟琳也從之認爲「白屯」是
　　　物品，見《《殷墟花園莊東地甲骨》詞類研究》，頁 3、47；《《殷墟花園莊東地甲骨》
　　　詞滙研究》，頁 7、45。

〔註97〕《初步研究》，頁 289。

〔註98〕〈花東卜辭「白屯」釋義〉，《第十八屆中國文字學國際學術研討會論文集》。

〔註99〕〈殷墟甲骨文考釋兩則〉，《考古與文物》1989.2，頁 87。

〔註100〕關於記事刻辭的「屯」字，方稚松有詳細的研究，見《殷墟甲骨文五種記事刻辭
　　　研究》，頁 59～66。

R29285〔《乙》2047+2089+7995＋《乙補》1756〕【張秉權綴】〔註101〕

庚申：王戠子商二屯。　　《合》819

癸丑卜，㪔貞：㠯來屯，戠。十二月。　　《合》824

甲子卜，貞：盍敉再冊丅（示）㠯乎（呼）取㞢屯。　　《合》13515

貞：㞢屯。　　《合》13273

貞：呼比卯，取屯于𠂤。　　《合》677 反

貞：乎（呼）比暴侯。　　《合》697 正

貞：幸（執）屯。王固（占）曰：卒（執）。　　《合》697 反

丁酉卜，𤮃貞：卒（執）屯。　　《合》39525

多屯王得。若。　　《合》816 反

壬辰卜，㪔貞：擇（釋）多屯。　　《合》817

壬戌卜，乙丑用侯屯。　　一

壬戌卜，用侯屯自上甲十〔示〕。　　一

癸亥卜，乙丑用侯屯。　　一

于來乙亥用侯屯。　　一

癸亥〔卜〕，乙丑易日。　　一

不易日。

于甲〔戌用侯屯〕。

于甲戌用屯。　　一

于〔來乙亥〕用〔屯〕。　　《合》32187〔此爲同套第一卜，《合》32189+34113+40867（《英》1771）【李棪綴】＋《合》32188（《燕》37）【白玉崢綴】爲同套第三卜〕

從上舉卜辭的「來」、「取」、「執」、「得」、「釋」等字可知屯也與其他人牲一樣常透過俘虜與徵取的方式取得，商王曾用侯某、㠯、子商等人送來的屯祭祀。

〔註101〕見中央研究院歷史語言研究所「數位典藏資料庫」（http://ndweb.iis.sinica.edu.tw/archaeo2_public/System/Artifact/Frame_Search.htm）。

〔註102〕其中《合》13515、13273 的「屮屯」可能指「屮」地送來的屯，《合》4759 有「庚戌卜，爭貞：令戔歸罘屮示十（？）屯」，爲「屮示」送來的屯。方稚松指出：

> 《合》4759 中的「屯」可能與「侯屯」之「屯」意思相同，指一種身份的人，卜辭意思可能與令「戔」帶回十個「屮示」的「屯」有關。〔註103〕

作爲人牲的屯、多屯很可能與羌類似，是某個異族的族人，〔註104〕張秉權曾指出此「屯」可能是方國或氏族之名：

> 卜辭又有稱「多𠂤」者（乙編 8460），與多馬、多射、多尹、多工、多亞、多籲、多犬、多卜、多奠、多后、多婦、多父、多子等的辭例相同，那末𠂤字可能是一個名詞，它不像是稱謂之詞，所以很可能是一個方國或氏族之名，骨臼上的示若干𠂤，也許和用若干羌的語法近似。〔註105〕

但目前所見的卜辭資料尚未有明確的證據可落實屯爲人、地、族名。卜辭「多某」之「某」未必爲族名，也有泛指人牲者如「多伐」，而所舉骨臼刻辭之屯非族名，故張先生並未舉出足以證明屯是族、地名的辭例。屈萬里曾認爲「侯屯」的屯爲國名，後改爲人名，陳煒湛進一步補充屈說，蔡師哲茂認爲「侯屯」指侯所帶來的屯，並以《合》697 正反爲例曰：

> 丙 188（合 697 反）：「貞：幸屯？王固曰：幸。」與丙 187（合 697 正）：「貞：呼比暴侯。」相關，雖然呼比暴侯不確定爲何事，但甲骨文例「王比某侯」、「乎某比某侯」大致皆與征伐有關，如合 677 反（丙 156）（圖 10）：「貞：呼比卯，取屯于𨸏」由此可知王比暴

〔註102〕〈花東卜辭「白屯」釋義〉，《第十八屆中國文字學國際學術研討會論文集》，頁 151、155～6。

〔註103〕〈談談甲骨文記事刻辭中「示」字的含義〉，《出土文獻與古文字研究》第 2 輯，頁 90。

〔註104〕彭邦炯，〈從「𡇬」、「屯」論及相關甲骨刻辭〉，《考古與文物》1989.3，頁 68～69。

〔註105〕《殷墟文字丙編》上輯（一）（台北：中央研究院歷史語言研究所，1957），頁 126。

侯的結果就是幸屯，也就是擄獲了多屯，那麼前舉三版所謂的「用侯屯自上甲」，應該就是侯受商王之命去征伐所帶回來的屯，……而不是用一個名字叫做「屯」的「侯」來祭祖。前舉「用侯屯」有時可說「用屯」，正可說明所用的是「屯」，而不是「侯」。……如果卜辭中真的有「侯屯」此一人物，不應該只見於此三版「侯屯」卜辭，應該有其他侯屯活動的紀錄才是。〔註106〕

彭邦炯則認爲《合》30516 有「屯白（伯）」，「屯伯」與「侯屯」可證屯指人名。〔註107〕侯屯之屯非人名如前述，而所謂「屯伯」之「屯」從拓片看並非 ⚡（見右圖），或釋爲「又十白豚」，〔註108〕可見並無名屯之伯。至於卜辭中是否有以屯爲地名的用法，彭先生認爲《合》36821 有「在屯」，而此版所謂屯字作 ⚡，〔註109〕學者或認爲是 ⚡ 字初文，但二者是否一字目前仍無確

證。〔註110〕孫亞冰則認爲賓組卜辭《合》4131「庚戌卜：雀于屯出」之「屯」爲地名或國名。又舉《合》8410 反「☐東夷ㄓ曰：屯☐余☐☐」，認爲是東夷報告屯國情況之卜問，推測屯族可能在殷東，〔註111〕《合》4131 的屯應爲春，而後者辭殘，實無法確定屯字何解，故此二條卜辭無法證明屯爲地名。不過目前所見卜辭中卻有一例的屯可能爲人名，即《合》14201「屯乎（呼）步。八月」，此人是否爲屯族族長，還有待進一步資料證明。

綜上所述，《花東》220 的「百屯」應爲準備用爲奴隸或人牲的「屯」，很可能是某異族族人，子能提供上百個屯人給婦好，無論是俘虜所得，還是其他人物進獻的，都可見子家族的實力雄厚。

〔註106〕〈花東卜辭「白屯」釋義〉，《第十八屆中國文字學國際學術研討會論文集》，頁 7、8。

〔註107〕〈從「器」、「屯」論及相關甲骨刻辭〉，《考古與文物》1989.3，頁 68。《合》30516《合補》9294 已與《合》29551 綴合。

〔註108〕《摹釋總集》，頁 677：《校釋總集・合集》第 10 冊，頁 3398。

〔註109〕〈從「器」、「屯」論及相關甲骨刻辭〉，《考古與文物》1989.3，頁 68。

〔註110〕《詁林》，頁 3311～3312。

〔註111〕《殷墟甲骨文中所見方國研究》，頁 50～51。

（四）妝

花東卜辭有「妝」字，作 ，辭例如下：

丁未卜：子其妝用，若。　一二三四

勿妝用。　一二三四　《花東》241

《釋文》認爲「妝」字「像女子有病臥於床上，與 之意義相同。應釋爲疾」，斷句爲「子其妝，用若？」、「勿妝，用？」。〔註112〕朱歧祥也認爲「妝」字爲「疾」字異體，又指出「『用若』連用不可解。細審拓本，『用』與『若』字間有一空格，二字疑分讀」，應讀爲「子其妝（疾）？用。若。」、「勿妝（疾）？用。」。〔註113〕魏慈德進一步解釋：

> 以表意願「勿」當疾的否定語，與他處常見的「有疾」「亡疾」用法
> 不同，此處的「其疾用」「勿疾用」可能是占卜將子的疾病轉移到某
> 女身上，使其痊癒，也可能是用有疾病的女性犧牲來祭祀。〔註114〕

姚萱則認爲「妝」應解釋爲「用」的對象，于省吾與裘錫圭都指出卜辭中的「妝」有用爲焚祭之犧牲的例子，故於「若」字前斷句。〔註115〕本文認爲姚萱的看法較合理，以下作幾點補充。

關於「妝」是否能視爲「疾」的異體，本文認爲應不能成立。若「疾」爲疾病之義，不能用否定副詞「勿」。「勿」字用在謂語動詞表示占卜主體可以控制的行爲，可譯爲「不應該」、「不宜」，〔註116〕甲骨文疾病的疾一般用「弗」、「不」這兩個表示對可能性否定的否定副詞，如：

貞：王其疾目。

貞：王弗疾目。　二 　《合》465 正

丙申卜：其疾。

丙申卜：弗疾。　《合》33112

〔註112〕《釋文》，頁 1658。曾小鵬、孟琳從之，將「妝」歸入動詞。見《〈殷墟花園莊東地甲骨〉詞類研究》，頁 8、55；《〈殷墟花園莊東地甲骨〉詞滙研究》，頁 9、52。

〔註113〕《校釋》，頁 1002〜1003。《校勘》從之（頁 41）。

〔註114〕《殷墟花園莊東地甲骨卜辭研究》，頁 130。

〔註115〕《初步研究》，頁 298。《校釋總集》斷句同《初步研究》，可能也釋「妝」爲人牲。

〔註116〕《甲骨文語法學》，頁 40。

貞：不疾。　　《合》13814

卜辭中還有很多「弗疾」的辭例（詳見《類纂》，頁1182），此從略。卜辭中未見「其疾」與「勿疾」的對貞。又有幾條「勿疾某」的辭例，[註117] 如：

庚戌卜，亙貞：王其疾肩。

庚戌卜，亙貞：王弗疾肩。王固（占）曰：勿疾。　　《合》709

☑曰：吉。勿疾☑。　　《合》808反

王固（占）曰：吉。勿疾帚（婦）☑。　　《合》1793反

此類「勿疾」較爲特殊，基本出現在占辭，命辭中用「不」、「弗」，意義有有所不同，裘錫圭指出：

> 在卜辭的占辭部分裏，「弓」、「弜」的用法較爲特殊。例如《乙綴》126的貞辭卜問「茲 **⿱** 隹（唯）降囚」、「茲 **⿱** 不隹降囚」，占辭則説「吉，弓降囚」。……這類「弓」字、「弜」字似乎不能翻譯成「不要」，但是可能帶有表示説話者主觀願望的色彩，有待進一步研究（參看呂叔湘《中國語法要略》244頁）。[註118]

張玉金也指出：

> 「勿」在占辭中有時用在謂語動詞是表示客體行爲和變化的語句裏，這時它不但表示出否定的意思，也傳達出了占卜者的願望，即企圖通過「勿」的使用、通過語言的神奇力量，達到對客體行爲和變化的控制，使之按照占者所希冀的那樣發展。[註119]

另外，《合》10948正有「勿疫（疾）身」，此「疾」可能是及物動詞。

關於「用」、「若」二字，既然「妝」字非「疾」，則還是將「用」與「子其妝」、「勿妝」連讀較合理，則「用」可能爲用牲之用。卜辭中也有「……用，若」的辭例，如：

壬午卜，㱿貞：翌乙未用，若。　　《合》16387

〔註117〕《合》13813有「貞勿疾帚」幾個字，但該片殘斷，無法肯定是否有缺字，暫不列入討論。

〔註118〕〈説「弜」〉，《古文字論集》，頁119。

〔註119〕《甲骨文語法學》，頁42。

☑亞其用，若。　　《合》16388

☑弜用，若。　　《合》25903

卜辭中還有不少「用」與「勿用」對貞的例子，如：

貞：用。

貞：勿用。

貞：勿用。　　《合》6391

貞：用小宰于🐂。

貞：勿用小宰于🐂。　　《合》9774 正

「妝用」、「勿妝用」也可視爲此種形式。綜上，本文認爲姚萱「子其妝用，若」與「勿妝用」的釋文較爲合理的。

　　花東卜辭的妝爲被用的犧牲，舊有卜辭中也曾出現妝字，相關辭例如下：

貞：巫妝不㘞（孚）。　　《合》5652

嫛。　　《合》22483

乙亥卜：取妝女🐂。　　《屯南》2767

關於巫妝與嫛，裘錫圭指出：

于省吾先生説：「甲骨文有巫妝（鄴初下三八‧六），又有嫛字作🐲（甲 422。引者按：亦見《京津》1682），象焚巫于火上，即暴巫以乞雨。」這正可以證明商代有焚巫求雨的習俗。但是于先生把「焚巫」與「暴巫」等同起來，而把「嫛妌」、「嫛嫜」說成「焚燃燒女奴隸以乞雨」，與「焚巫」區別開來，恐怕是不妥當的。

〔註 120〕

從人名格式來看，趙鵬指出「巫妝」是「職官名+某」的人名格式，「某」有的是私名，有的是國族名。「妝女🐂」爲「某+女+某」的人名格式，「女」可能爲「女子」之義，前面的「某」爲國族名，後面的「某」爲私名。〔註 121〕可知「妝」爲國族名，花東卜辭的「妝用」可能指用「妝」族之女爲人牲。

〔註 120〕〈說卜辭的焚巫尫與作土龍〉，《古文字論集》，頁 223。

〔註 121〕《殷墟甲骨文人名與斷代的初步研究》，頁 64、66、100。

二、具有某種身分者

（一）㚔、臣、妾

1. 㚔

㚔字字形作🦴，花東卜辭中有作爲人牲的㚔，相關辭例如下：

　　叀（惠）㚔衈（禦）子馘匕（妣）庚。　　《花東》181

　　鼎（貞）：又㚔司（姒）庚。　二　《花東》441

關於㚔字的字形與字義，郭沫若曾認爲「㚔字（在原文爲以手補人之形）與古孚字同意（古金中俘字均作孚，從爪子），服字從此」，又說「㚔即服字所從，義同俘」。〔註122〕學者對「㚔」與「俘」的關係有不同意見，姚孝遂認爲：

> 卜辭俘獲之俘作泽，爲動詞；俘獲之敵人作㚔，爲名詞，判然有別，從不相混。

> 卜辭於俘獲之敵方人員，每以其方國之名名之，如羌奚等皆是，是爲專名；或籠統名之曰㚔，是爲通名。卜辭之㚔，一律用作祭祀時之犧牲，與牛羊豕並列。〔註123〕

又於《小屯南地甲骨考釋》中指出：

> 卜辭「㚔」指戰時所俘獲敵方之人員，用爲祭祀之犧牲。或男、或女皆可稱之爲「㚔」。《粹》720：「又㚔七己一女，七庚一女」，是女㚔亦可謂之「㚔」之證。

> 《佚》218「曹㚔一人，曹㚔二人」，卜辭凡言「人」，多指男性。

> 〔註124〕

彭邦炯則認爲：

> 甲骨文中已有作動詞用的俘字，㚔應即服從之服的本字。奴隸主通過戰爭從戰場上抓來俘虜，然後用暴力使馴服就叫㚔，即馴服俘虜的意思。馴服戰俘的目的，自然是爲了便於役使，這是一個將戰俘

〔註122〕郭沫若，《中國古代社會研究》（石家莊：河北教育出版社，2000），頁 231；《卜辭通纂》（京都：朋友書房，1977）「別一」，頁555。

〔註123〕《詁林》，頁409。

〔註124〕《小屯南地甲骨考釋》，頁70。

轉化爲奴隸的過程。……卜辭中的及主要用作人牲。〔註125〕

二說皆區別及與俘字，且都指出及在卜辭中主要用作人牲，不過前者將及解釋爲被俘獲的俘虜，後者解釋爲被馴服的俘虜。姚孝遂指出及爲俘虜之通名可從，但認爲及皆用爲名詞而與俘獲之俘有區別則可商，事實上姚孝遂也曾認爲「及」有動詞用法，爲「虜獲」義，〔註126〕雖然及字在目前所見的卜辭中幾乎都是人牲，仍有疑似動詞的用法，如：

貞：𤉲☑其及𦏦〔不〕☑。　　《合》1095

庚戌卜，王貞：白（伯）𢺵允其及角。　　《合》20532

庚戌卜，王貞：白（伯）𢺵其及角。　　《合》20533

乙卯卜，王☑𢺵及𦐇☑。　　《合》3430

己巳卜：及𡥈。　　《綴集》358（《合》22133+22144+22225+20703+《乙》8744）+《乙》8798【謝湘筠綴】+R043804（《乙》8787+8989）+《乙》8845【蔣玉斌加綴】〔註127〕

己巳𡥈及。　　《綴集》15（《合》22130+32179）

《合》1095、20532 姚孝遂已引，《綴集》358、15 兩版文例相同，〔註128〕「及𡥈」又作「𡥈及」可能後者是前者的被動用法。關於卜辭中的被動句，張玉金曾舉出十二例說明卜辭中有一種「語義上表示被動的句子」，茲引用其中二例：

𡈼（有）來自南，吕（以）龜。　　《合》7076

〔註125〕胡慶鈞主編，《早期奴隸制社會比較研究》（北京：中國社會科學出版社，1996），頁 126。

〔註126〕見〈商代的俘虜〉，《古文字研究》第 1 輯，頁 350～351。

〔註127〕謝湘筠，〈殷墟甲骨新綴二十組〉，《東華人文學報》第 11 期（2007），第 1 組；蔣玉彬，〈殷墟第十五次發掘 YH251、330 兩坑所得甲骨綴合補遺〉，發表於「先秦史研究室」網站，第 3 組。

〔註128〕又《合》21456+22132【林勝祥綴】+22222 部分【蔡哲茂加綴】與《綴集》15、358 文例相同，見〈《殷墟文字乙編》新綴第五至七則〉第五則，發表於「先秦史研究室」網站（http://www.xianqin.org/xr_html/articles/jgzhh/611.html），2007 年 11 月 30 日。《合》21456+22132 見史語所庫房記錄，蔣玉斌有相同的綴合，見《殷墟子卜辭的整理與研究》，頁 63、169、224、234。

受年。

受年。

南。

不其年。

貞：龜呂（以）。　　《綴集》47（《合》8994+9823）〔註129〕

貞：侯呂（以）口（肩）𨿸，允呂（以）。　　《合》98

口（肩）𨿸率呂（以），允載。　　《合》97

對比可知「龜以」、「肩𨿸率以」為「以龜」、「侯以肩𨿸」之被動句。〔註130〕 應該與角、 一樣是人名或族名，「反角」、「反 」、「反 」的「反」很可能是動詞俘虜、俘獲的意思，反與俘的用法仍可能有重疊處，俘作 、 等形，或許與作 形的 反 為同字異體，區別在於側視與正視視角的不同，與 、 同字的情形類似。

另外，學者對反與印（作 、 二形）是否同字的問題也有不同意見。前文提到郭沫若認為反字義同俘，而他也將印與反視為同字。〔註131〕 楊升南基本從郭說，曰：

> 印字字形與反字相同，只是手在前，作為動詞當亦是俘獲人形，……
>
> 稱為反（俘）、印，從字形分析，當是補捉不久的邑族俘虜而用為人
>
> 牲。〔註132〕

朱歧祥也認為 （反）與 、 （印）是一字異體，而釋此字為「奴」。〔註133〕

認為反與印有別的學者也很多，如姚孝遂認為二字字形有別，羅琨認為字形、用法皆有別，〔註134〕 裘錫圭指出：

〔註129〕張先生所引卜辭為未綴版，釋文稍有誤差。

〔註130〕詳見《甲骨文語法學》，頁259～261。

〔註131〕《殷契粹編・考釋》第1241片，收於郭沫若著作編輯出版委員會編，《郭沫若全集・考古篇》（北京：科學出版社，2002）第3卷，頁671。

〔註132〕〈商代人牲身份的再考察〉，《歷史研究》1998.1，頁137。

〔註133〕〈釋奴〉，中國文字學會、輔仁大學中國文學系，《第三屆中國文字學國際學術研討會論文集》（台北：輔仁大學中國文學系，1992）。

〔註134〕〈商代的俘虜〉，《古文字研究》第1輯，頁350；《詁林》，頁409、413。羅琨，〈商

在卜辭裏，「艮」多指祭祀人牲，「抑」則用爲句末語氣詞，有時也用爲國族名或人名（如《合》21708、21710 等。《合》22590、25020 兩條出組同文卜辭裏的「抑」疑亦人名）。兩個字的用法截然有別。〔註135〕

張玉金承裘說，認爲印、艮的字形與用法皆不同，總結曰：

「抑」在卜辭中寫作「✦」或「✦」，其中的手形都在 ✦ 的前面；而「艮」在卜辭中則作「✦」，其手形在 ✦ 後面。兩者不但在字形上有別，而且在寫法上也在有差異。「抑」常用作句末語氣詞，有時也表示人名或國族名。……而「艮」在卜辭中的意義是人牲，它常用在祭祀動詞或動詞「用」後，……總之，「抑」和「艮」不是一個字，而是兩個不同的字。「艮」字有時誤作「抑」，如「用執用抑」（存 2.268），但這很少見；「抑」沒有誤作「艮」的。分析「抑」的用法時，不能像朱歧祥那樣把「抑」和「艮」相混。〔註136〕

張說較合理，本文從之。

最後還有一個問題，即《花東》441「又艮司庚」應如何解釋。「司」作 ✦，朱歧祥曰：「『司庚』的司，或即姒字異體。」〔註137〕 ✦ 字學者多釋爲「后」或「司」，朱歧祥則視爲「匕」之異體爲，認爲司（✦）爲匕（✦）的顛倒，〔註138〕 蔡師哲茂曾引述裘錫圭與曹定雲之說，指出此說之誤，還舉以下二版說明「司」非「匕」字：〔註139〕

己丑卜，禱：帥（禦）司匕（妣）甲。　　《英》1893

代人祭及相關問題〉，胡厚宣，《甲骨探史錄》（北京：生活・讀書・新知三聯書店，1982），頁 131～132。

〔註135〕〈關於殷墟卜辭的命辭是否問句的考察〉，《古文字論集》，頁 252。

〔註136〕〈關於卜辭中的「抑」和「執」是否句末與氣詞的問題〉，《古漢語研究》2000.4，頁 34。

〔註137〕《校釋》，頁 1037。

〔註138〕〈論子組卜辭的一些辭例〉，中國訓詁學會、逢甲大學中國文學系，《第五屆中國訓詁學全國學術研討會論文集》（台中：逢甲大學中國文學系，2000），頁 50～51。

〔註139〕〈甲骨文釋讀析誤〉，《第十三屆全國暨海峽兩岸中國文字學學術研討會論文集》，頁 161～163。

丁卯卜：司匕（妣）咎。　《合》21537+21555【常耀華、黃天樹綴】〔註140〕

至於「司」應如何解釋，目前學界普遍接受釋爲「后」的說法，〔註141〕曹定雲反對釋爲「后」，認爲：

> 「司」是王宮中的女官，其具體職務是掌管宮中祭祀，她們來自不同的諸侯、方國。由於她們身居要職，常在殷王左右，因此她們中的一些人很可能成爲殷王之配。〔註142〕

而裘錫圭對何以應釋爲「司」，從古文字學的角度提出如下看法：

> 「龔⿰㠯司」跟「龔⿰㠯司」、「龔司」無疑是同一名稱的異寫。
>
> 「⿰㠯司」字，余永梁釋作「辝」。「台」字從「口」「㠯」聲，上古「㠯」、「台」、「𠃌」（司）音近，作爲聲旁可以通用。……余氏釋「⿰㠯司」爲「辝」極爲可信，「辝」、「司」古音至近。……把㠯釋作「以」，⿰㠯司便可以釋作「辝」，「龔司」、「龔⿰㠯司」又可以寫作「龔⿰㠯司」的原因，也就完全明白了。〔註143〕

由「𠃌（司）」與「㠯（以）」的形、音關係可知與「后」無關。裘先生又指出：

> 「以」、「司」古音相近，金文「姒」字多兼从「㠯」（或作「台」）「司」（或作「𠃌」）二聲。由此可知「⿰㠯司」所从之「𠃌」確當讀「司」而不當讀「后」。……不但「以」、「司」音近，卜辭時代「⿱㠯丂」（[字]）亦兼有「司」一類讀音。……「⿱㠯丂」、「[字]」、「⿰㠯司」、「[字]」、「⿰糸司」皆非「后」之名，而應爲同表某一其音與「司」近同的女性稱謂之字。〔註144〕

如果筆者沒有理解錯誤，此類從「⿱㠯丂」（⿱大司）或從「𠃌（司）」的字裘先生釋爲

〔註140〕常耀華，〈子組卜辭綴合兩例〉，《殷墟甲骨非王卜辭研究》，頁142～144；黃天樹，〈甲骨新綴11例〉，《黃天樹古文字論集》，頁251～252。

〔註141〕朱鳳瀚主張此字爲「后」，其〈論卜辭語商周金文中的「后」〉一文對各家說法皆有詳論，可參。見《古文字研究》第19輯（1992）。

〔註142〕《殷墟婦好墓銘文研究》，頁98

〔註143〕〈說以〉，《古文字論集》，頁108。

〔註144〕〈說「姛」（提綱）〉，《古文字與古代史》第2輯，頁118～119。

「婦（姒）」，關於「姒」，裘先生曰：

> 「婦」、「嬰」等字前人多釋「姒」，當然是不錯的。不過，從甲骨、
> 金文看，殷人似無周人所用的不同於氏的姓。「姒」在商代甲骨、金
> 文中是用作一種女性稱謂的。
>
> 「姒」本有「姊」義，爲女子年長者之稱。……「姒」在上古當可
> 爲女子之尊稱，猶宗法社會中已宗子之「子」爲男子之尊稱。……
> 商代王之配偶中，其尊者當可稱「姒」，卜辭中之「婦」可能多爲此
> 種人。但其他貴族配偶之尊者應亦可稱「姒」。甚至不能完全排斥卜
> 辭中的某些「婦」，係稱呼王或其他貴族之姊的可能。
>
> 加於「婦」稱之上的「司」，當取女子年長義。卜辭有「司姒」（《合
> 集》21555、40886，後者即《英藏》1893）、「司母」（《合集》30370）
> 之稱，可認爲與「小姒」（《合集》2449）、「小母」（《合集》651、27602）
> 相對。「司婦」亦可認爲與「小婦（叧）」相對。當「女子年長」講
> 的「司」（姒）和當「女子年長或尊貴者」講的「司／婦」（姒），
> 在當時可能有讀音上的區別（如聲調不同等）；或者當年長講和年長
> 者講的「姒」同音，當尊貴者講的「姒」的音則稍有不同，現已不
> 可確考了。〔註145〕

讀裘文，「司」字之義明矣。「反」爲獻給司庚的人牲。司庚也見於午組卜辭：
「丁巳卜：禦司庚豭。」（《合》22069）

關於反在卜辭中的使用狀況，劉風華指出，在村南系列歷一類卜辭用牲情
況中，多用在對女性祖先的祭祀，有如下說法：

> 賓組、出組、子組、歷組、無名組皆有以反爲祭牲的卜辭，其中賓
> 組多見，出組、無名組較少。賓組卜辭中，用反爲祭的對象以父乙
> 和先姒爲主。村南系列所見皆爲先姒，包括姒己、姒庚和高姒丙，
> 姒己、姒庚見於同版，其爲祖乙之二配。……高姒丙指大乙的配
> 偶，……。〔註146〕

〔註145〕〈說「婦」（提綱）〉，《古文字與古代史》第 2 輯，頁 120～121。

〔註146〕《殷墟村南系列甲骨卜辭的整理與研究》，頁 24。

屰在花東卜辭的二例中也是用於祭祀女祖。

2. 臣、妾

卜辭中的臣、妾作為人牲的例子不多，茲舉幾例如下：

貞：屮伐妾嬰（媚）。

三十妾嬰（媚）。

貞：屮伐叡嬰（媚）。　《合》655 正甲

屮（侑）妾于匕（妣）己。　《合》904 正

癸酉卜，貞：多匕（妣）甗小臣三十、小母三十□帚（婦）。　《合》630

貞：今庚辰夕用甗小臣三十、小妾三十于帚（婦）。九月。　《合》629

花東卜辭中的臣、妾有作為人牲者，如：

丙卜：叀（惠）小宰又屰妾卲（禦）子馘匕（妣）丁。　一

丙卜：叀（惠）五羊又豈卲（禦）子馘于子癸。　二四

己卜：又豈又五帚（置）卲（禦）子馘匕（妣）庚。　一

己卜：叀（惠）屰臣又妾卲（禦）子馘匕（妣）庚。　一　《花東》409

關於上舉卜辭的斷句與釋讀，學者意見稍有不同。第一辭原釋文為「丙卜：叀小宰又屰妾卲子而妣丁？一」。[註147] 朱歧祥認為「對比同版（27）辭（按：即上引第四辭）的『屰、臣、妾』，可見屰和妾是二對等的語言概念。」故其釋文為「丙卜：叀小宰又奴、妾卲子而妣丁？一」，趙偉為「丙卜：叀小宰又屰、妾卲子而妣丁？一」。[註148] 第四辭原釋文為「己卜：叀屰臣妾卲子而妣庚？一」，[註149] 朱歧祥為「己卜：叀奴、臣、妾卲子而妣庚？一」。[註150] 姚萱指出原釋文漏摹「又」字，應為「屰臣又妾」，非「屰臣妾」，此字非常清晰，[註151] 魏慈德認為「又妾」應與《花東》346 的「叡」同字，趙偉也有相同看法，認為是「叡」字漏摹構件「又」，並將此辭釋讀為「惠屰、臣、妾（按：

〔註147〕《花東・釋文》，頁 1719。

〔註148〕《校釋》，頁 1032、768；《校勘》，頁 59。

〔註149〕《花東・釋文》，頁 1720。

〔註150〕《校釋》，頁 768。

〔註151〕《初步研究》，頁 352。

依作者說法應爲𢆉）」﹝註152﹞。本文認爲姚萱看法較爲合理。從字形來看，「又妾」作 ，卜辭中𢆉字少見，《花東》346 有𢆉字作 ，《合》655 正甲也有𢆉字作 ，很明顯後兩字的「又」形在妾字頭部後方，誠如魏慈德所說，𢆉字應該與 、 等形一樣是加手形表抓取義，﹝註153﹞而《花東》409 的「又」形在妾字後方作 ，與象抓取頭部的附加構件 明顯不同。

至於究竟上舉第一、四二辭應該是「小宰又𠬛妾」、「𠬛臣又妾」，還是「小宰又𠬛、妾」、「𠬛、臣又妾」，本文認爲前者爲是，由於各家釋文並爲特別說明理由，本文試提出「𠬛妾」、「𠬛臣」可能成立的理由。

前文提到姚孝遂指出𠬛是以俘獲的方法爲名，相對於以族爲名的人牲而言，𠬛爲通名，男、女都可稱爲𠬛。另外，從𠬛與 的關係來看也可知𠬛爲通名，沈培指出在「又伐於『Ｏ神』羌幾」、「又伐於『Ｏ神』幾羌」或「又伐於『Ｏ神』幾人」的句子中，「羌」、「人」具體說明「伐」的身分，「伐」與「羌」是「種屬關係」，而𠬛與 、女也是同樣的種屬關係，指出：

（1）☑卜，其又羌妣庚三人。　26924

（2）戊辰卜，又𠬛妣己一女、妣庚一女☑。　32176＝33129

（3）㞢𠬛妣庚 。

　　△勿㞢。　721 正

例（3）中的 應當是用來說明「𠬛」的，猶如前面所舉例子中的「羌」與「伐」的關係。卜辭屢言「𠬛 」，如：

　　貞：㞢妣己𠬛 。　904 正

　　☑𣪘𠬛 ，㞢宰。　740

有時說「𠬛」幾「」，如：

　　𣪘𠬛一 。　783

翌己未呼子賓祝父，盟小宰，𣪘𠬛三 。（下略）　924 正

我們從未見到「幾𠬛幾 」的說法，說明「𠬛」與「」不應當是兩種祭牲，「」當是說明「𠬛」的「𠬛一 」可與（2）的「𠬛……

﹝註152﹞《殷墟花園莊東地甲骨卜辭研究》，頁 125；《校勘》，頁 59。

﹝註153﹞《殷墟花園莊東地甲骨卜辭研究》，頁 125。

一女」比較。〔註154〕

又說：

「伐幾羌」可以說成「伐羌幾」，如我們看到有「伐羌五」（32560）的說法。「伐」與「羌」是種屬關係（參第二章第四節二之2）。「及」與「森」的關係與「伐」與「羌」的關係相同。我們雖然沒找到「及森幾」的例子，但看到了「及女一」（728）的說法，「及」與「女」的關係，跟「及」與「森」的關係也是相同的。另外，我們還看到「三及森」（710）的說法。〔註155〕

此說可從。進一步來看，「及女」、「及森」或可視爲一種表示「種屬」的「偏正式複合詞」，前者爲「種」後者爲「屬」，即傳統所謂「大名冠小名」的構詞方式，伍宗文指出此種偏正式是先秦特有，如「草芥」、「帝堯」、「金鐵」之類，反映出更古老的語序。〔註156〕上引沈文所提到「及女」的辭例如下：

□（巳）卜，爭：子妖于母中麂、小宰又及女一。

貞：勿嗇用中麂、曹小宰又及女一于母丙。　R38322〔《乙》4647（《合》15101+《乙》4635（《合》9906）〕【張秉權綴】+《丙》512（《合》728）【蔡哲茂加綴】〔註157〕

「小宰又及女」與《花東》409「小宰又及妾」應該是同樣的表達方式。本文認爲《花東》409的「及妾」、「及臣」與「及女」、「及森」一樣，爲表示「種屬」的「偏正式複合詞」，「及臣又妾」很可能是指「及臣」與「及妾」。

綜上所述，花東卜辭中有作爲人牲的臣、妾，較爲特殊的是前面接「及」字，爲及妾、及臣，很可能是一種偏正結構複合詞，及表示「種」，妾、臣表示「屬」。

（二）𤴐（𤴐）

此二字見於《花東》84、458，相關辭例如下：

〔註154〕《殷墟甲骨卜辭語序研究》，頁111～112。

〔註155〕《殷墟甲骨卜辭語序研究》，頁197。

〔註156〕《先秦漢語複音詞研究》，頁270。

〔註157〕蔡哲茂，〈《殷墟文字乙編》新綴第三十二則〉，「先秦史研究室」網站（http://www.xianqin.org/blog/?p=733），2009年1月7日。

　　羌入，叀（惠）〔☉〕〔㱿〕用，若，侃。用。　　《花東》84

　　狋〔乃〕先㱿☉，迺入妚。用。　一　《花東》458

此二字拓片作分別作☐（《花東》84）、☐（《花東》458），《花東》摹爲☐、☐，但於釋文處摹爲☐、☐，〔註158〕《校釋》摹爲☐、☐，認爲「此處的☐字或與『祭牲』有關，字从虎首从女，可能指乃所獻的虎族女牲之意」。〔註159〕《初步研究》摹爲☐、☐，認爲《花東》84、137、458 三版內容相關。〔註160〕《校釋總集・花東》摹爲☐、☐。〔註161〕關於此二字的摹寫，前者字跡不清，從照片看可摹作☐；後者從拓片看爲☐，從照片看似應爲☐。如姚萱所論，☐可能是裘錫圭釋爲妍的「☐」字，從辭例看☐、☐應爲同字異體。

　　至於此人物的身分，從《花東》84、458 來看是被「㱿」的對象，《花東・釋文》未辨識出《花東》84 的「㱿」字，並認爲《花東》458 的「㱿」字「從午從收，隸釋爲㱿，實乃春之初文。『㱿☐』也可能是一字」。〔註162〕《花東》458「㱿☐」作☐，姚萱指出：

> 單從 458 號其字形結合較緊密來看，似乎此說也很有可能。但根據 84.1 之形可知其確當爲兩字，同時 84.1「㱿」字拓本不甚清晰，……缺文據拓本字形結合 458 號可知是「㱿」字。「☐」和「☐」係一字異體，是動詞「㱿」之賓語，「㱿☐」和「惠☐㱿用」指以「㱿」的方式用人牲「☐」。〔註163〕

可從。☐、☐爲女性人牲。

第三節　存疑待考者

一、無法確定身分者

〔註158〕《花東・釋文》，頁 1593、1736。

〔註159〕《校釋》，頁 158、1040。

〔註160〕《初步研究》，頁 22。

〔註161〕《校釋總集・花東》，頁 6501、6571。

〔註162〕《花東・釋文》，頁 1736。

〔註163〕《初步研究》，頁 22。

（一）⿱屮𦣝

此字作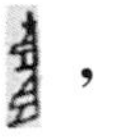，花東卜辭中二見，《花東》113 的「⿱屮𦣝」不是名詞，可不論。〔註 164〕名詞的用法見於《花東》409，節錄相關辭例如下：

壬卜：子其屰⿱屮𦣝丁。　一

壬卜：于乙祉（延）休丁。　一

〔甲〕卜：子其祉（延）休，曌乙，若。　二

甲卜：子其祉（延）休。　五

乙卜：其屰吕⿰豕多（⿰豕多）于帚（婦）好。　一　《花東》409

此字各家摹釋爲「𦣝」，趙偉指出從拓片看應爲「⿱屮𦣝」字，〔註 165〕細審照片，「𦣝」上確有屮形刻劃，應從趙偉改爲「⿱屮𦣝」字。關於此字的解釋，由於各家原摹釋爲「𦣝」字，爲二「臣」之疊，故以「臣」字字義詮釋此字，釋爲人牲或職官，如朱歧祥認爲：

> 𦣝，用爲祭品，僅一見。从二臣，可理解爲眾臣之意。臣亦用爲祭品，如本版（27）辭的「𠬝、臣、妾」並出，410 版的「執臣」例是。屰，有迎、入意。全句指子其屰𦣝于丁。〔註 166〕

曾小鵬則認爲「𦣝」爲官名。〔註 167〕朱歧祥指出「子其屰𦣝丁」即「子其屰𦣝于丁」，〔註 168〕可從。從相關辭例來看，花東卜辭中有「屰某于丁」、「屰某于婦好」的辭例，如本版有「屰吕⿰豕多于婦好」，「吕⿰豕多」爲吕族之「多子」，《花東》320 有「何于丁屰」，即「于丁屰何」，「于母婦」是「何于母婦屰」之省，「何」指該地的俘虜或奴隸，〔註 169〕可知此「屰⿱屮𦣝丁」的「⿱屮𦣝」也應該是指某個人物或某類人物。

就字形而言，此字可視爲從「屮」從「𦣝」的會意或形聲字。要討論「⿱屮𦣝」

〔註 164〕此字字義不明，相關討論見本文第三章第二節「子数」處。

〔註 165〕《校勘》，頁 59。

〔註 166〕《校釋》，頁 1033。

〔註 167〕《《殷墟花園莊東地甲骨》詞類研究》，頁 3、42。

〔註 168〕朱歧祥也指出花東卜辭中常見省略介詞「于」的句型，見〈句意重於行款——論通讀花園莊東地甲骨的技巧〉，《古文字研究》第 26 輯，頁 34。

〔註 169〕「吕⿰豕多」的解釋從姚萱之說，詳見本文第三章第三節，「何」詳見第六章第一節。

的意義，仍須從「亞」入手。卜辭中的「亞」有地名、人名的用法，記事刻辭中多見「乞自亞」、「自亞乞」之例，〔註170〕《合》8192 有「在亞」，另外還有以下辭例：

　　　亞入百。　　《合》12396 反

　　　☑令亞眾弋。　　《合》4495

　　　☑王亞☑吕（以）人☑允吕（以）自☑𢆉三百☑。

　　　☑王朿☑。

　　　☑𢆉☑。　　《合補》2393（《合》1034+9103）

　　　壬申卜，宁貞：亞☑。

　　　壬申卜，宁貞：亞不𦥯（殟）。　　《醉古集》35（《合》17083 正+《乙》1482+1491）

《合》12396 反「亞入百」爲甲橋刻辭。《合》4495 是亞與弋一同被商王命令的卜問，趙鵬認爲與《屯南》1041 的「丙午貞：王令弋」同事。〔註171〕《合補》2393 辭殘，同版有「王朿」，故推測「王亞」爲人物，此版「王亞」與「以人」有關，卜辭中朿經常有「以某」之事（見《類纂》，頁 86），亞、朿身分地位可能類似。〔註172〕《醉古集》35 中的亞還受到商王關心，顯然此人地位不低。金文中也有亞字，還有亞與「西單」複合的族氏銘文，可見商代確有亞族。〔註173〕

　　但卜辭中也有疑似作爲奴隸或人牲的用法，如：

　　　辛卯卜：勿乎（呼）雀凵，雀取侯亞。　　《合》19852

　　　壬寅卜，㱿貞：方亞☑。

〔註170〕可參《殷墟甲骨文五種記事刻辭研究》，頁 238。

〔註171〕《殷墟甲骨文人名與斷代的初步研究》，頁 191。

〔註172〕關於卜辭中「王某」的身分問題，趙鵬整理出三類看法：一爲「王」代表「王族」；二爲「王」應讀爲「士」，是職官名；三爲「王」是「在野之王」，並贊同第三種觀點，見《殷墟甲骨文人名與斷代的初步研究》，頁 81～82。「王某」的身分目前未有定論，但屬於統治階級則無可疑。

〔註173〕詳見《商周青銅器族氏銘文研究》，頁 215、541、585。

貞：方畫其屮▢。　　《合》4300 正

貞：畫其用。　　《合》4498 反

《合》19852 的「侯畫」可能與「侯屯」一樣，指侯帶來的奴隸或人牲畫，〔註174〕「方」爲卜辭中常見的方國，「方畫」也可能是指方帶來的人牲畫。《合》4498 反的「畫」爲人牲，也不能排除是「畫」族族長的可能性。另外，卜辭中還有從「畫」的字，如「𤲺」與「𤲺」。「𤲺」字姚孝遂認爲是地名或方國名，〔註175〕羅琨曾指出：

> 卜辭有關於𢁢是否「氏𤲺𢎛」（《丙》185）的反復占卜，還有「羌𤲺」
>
> （《乙》8722）名號，知𤲺屬羌地或爲羌人的一支，故𤲺𢎛也是羌人
>
> 畜牧奴隸。〔註176〕

趙鵬認爲從卜辭中的「羌𤲺」與「𤲺𢎛」判斷前者可能是羌人的分族，後者可能是「羌𤲺」這族中一種善於從事畜牧業生產或管理的人，〔註177〕可知「𤲺」可能是族名。「𤲺」字於本文第七章第二節有相關討論，基本上爲人、地名。目前所見的「𤲺」、「𤲺」爲人、地、族名，無法就從「畫」諸字判斷偏旁「畫」之本義。

綜上所述，「畫」與從「畫」的「𤲺」、「𤲺」等字目前可知的用法爲人、地、族名，無從得知「畫」字本義，對「崙」字的理解幫助有限。而「畫」有疑似作爲奴隸或人牲的用法，但辭例很少，難以確定是否爲本義。「崙」字可確定爲某人物（崙爲人名）或某種人物（崙爲奴隸、人牲或其他身分人物），但作爲人物的崙目前僅此一見，無其他資料可比較，只能存疑待考。

（二）叙

此字於花東卜辭中一見，作 ，《花東》摹爲「叙」，從拓片看也可能從女，由於照片並無局部放大，無法辨識是否從女，此暫從《花東》摹釋。「叙」

〔註174〕關於「侯屯」可參〈花東卜辭「白屯」釋義〉，《第十八屆中國文字學國際學術研討會論文集》。也有學者認爲「侯畫」是名爲畫之侯，見《商周青銅器族氏銘文研究》，頁 124。

〔註175〕《詁林》，頁 641。

〔註176〕〈殷商時期的羌和羌方〉《甲骨文與殷商史》第 3 輯，頁 409。

〔註177〕《殷墟甲骨文人名與斷代的初步研究》，頁 191～192。

與子相對，可能指某個人物，其辭例如下：

　　子。

　　叙。

　　三咸。　一

　　四咸。　二

　　侃。　一　　《花東》346

《花東・釋文》中曰：「以上幾字因無辭組相連，其義不好推測，估計可能與祭祀有關。」〔註178〕魏慈德、趙偉認爲《花東》409 有「叙」字，而姚萱釋爲「又妾」二字，本文從姚萱，相關討論詳見本章第二節「反、臣、妾」處。由於本版卜辭過簡，無法判定「叙」所指爲何，此字亦見於賓組卜辭，辭例如下：

　　貞：㞢伐妾妿（媚）。

　　三十妾妿（媚）。

　　貞：㞢伐叙妿（媚）。　　《合》655 正甲

朱歧祥曾將「叙」字釋爲「奴」字，認爲從妾從女通用，與𡚽、𡚸……等同字，〔註179〕彭邦炯也將此字釋爲「奴」，視「叙」、「妾」爲意義不同的字：〔註180〕

　　此字在《合集》655 正甲的同版相同的句型裡，一個用妾，爲「貞：
　　侑伐妾媚」，另一辭則用叙，爲「貞：侑伐叙媚」，這清楚的說明了
　　妾與叙是不同的兩種人牲。我們認爲叙應該是後來的奴字，……妾
　　爲女奴隸；古文字中往往從妾與從女通，故後世將之簡化成從女從
　　又的「奴」字。由上推知，在商王國裡，女奴隸除有妾外，還有叫叙
　　（奴）的女奴隸。〔註181〕

〔註178〕《花東・釋文》，頁 1698。

〔註179〕〈釋奴〉，《第三屆中國文字學國際學術研討會論文集》，頁 63。

〔註180〕韓江蘇討論叙字時也舉出《合》655 正甲此例，曰：「叙、妾同爲祭祀所用的犧牲，
　　　　說明其身份和地位相當。」似也認爲二者非同字，見《殷墟花東 H3 卜辭主人「子」
　　　　研究》，頁 282。

〔註181〕《早期奴隸制社會比較研究》，頁 124。

甲骨文中作爲偏旁的「妾」與「女」確有互通之例，[註182] 但甲骨文中目前尚未出現從女從又的「奴」字，就字形而言，要說明「毄」可作「奴」或後代簡化爲「奴」，仍需有實際的例證，比如同文例中兩辭分別作「毄」與「奴」，或甲骨文「毄」與金文「奴」的形義一脈相承。就字義而言，《合》655 正甲有「妾」，是女奴的通稱，若「毄」也是女奴，又與「妾」是不同字，當另有他義，後代如何轉變爲奴隸通稱的「奴」字，其演變軌跡也需要以實例建構。又若「毄」是與「妾」不同類的女奴的通稱，那也應該和「妾」字或泛指俘虜的「𠬝」字一樣常見，不會只有一例，因此本文對此說存疑。本文認爲將「毄」視爲「妾」的異體更爲合理。

李旼姈認爲此二字爲增加部件的異體字，卜辭中異體字增加「又」、「爪」、「収」等手形之例甚多，由於「貞：虫伐妾妟」、「貞：虫伐毄妟」二辭同文，此「毄」應爲「妾」的繁形，「毄」與「妾」可能爲同字的繁簡寫法。[註183] 魏慈德已引述李說認爲「妾」、「毄」同字，並舉《合》33008 的「執」字作 𩅧，所從人旁亦爲加又形之異體字。[註184] 關於甲骨文中增省「又」形的異體字，陳劍指出花東卜辭中的「玨」字與「玨」字應該都是「玉戚」義，用法相同而寫法不同，是與「毄」、「妾」類似的例子。[註185] 因此本文同意李說，認爲「毄」是「妾」的異體字。

〔註182〕沈建華、曹錦炎的《新編甲骨文字形總表》（香港：中文大學出版社，2001）於頁 40 將 𩂋（《合》32166、34095）、𩂐（《合》35321）都隸作「倭」，在《甲骨文字形表》（頁 36）分別隸爲「倭」、「伖」。而《合》34095 與《合》35321（＋《合》34094，見《合補》10650）爲同文例，可證「妾」、「女」確有互通之例。蔣玉斌也指出圓體類的 𠕎、𠕊 與卜辭中的 𩂋、𩂐、𩂤 等同字，從裘錫圭、陳劍釋爲妃，表示一男一女一對人牲，見《殷墟子卜辭的整理與研究》，頁 120～121。卜辭中還有 𣪊（《屯南》2259）與 𣪋（《屯南》4042）二字，《類纂·字形總表》（頁 7）與《新編甲骨文字形總表》（頁 60）、《甲骨文字形表》（頁 55）視爲二字，李宗焜的《殷墟甲骨文字表》（頁 99）視爲同字，《屯南》2259 𣪊 作 ▨，李宗焜摹爲 𣪋。此二字都只一見，且爲殘辭，無法討論是否可通。

〔註183〕詳見《甲骨文字構形研究》，頁 76～83。孫俊亦有同樣的說法，見《殷墟甲骨文賓組卜辭用字情況的初步考察》，頁 29～30。

〔註184〕《殷墟花園莊東地甲骨卜辭研究》，頁 125。

〔註185〕〈說殷墟甲骨文中的「玉戚」〉，《中央研究院歷史語言研究所集刊》78.2，頁 422。

妾字本有配偶與奴隸（或人牲）兩類意義，《合》655 正甲的「㚤」，姚孝遂、蕭良瓊都認爲是人牲，〔註 186〕魏慈德認爲妾字加「又（手）」旁表俘虜義，沿「𠬝」字從又表抓取意而來。〔註 187〕至於《花東》346 的「㚤」字由於辭例特殊，無法確定表示何種身分。該字刻於右甲橋中，右甲橋下有「子」字，與「㚤」相對的左甲橋有「三咸」，與「子」相對的左甲橋有「四咸」，〔註 188〕由此呼應關係來看，「㚤」也可能是與子身分接近的貴族人物，「㚤」、「妾」同字，此或許應解釋爲配偶也未可知。此僅爲推測，目前無從考證，對「㚤」的身分仍只能存疑待考。

（三）毌（琡）羌

花東卜辭有「毌（琡）羌」一詞，辭例如下：

辛亥卜，鼎（貞）：毌（琡）羌又（有）疾，不死。子𠧩（占）曰：羌其死，隹（唯）今；其㣇（瘥），亦隹（唯）今。　一二

辛亥卜：其死。　一二

辛亥：歲匕（妣）庚𫵂一。　一

癸丑：歲癸子𧰯一。　一　《花東》241

《花東・釋文》中釋毌爲玉，認爲毌可能爲地名，〔註 189〕朱歧祥認爲：

此字形與玉實異，且釋「玉羌」亦不可解。羌字前從未有出現地名者。目前看，此字象斧戉形，疑即戉字。「戉羌」，指持用斧戉斬殺羌人。因爲是用祭牲之羌人，才會以其有疾病而關心其死與否。子據卜兆判斷，說：羌於今日會死，接著言「其㣇亦隹今」，指的是羌

〔註 186〕《詁林》，頁 455；〈「臣」、「宰」申議〉，《甲骨文與殷商史》第 3 輯，頁 356～357。相關討論參本文第三章第二節「子媚」處。

〔註 187〕《殷墟花園莊東地甲骨卜辭研究》，頁 125。

〔註 188〕本版「三咸」、「四咸」之「咸」，字形作、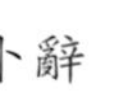，從口從○同，《花東・釋文》、《校釋》、《初步研究》、《校釋總集・花東》皆釋爲「成」，實應爲「咸」。此字字義不明，或曰爲祭品，可備一說，關於花東卜辭「咸」字的討論詳見本文第二章第二節。

〔註 189〕《花東・釋文》，頁 1658。李宗焜從之，見〈花東卜辭的病與死〉，「從醫療看中國史」學術研討會論文，頁 10。

今日的死去並非因疾而死，而是舉行🏃（或即要字）祭而死。🏃，

或指用剪斷腰之祭。〔註190〕

陳劍釋田爲「琡」，認爲此字與《合》5598 正、6033 反、17394 被釋爲人名的玨

一樣應爲人名。〔註191〕韓江蘇則認爲無法判斷此人的身分地位，曰：

> 若玉羌爲犧牲，「子」即詢問玉羌這種人牲是否會死去。……若玉羌
> 是「子」的臣屬，「子」即貞問來自於羌人中的臣屬者——玉羌是否
> 會死去？這是子對玉羌關心的占卜貞問。〔註192〕

以上說法中，釋田爲人或地名與認爲田羌是臣屬的看法可進一步討論。

《花東》198「惠田肇丁」之「田」陳劍也釋爲「琡」，此字有作地名者，

如《合》20757 的「琡」，〔註193〕或許「田」就是「琡」地，而《花東》241

命辭中的「田羌」，在占辭稱羌，「田羌」可能是指「田」此人或此地的羌，

爲奴隸或人牲之類。《花東》241 卜問「田羌」的生死問題，「瘳」字爲表示疾

病好轉、痊癒的「瘳」字，從卜問「田羌」是否會因疾病而死，並關心是否會

好轉、痊癒來看，其地位似應不同於一般奴隸或人牲。卜辭中也曾出現卜問羌

是否死的例，如：

> 庚辰卜，王：朕剢（剢）羌，不殰（殰）。 《合》525

> 貞：屮（有）疾羌，其殰（殰）。 《合》526

> 貞：羌亡其殰（殰）。十一月。 《合》528

殰字從陳劍釋爲「殰」，即「暴死」之義，剢字從裘錫圭釋爲「剢」，即文獻

〔註190〕《校釋》，頁 1003。

〔註191〕〈説殷墟甲骨文中的「玉戚」〉《中央研究院歷史語言研究所集刊》78.2，頁 421。
此三版的玨是王「夢」的對象，楊州認爲從《花東》149「己亥卜：子夢〔人〕獻
子琡」來看，此三版的玨應指玉器而非人名，見《甲骨金文所見「玉」資料的初
步研究》，頁 28。不過卜辭中也有很多夢某人的例子，如《合》17382「丙子卜，
殸貞：王夢妻，不唯憂」與前舉《合》6033 反「貞：王夢玨，不唯憂」類似，玨
還是可能爲人名。關於「夢」卜辭的研究，可參宋鎮豪，〈甲骨文中的夢與占夢〉，
《文物》2006.6。

〔註192〕《殷墟花東 H3 卜辭主人「子」研究》，頁 281。

〔註193〕〈説殷墟甲骨文中的「玉戚」〉，頁 421～242。

中「椓」、「劓」之本字，指去勢之刑，﹝註194﹞其中《合》525 被去勢的羌應為戰俘、奴隸之類，另二版的羌則身分不明。

另外，「田羌」也可能是臣屬於商王朝的某支羌人。前文曾引用陳志達的說法，即殷墟玉料可能取自殷西方國或經他們之手輾轉運來殷墟（見本文第四章第二節「晌（附：舟嚨）」處），其中特別注意到「羌方」在殷西的活動，指出：

> 有的考古學家認為，1976 年甘肅玉門市火燒溝遺址發掘的火燒溝類型文化和分布在永靖境內經過發掘的幾處辛店文化遺址，「可能是古代羌族的兩個分支」。並認為，火燒溝類型墓葬的年代，大致與夏代同時；而辛店文化為我國殷周時期分布於甘青地區的一種青銅文化。從考古資料看，上述的火燒溝類型文化遺存在河西地區的山丹、民樂、酒泉、玉門都有分布。由此表明，夏商周三代，甘肅境內一直是羌族居住和活動的地區。﹝註195﹞

「田」為玉器，此田羌或許因與商王室有玉料貿易往來而得名，為某個羌族分支。而花東卜辭中不只有許多進獻玉器的卜問，還有關於玉料加工的卜問，即《花東》391 的「乍田分卯」，﹝註196﹞「乍田」所用的玉料或許就是「田羌」所貢也未可知。

綜上所述，「田羌」可能是「田」此地或此人的羌，也可能是羌族的分支之一。然而，「田羌」於卜辭中僅一見，從卜問內容實無法得知其身分與地位，本文的說法僅為推論，並無進一步證據支持，故對「田羌」的解釋仍只能存疑待考。

﹝註194﹞《殷墟卜辭的分期與分類對甲骨文字考釋的重要性》，收於《甲骨金文考釋論集》，頁 427～436；〈甲骨文所見的商代五刑——並釋「刖」「剢」二字〉，《古文字論集》，頁 212～212。

﹝註195﹞〈殷墟玉器的玉料及其相關問題〉，《商承祚教授百年誕辰紀念文集》，頁 97。張天恩在關於羌方地望的研究中也討論到商代甘青地區的「寺洼」、「辛店」、「卡約」文化可能與古羌文化有關，見《關中商代文化研究》（北京：文物出版社，2004），頁 341～343。

﹝註196﹞《花東·釋文》，頁 1713。〈殷墟花園莊東地甲骨卜辭考釋數則〉（《考古學集刊》第 16 集，頁 257）與《甲骨金文中所見「玉」資料的初步研究》（頁 31）都有相關討論。

（四）

字僅於《花東》321 一見，辭例如下：

丙辰卜：字又（有）取，弗死。 一 《花東》321

此字從女，學者一般認爲是女性人名，《花東》摹爲字，於《花東・字表》作字，隸定爲「妙」，〔註197〕林澐隸定爲「娳」，認爲可能是婦妙，〔註198〕韓江蘇則認爲由於拓片模糊，故是否爲「妙」字不易辨別。〔註199〕最近林澐與周忠兵在〈喜讀《新甲骨文編》〉一文中將此字摹爲字，認爲從聿從女。〔註200〕此字字跡不清，拓片模糊，細審照片（右圖），左邊部件中間一橫似非刻劃，而此部件豎筆彎曲非直筆，中間二撇非常明顯，作「人」，故左邊部件應摹爲「字」或「字」，在無法目驗原骨的情況下，本文暫摹爲字，不隸定。

關於此辭如何解釋，林澐、韓江蘇都指出「又取」一詞詞義不詳，韓江蘇認爲「『又取』含義不明，若去掉此二字，辭義爲妙會不會死去？由此，妙爲人名」。本文亦嘗試對此辭作一詮釋。

「又」通「屮」，「取」字在卜辭中多爲「徵取」之義，林澐曾指出：

王室的經濟來源，除王家田地、畜群和手工業外，主要依賴各家族的貢納。……這在家族角度稱爲「字」，在商王角度則稱爲「取」。丙種子卜辭有貞問「有取？」（粹1301）當指這類事。〔註201〕

賓組卜辭中有「屮取」的辭例，如：

貞：王屮取，弗若。

〔註197〕《花東・字表》，頁1858。學者多從之，見《校釋》，頁616；《初步研究》，頁329；《校釋總集・花東》，頁6548；《《殷墟花園莊東地甲骨》詞類研究》，頁4、41；《《殷墟花園莊東地甲骨》詞彙研究》，頁6、38；《殷墟甲骨文人名與斷代的初步研究》，頁295、306、312。

〔註198〕〈花東子卜辭所見人物研究〉，《古文字與古代史》第1輯，頁32。

〔註199〕《殷墟花東H3卜辭主人「子」研究》，頁283～284。

〔註200〕林澐、周忠兵，〈喜讀《新甲骨文編》〉，《首屆中國文字發展論壇暨紀念甲骨文發現110周年學術研討會論文集》，頁127。

〔註201〕〈從子卜辭試論商代家族型態〉，《林澐學術文集》，頁56。

貞：王㞢取，若。　　《合》6477 正

指商王對其臣屬有「徵取」之事，「㞢取」在子組卜辭中作「又取」，如：

　　☑又取。

　　壬戌貞：又取。

　　壬戌貞：又取。　　《合》21745

應該是非王家族族長對其臣屬徵取貢物的卜問。卜辭中有許多「某以」、「㞢取」呼應的辭例，如：

　　貞：卲吕（以），㞢取。

　　貞：卲弗其吕（以），㞢取。　　《合》3481

　　貞：彗罙（暨）郭吕（以），㞢取。　　《合》8235

　　貞：彶罙（暨）詠吕（以），㞢取。　　《合》9050 正

　　弗其吕（以），㞢取。　　《合》9069

　　吕（以），㞢取。　　《合》9070

　　☑卜，㱿貞：妾吕（以），㞢取。　　《合》9075

　　貞：並弗其吕（以），㞢取。　　《合》9105 反

　　☑史吕（以），㞢取。　　《合》9126

　　☑何吕（以），㞢取。　　《懷》343

「以」可解釋爲「致送」，卜辭中致送之物多爲俘虜或貢物，「卲」、「彗」、「郭」、「彶」、「詠」、「　」、「妾」、「史」、「何」等人爲卜辭中常見的人物，應該是卜問這些人致送某物，商王是否會派人去取，「㞢取」或爲「王㞢取」或「某（王所命之人）㞢取」之省。而同樣的呼應關係，因強調的重點不同也作「取……以」，〔註202〕本章第一節提到的《合》15462+19037【蔡哲茂綴】的「勹……㞢畀」也是類似的句型。

　　綜上，「　又取，弗死。」可能與《合》6477 正「王㞢取，弗若。」句型相同，「　又取」指「　」有徵取之事，「　」應爲貴族女性，花東卜辭中還有類似的句型，如：

〔註202〕本文第三章第一節中有相關辭例的整理。

乙亥卜，鼎（貞）：子雍友救又（有）复（復），弗死。　一《花東》21

乙卜，鼎（貞）：屰（賈）壴又（有）口，弗死。　一

乙卜，鼎（貞）：中周又（有）口，弗死。　一　《花東》102

此辭可能是子對派「煣」此人出外徵取貢物，對之表示關心而卜問。

然而「又取」也可能是被動用法，如：

貞：隹（唯）唐取帚（婦）好。

貞：隹（唯）大甲。

貞：隹（唯）且（祖）乙。

貞：隹（唯）唐取帚（婦）好。

貞：帚（婦）好屮取上。

貞：隹（唯）大甲取帚（婦）。

貞：帚（婦）好屮取不。

貞：隹（唯）且（祖）乙取帚（婦）。　《合》2636 正

己卯卜，宁：王固（占）曰：上隹甲。　《合》2636 反

貞：帚（婦）好屮取上。

隹（唯）大甲取帚（婦）。

貞：帚（婦）好屮取不。

貞：隹（唯）且（祖）乙取帚（婦）。

隹（唯）父乙。　《合補》5554 正

己卯卜：宁。

王固（占）曰：上隹甲。　《合補》5554 反

己卯卜，宁貞：隹（唯）帝取帚（婦）好。　《合》2637

在語義上「帚好屮取」應該是「取帚好」的被動句型。〔註203〕因此「煣有取」
也可能是「取煣」的被動句型，則「煣」是被取者。卜辭中從女字可指某族、

────────────────────

〔註203〕張玉金曾指出卜辭中有一種「語義上表示被動的句子」，前節「及、臣、妾」處已
　　　有引用。

某地的貴族婦女或女奴、女巫之類人物,「取」是徵取、獲取之義,此被取的「𡥆」
應爲該族的女奴。不過有學者認爲卜辭中的「取」可解釋「娶」,如宋鎭豪曰:

甲骨文有「取女」,「勿取女」的對貞,如:

辛卯卜,爭,呼取鄭女子。

辛卯卜,爭,勿呼取鄭女子。(《合集》536)

正反卜問娶女,即含有咨議婚事性質。〔註204〕

又將上舉「取婦好」卜辭解釋爲先王取冥婦之禮。〔註205〕關於《合》536,王
貴民曾指出「奠女子」可能是奴隸,〔註206〕裘錫圭將奠釋爲「被奠者」,認爲
「奠女子」可能指被奠者對商王提供的少女。〔註207〕可見取應該與取牛羊之取
同義。關於「取婦好」卜辭,張政烺認爲先王爭相娶武丁之妻婦好爲冥婦,且
由武丁親字占卜,實不合理,故不同意冥婚之說,而釋「取」有「選取」之義,
此版內容可解釋爲先王從多帚(或即《周禮》的世婦)中選擇一個名爲帚好者
的占卜。〔註208〕而關於甲骨文的取字是否可解釋爲娶,楊逢彬認爲:

取娶爲古今字,娶是由取引申出來的。但這一引申過程何時完成,
是應該考慮的。「娶」字的產生大約在漢以後,那麼春秋時期(《左
傳》僖公二十三年「公子取隗」)「取」是否已由「獲取」義分化出
「取妻」義,尚值得懷疑,更遑論刻辭時代了。〔註209〕

楊先生雖未引用上舉「取婦好」相關卜辭,但也可知其間接否定「取婦好」的
「取」可釋爲「娶」。本文同意甲骨文取不可解釋爲娶,至於能否解釋爲「選取」,
婦好指世婦之一還是指武丁妻婦好,有待進一步考證。〔註210〕

〔註204〕《夏商社會生活史》,頁242。

〔註205〕姚孝遂最早提出,宋鎭豪有相關討論,見《夏商社會生活史》,頁249～250。

〔註206〕王貴民,〈就甲骨文所見試說商代的王室田莊〉,《中國史研究》1980.3,頁70。

〔註207〕〈說殷卜辭的「奠」〉,《中央研究院歷史語言研究所集刊》64.3,頁679。

〔註208〕〈帚好略說〉、〈帚好略說補記〉,《張政烺文史論集》,頁654～655、677～678。

〔註209〕《殷墟甲骨刻辭詞類研究》,頁42。

〔註210〕甲骨文中與「取」字用法類似的「求」字,曾有學者認爲應釋爲「選擇」,如施謝
捷以《周禮‧地官‧牛人》「凡祭祀,共其享牛、求牛,以授職人而芻之」中,「求
牛」之「求」陳祥道、惠士奇、孫詒讓解釋「擇」爲依據,認爲卜辭中「求牛」、

　　總結以上討論，由於「🔲」字拓片模糊，學者推測此字可能從「肉」，認爲即卜辭中的「妌」（《類纂》，頁 189），事實上此字左邊部件可能從「🔲」或「🔲」，爲新見字，也可能因刮痕而無法辨識原爲何字。而「🔲又取」一辭，本文提出兩種詮釋，「🔲」的身分可能爲貴族女性或奴隸，無法確定何者爲是，故本文暫存疑待考。

（五）🔲

　　此字於《花東》130 作🔲、🔲，於《花東》372 作🔲、🔲，二字分別爲🔲、🔲二形，字形稍有不同，《花東・字表》視爲同字，相關辭例如下：

　　己卯卜：子用我🔲，若，弜屯（純）㭇用，侃。舞商。　一

　　屯（純）㭇🔲。不用。　一　《花東》130

　　丙戌卜：子叀（惠）辛🔲。用。子㞢。　二二

　　丙戌卜：子☐🔲。用。　一二二　《花東》372

《花東》130 各家釋文不同，主要是因爲對行款的認知有異，基本看法有三，茲將釋文對照如下：

辭序	《花東・釋文》	《校釋》	徐寶貴
（1）	己卯卜：子用我🔲若，弜屯㭇用，永舞商？一〔註211〕	己卯卜：子用我🔲，若永？弜屯㭇？用。一	己卯卜：子用我🔲，若。用。侃無（舞）商。
（2）	屯㭇🔲？不用。一	屯㭇🔲？不用。一	弜屯㭇。
（3）		舞商？	屯㭇🔲。不用。

「求羊」、「求豕」、「求麤」之「求」應釋爲「選擇」，〈釋「索」〉，《古文字研究》第 20 輯，頁 203～205。不過其所舉卜辭中有「丁未子卜，叀今求豕，冓。」（《庫》1657）、「甲子卜，丁㞢求麤五，往，若。」（《京津》3023）爲田獵卜辭，「求」都應解釋爲「索求」之類的意思，與「求囚」（《花東》125）、「求伐」（《合》20333）的「求」用法相同，本文認爲還是應釋爲「索求」、「徵求」之類意思比較合理。關於卜辭中的「帚」與「帚某」的身分問題，相關討論非常多，趙鵬認爲應該是一種親稱，概括的含義是「妻」，可參《殷墟甲骨文人名與斷代的初步研究》，頁 107～117。

〔註211〕《初步研究》、《校勘》、《校釋總集・花東》都同意此行款。

右圖爲《花東・釋文》第一辭，由於此辭
占了兩個卜兆，且行款特殊，似可視爲二
條卜辭。朱歧祥認爲「舞商」自成一辭，
〔註212〕徐寶貴則認爲右圖左下的「弜屯敗」
三字自成一辭，對行款的解釋爲：

> 第 130 片左側刻辭有兩個兆枝向右
> 的卜字形的兆璺，這分明是兩條卜
> 辭，第一條卜辭的走向是：自卜兆
> 的上方向左行，行自卜兆外側向下
> 轉，然後再向卜兆內側轉行。〔註213〕

《校釋》的釋文中（1）的「若」右接「侃」，再下接「弜」，
最下方的「敗」上接「侃」上的「用」，又認爲「舞商」
自成一辭，行款由卜兆內而外，卜辭中似無此種詭異之
行款（如右圖），且此「舞商」之卜兆並無兆序，應非
獨立卜辭，又若「舞商」爲獨立卜辭，則其行款也應繞
兆而行，作「商舞」，故朱歧祥的看法難以成立。至於
徐先生之說也可商。一般不同卜辭距離太近會用界劃隔
開，花東卜辭中類似《花東》130 上下兩兆相連且各有
卜辭並用界劃隔開的例子不少，如：《花東》395+548（10）
與（9）之間、480（6）與（5）之間；也有一辭跨兩卜

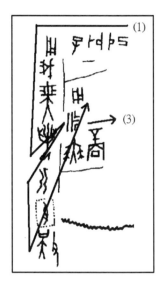

兆的例子，如：《花東》395+548（9）、480（3）與（5）（見下圖）。與《花東》
130 比較，本文認爲此辭「若」與「弜」二字上下接續相連，並無界劃，且根
據《花東》395+548（9）、480（3）、（5）類似行款將《花東》130（1）讀爲「己
卯卜子用我 𣌭 若弜屯敗用侃舞商」辭意尚可解釋，不必視作兩辭，故本文從
《花東・釋文》之行款。

〔註212〕《校釋》，頁 982。

〔註213〕〈殷商文字研究兩篇〉，《出土文獻與古文字研究》第 1 輯，頁 165。

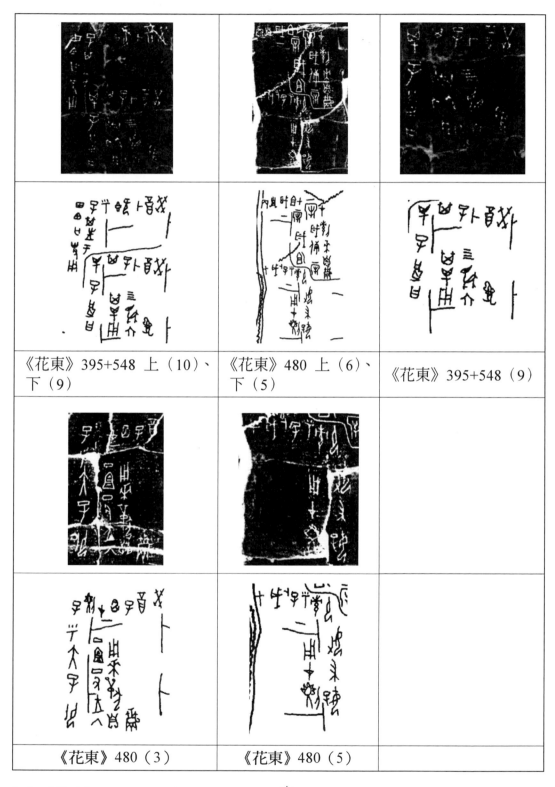

《花東》395+548 上（10）、下（9）	《花東》480 上（6）、下（5）	《花東》395+548（9）
《花東》480（3）	《花東》480（5）	

確定《花東》130（1）的行款後，再看夷字的解釋，《花東‧釋文》中曰：

夷，新見字。象人正立之形，頭上戴亞，疑與夷爲一字之異構。《合
集》9089 反：「癸卯允□夷以□」夷，似族邦之名。

我，地名或方名。第一辭「用我䇞」即用我地䇞族人作爲人牲。
〔註214〕

姚萱認爲：

> 上兩辭的「屯」是一個總括詞，意爲「全」、「皆」，古書多做「純」，
> 或作「淳」。第 1 辭「弜屯致用」是「弜屯致䇞用」之省，與第 2
> 辭對貞，且與前面的「我䇞」相對。「我䇞」與「致䇞」相對，「我」、
> 「致」皆當爲地名或族名，分別是「䇞」之修飾語，「䇞」當是樂
> 舞一類意思。〔註215〕

徐寶貴認爲䇞爲樂器，與《說文》古文「瑟」（䇞）爲一字。〔註216〕宋鎮豪也
認爲䇞是樂器，但認爲瑟初形與䇞異，且尚未出土商代的瑟，故爲何種樂器仍
待考。〔註217〕韓江蘇則認爲《花東》130(1)「子用我䇞」可解釋爲「『子』用
『我』地䇞族之人（從事與樂舞有關的活動）」，〔註218〕而《花東》130 的䇞前
有定語「我」、「致」，「我」爲花東卜辭中常見的地名，「致」爲《花東》113 的
「子致」或其領地，可解釋爲「我地的䇞」、「致地的䇞」視爲䇞族人似較爲
合理。依姚萱對卜辭結構的理解，「舞商」是用辭，該辭省略「用」，只記具體
施用情況，與「不用」相對，〔註219〕即：

> 己卯卜：子用我䇞，若，弜屯（純）致用，侃。舞商。　一
>
> 　屯（純）致䇞。不用。　一　《花東》130

則《花東》130 可能是卜問要用「我」的䇞族人還是全用「致」的䇞族人從事
樂舞活動，從用辭「舞商」來看，「我」與「致」的䇞族人是「舞商」的成員，

〔註214〕《花東・釋文》，頁 1611。曾小鵬與孟琳也認爲此字爲國族名。見《〈殷墟花園莊
　　　　東地甲骨〉詞類研究》，頁 4、39：《〈殷墟花園莊東地甲骨〉詞滙研究》，頁 7、37。
　　　　《校釋》也認爲「我䇞」即我地的䇞族人牲（頁 982）。

〔註215〕《初步研究》，頁 89。

〔註216〕〈殷商文字研究兩篇〉，《出土文獻與古文字研究》第 1 輯，頁 158。

〔註217〕〈殷墟甲骨文中的樂器與音樂歌舞〉，《古文字與古代史》第 2 輯，頁 51。

〔註218〕《殷墟花東 H3 卜辭主人「子」研究》，頁 222。但該書 433 頁似又從《花東・釋
　　　　文》。

〔註219〕《初步研究》，頁 88～89。

《花東》130 的 𡗦 也許可以解釋爲異族舞奴。然而與此字有關的辭例僅此二版，此說只是就目前所見的有限的資料作的詮釋，故本文仍將 𡗦 置於本節，存以待考。

（六）𡭽

前文曾提到 𡭽 字本義應爲俘虜之通名，多用爲人牲，花東卜辭中有疑似不作人牲的用法，即：

乙未卜：乎（呼）多 𠂤（賈）𡭽 西鄉。用。矢（陳）。　一

乙未卜：乎（呼）多 𠂤（賈）𡭽 西鄉。用。矢（陳）。　二　《花東》290

朱歧祥釋 𡭽 爲奴，曰：「本辭的句意是：乎令多宁用奴牲，西向（或饗於西），在日仄時用牲以祭宜否。」將卜辭讀爲「乙未卜：乎多宁：奴，西鄉，用仄」。〔註220〕韓江蘇也認爲《花東》290 的 𡭽 爲犧牲，曰：「《花東》290 辭義爲『子』命令多宁以『𡭽』這種人牲以祭後，再進行『鄉』祭？或『子』命令多宁以『𡭽』祭祀後在祭祀的宗廟的西部進行饗宴。」〔註221〕此二說皆可商，其認爲 𡭽 爲犧牲，卻未見 𡭽 前有祭祀動詞，也無相關辭例可證本辭省略祭祀動詞。姚萱對此二辭的理解爲：「『矢（陳）』當是用辭，補記乙未日用此卜，『乎（呼）多宁（賈）𡭽 西鄉（饗）』的時間」。〔註222〕對此類用辭的辭例姚萱也已有全面的討論，其中《花東》475 有「庚戌卜：子惠發呼獻丁，𡭽大亦 𡗦。用。陳」，也是「……。用。陳」的例子。〔註223〕可知姚萱的解釋較爲合理。

至於「呼多賈 𡭽 西鄉」應如何解釋，甲骨文的「鄉」字可假借爲「嚮」，也可假借爲「饗」，〔註224〕卜辭中有「東鄉」、「西鄉」、「南鄉」、「北鄉」，一般認爲「鄉」即「嚮」，但過去未見「呼……西（或東、南、北）嚮」的辭例，而花東卜辭中有「呼鄉（饗）」的辭例，如：

甲午卜：子 𡬛（速），不其各。子 𠙵（占）曰：不其各，乎（呼）鄉（饗）。用。舌且（祖）甲乡。　一二　《花東》288

〔註220〕《校釋》，頁 1017。

〔註221〕《殷墟花東 H3 卜辭主人「子」研究》，頁 227。

〔註222〕《初步研究》，頁 86。

〔註223〕《初步研究》，頁 77～92。

〔註224〕參《詁林》，頁 373～378。

「呼饗」可能就是「呼某人饗」之省，則「呼多賈 反 西鄉」的「鄉」也可能應釋爲「饗」，即子呼令「多賈 反」「西饗」的卜問，「西饗」何解，待考。而「多賈 反」可解釋爲「多賈」之「反」，如《合》22048 的「石 反」，〔註225〕或斷爲「多賈、反」，解釋爲「多賈」與「反」。無論如何解釋，「反」都是被「呼」的對象，顯然不是人牲，又「反」本義爲俘虜，但命令俘虜行禮或行祭的卜問也不合理。故此「反」之身分爲何，目前只能存疑待考。

二、字義或詞性有爭議者

（一）𩝐

𩝐字於花東卜辭中一見，辭例如下：

帚（婦）丁三☑侃于𩝐，亦隹（唯）☑子丁。　　《花東》122

本辭原釋文釋讀爲「丁☑子亦隹永于僕☑丁帚？」各家皆從之。趙偉認爲原釋文對行款的理解爲卜辭起於卜兆左側，復列至兆幹後於卜兆上向右橫行（由左而右），而此種行款與花東卜辭行款不符，也與王卜辭和其他子組卜辭的行款不合，此辭應爲「花園莊東地龜甲行款形式表」第四種「先單列橫行然後再轉復列」（由右而左）。對本辭的釋讀解釋如下：

> 原釋文「子」前一缺文尚存上半部，細審後之其當爲「帚」字。所謂「丁帚」亦是「帚子」之誤。「□」形明顯比「帚」字偏上，且照片可見其下部筆劃爲花東卜辭中常見字形「子」的下部。……本辭當重新釋讀爲：
>
> 婦子☑永于𩝐，亦隹婦子丁？
>
> 〔註226〕

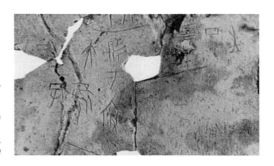

本文認爲趙偉對本辭行款的解釋較爲合理，但所謂「子」前缺文尚存「帚」字（𣎏）上半（即「𣎴」）則可商（右圖左）。此處

〔註225〕趙鵬以爲即《合》6952 正的「石係」，見《殷墟甲骨文人名與斷代的初步研究》，頁 270。

〔註226〕《校勘》，頁 23。

為齒縫，從照片看「ㄟ」下並無與「去」有關的筆劃，且與左邊「丁」字比較可知「ㄟ」較可能是裂紋。又所指出「口」形（右圖右）也未必為子，照片的「口」形下未見刻痕，僅有顏色較深的「木」狀痕跡，不同於花東卜辭常見雙手上揚的「𡥀」形，〔註227〕此字仍有可能是丁字。此外，「丁帚」二字左邊尚有「三」字，與「丁帚」二字接續，應非兆序。由於本辭缺文處及字跡模糊部分皆無法確定應如何摹釋，並且無論行款左讀或右讀皆難通讀本辭，本文暫釋讀為：「帚（婦）丁三☒侃于⿰，亦隹（唯）□子丁。」其中「侃于⿰」三字則尚能解釋。

關於⿰字，《花東・釋文》中曰：

> 疑是⿰的簡體。此字諸家隸釋不一，有釋寇、釋隸、釋宰、釋叟、釋僕數種（見《甲詁》2008～2012 頁），我們認為以釋僕為是。（參見饒宗頤：《殷代貞卜人物考》170 頁，1959 年香港大學出版社出版）。胡厚宣謂僕，在卜辭中是奴隸的名稱。（《甲骨文所見殷代奴隸的反壓迫鬥爭》，《考古學報》1976 年 1 期）〔註228〕

學者多從之釋為僕。姚萱釋文為「僕（？）」，對此字的釋讀存疑，《校釋總集・花東》未隸定，〔註229〕趙偉對⿰字形、義的解釋都與《花東・釋文》不同，認為：

> 「⿰」與「⿰」二字在用法上有明顯的區別。「⿰」字曾見于舊有著錄，如《合》9809、9815、13572 等版，用為人名、地名。本版「⿰」亦當作地名解。〔註230〕

從文例來看，《花東》150 有「丁侃于子學商」，子是丁「侃」的對象，此處的⿰也可能是被「侃」的對象，⿰應為某個人物或指某種身分，而非地名。至於⿰的身分為何，尚可討論。

商代的「耒冊父辛觚」有「⿰」字（《集成》7269），可能是族徽文字。甲

〔註227〕《花東》430「多子」作，子字寫法較為特殊。

〔註228〕《花東・釋文》，頁 1608。

〔註229〕《初步研究》，頁：263；《校釋總集・花東》，頁 6508。

〔註230〕《校勘》，頁 23。

骨文的 ⿱ 字辭例較少，且多殘辭，或作人、地名，〔註231〕其字形與字義目前未有定論。詹鄞鑫認爲 ⿱、⿱ 同字，除了卜辭中「又」與「廾」作爲偏旁常互通之外，並舉下列辭例說明兩字爲同字異體：〔註232〕

第一組：

貞：衛以 ⿱ 。 　《合》556 正

貞：衛以 ⿱ 。率用。 　《合》555 正

第二組：

丁未卜，方□ ⿱ 亡□ 　《合》591 正

戊申卜，方貞：⿱ 亡囚（憂）。 　《合》590 正

第三組：

貞：刖 ⿱ 八十人，不 ⿱（殂）。 　《合》580 正

貞：刖 ⿱ ，不 ⿱（殂）。 　《合》581

辛未貞：其 ⿱ 多 ⿱ 。

〔其〕刖〔多〕 ⿱ 。 　《屯南》857

本文同意 ⿱、⿱ 同字的說法，並將《花東》122 的 ⿱ 視爲 ⿱ 的異體。〔註233〕

對 ⿱ 字的解釋，《詁林》已詳列各家說法，有釋「寇」、「浴」、「宰」、「僕」、「叟」、「隸」等說，蕭良瓊、詹鄞鑫、沈寶春有進一步討論，各家的解釋基

〔註231〕也有動詞的用法，即《屯南》2260「己卯卜，貞：井方其 ⿱ 我戎。」參《小屯南地甲骨考釋》，頁 102。相關辭例可參《類纂》，頁 764

〔註232〕詳見詹鄞鑫，〈釋甲骨文「叟」字〉，《華夏考——詹鄞鑫文字訓詁論集》。

〔註233〕詹鄞鑫除了認爲 ⿱、⿱ 同字，也將 ⿱ 與 ⿱、⿱ 視爲同字，可商。就字形而言，⿱ 字一般釋爲「宴（搜）」，象舉火於屋內搜索之形，唐蘭已將三字視爲一字，姚孝遂則不認爲 ⿱ 與 ⿱ 同字（《詁林》，頁 2011、3366）。就用法而言，從有關 ⿱、⿱ 的辭例來看，應爲與「羌」地位類似的國族名（詳下），而 ⿱ 與 ⿱、⿱ 二字的辭例並無相關，也無法視爲同字。

本分爲兩類，即認爲□是奴隸專名，或認爲是國族名。〔註234〕對此字的形義關係，諸說也是莫衷一是，沈寶春的一段文字最能說明這種狀況：

> 1. 此人手執何器？干梃？朴？兵杖？械杖？火炬？2. 執此器物作何事？盜寇？打掃？掃除？搜求？3.諸點表是什麼？澡浴的水沫？室中什物狼藉形？火光？則諸家所會之意，所指之物，擬構之字也就人言言殊了。〔註235〕

事實上若從目前所見的卜辭資料來看，可知□、□用法應爲國族名，在其他可能的用法尚未有合理的解釋之前，本文對此字本形本義暫不討論。郭沫若曾舉「多□」、「追□」、「五百□」、「以□」等辭例，得出「此項人物本罪隸俘虜之類，祭祀時可用爲人牲，征伐時可作兵士，而時有逋逃之事，余疑此即『宰』之初字也」的結論。〔註236〕但蕭良瓊則認爲□並非奴隸專稱，而是國族名，進一步以「獲□」、「執□」、「以□」、「追□」、「逆□」、「遘□」與「羌」的卜辭比較，指出從「追□」、「逆□」、「遘□」來看，□都和羌相似而異於臣。〔註237〕詹鄞鑫又全面比對「多□」、「卒□」、「追□」、「執□」、「呼多□」、「用□」、「以□」、「戕□」與羌、屯及其他方國的相關辭例，指出□應是與「羌」相當的國族名，而由於此族常有被俘虜、受酷刑、爲商王作戰、作犧牲等事，容易被誤以爲是奴隸的專稱。〔註238〕本文同意此說。此外卜辭中還有一些例子說明□可能與召方一樣爲方國，如：

> 丙子卜：今日求召方，卒（執）。　　《合》33026（《屯南》190同文）
>
> 貞：乎（呼）求□，卒（執）。　　《合》572

綜上所述，由於本辭行款尚無定論且文字殘缺，故僅存的卜辭目前無法通讀。從「侃于□」來看，□可能爲子、丁或其他人物的屬下，卜辭中的□

〔註234〕《詁林》，頁 2008～2012；蕭文爲〈「臣」、「宰」申議〉，《甲骨文與殷商史》第 3 輯；詹文即前註所引，仍釋爲「叟」。沈文爲〈甲骨文「□」字說新解〉，《第三屆國際中國古文字學研討會論文集》，釋□爲「修」。

〔註235〕〈甲骨文「□」字說新解〉，《第三屆國際中國古文字學研討會論文集》，頁 138。

〔註236〕《詁林》，頁 2009。

〔註237〕〈「臣」、「宰」申議〉，《甲骨文與殷商史》第 3 輯，頁 366～372。

〔註238〕〈釋甲骨文「叟」字〉，《華夏考——詹鄞鑫文字訓詁論集》，頁 276～279。

與 通，應爲方國名，與羌、屯類似，常作爲奴隸或人牲，然而無法從殘辭中判斷此處的 是指某個人物還是泛指 族奴隸，對 的身分本文只能存疑待考。

（二）轐（虜）（附：徖）

「轐」字於花東卜辭中僅一見，字形作 ，辭例如下：

　　丙戌卜：徖（遲）☑兆（逃）卯（召），轐（虜）。　一　《花東》429

本辭的  字一般釋爲「涉」，本文從蔣玉斌之說，釋爲「兆（逃）」（詳下）。本辭釋文各家不同，《花東‧‧釋文》爲「丙戌卜：徖☑涉卯轐？一」，認爲徖與涉中間有一個以上的缺文，又認爲「轐，字本作 ，義近執，乃執虎方人之專門字。」〔註239〕朱歧祥認爲：「本辭應讀作：『丙戌卜：徖□涉卯，轐？　一』。末一字爲執字的異體。」〔註240〕，認爲徖與涉中間有一個缺文。姚萱的釋文爲「丙戌卜：徖（遲）涉卯（召）轐。一」，無缺文，「轐」字從裘錫圭之說釋爲「虜」。〔註241〕陳煒湛認爲此辭上下兩行排列整齊，「遲」、「涉」二字之間不可能有缺文。〔註242〕在斷句方面只有朱歧祥於「轐」前加逗點。

　　關於缺文問題，本版左甲橋殘斷，此條卜辭位於左甲橋與甲面交界處，「丙戌卜徖」與四字於兆枝上，「逃卯轐」三字於兆枝下（見下圖），本文認爲仍可推測殘斷的甲橋上還有字，從行款來看應該是「花園莊東地龜甲行款形式表」第三種「左行而下再右行」，〔註243〕卜辭繞兆而行，以本版的狀況來看，卜辭後段緊貼兆枝下緣，類似的例子如：《花東》109、149（11）、206）（1）、220（6）、223（1）（見下圖），因此可推測「徖」與「逃」中間至少還有一個字以上，缺字應從《花東‧釋文》。

〔註239〕《花東‧釋文》，頁 1727。

〔註240〕《校釋》，頁 1036。

〔註241〕《初步研究》，頁 357。《校釋總集‧花東》（頁 6566）與韓江蘇（《殷墟花東 H3卜辭主人「子」研究》，頁 261）也認爲無缺文。

〔註242〕〈讀花東卜辭小記〉，《紀念徐中舒先生誕辰 110 周年國際學術研討會論文集》，頁31。

〔註243〕《花東》，頁 23。此類行款包括「右行而下再左行（或右行而下再左行而上）」。

《花東》109	《花東》149（11）	《花東》206（1）
《花東》220（6）	《花東》223（1）	

關於「徝」字的解釋，在卜辭中有人名、動詞、副詞等用法，〔註244〕韓江蘇認爲：

> 根據《花東》446、113 中「冎」字的用法，徝應爲人、地、族名同一，辭中，徝作人名，也可講通。王卜辭中。他爲人、地、族名，也爲動詞，……由此根據王卜辭和 H3 卜辭的情況判斷，徝在 H3 卜辭中爲人、地、族名。〔註245〕

本文認爲由於「徝」與「逃」間有缺文，無法從語序推測「徝」字詞性與字義，故暫不討論。

〔註244〕《詁林》，頁 2282。另外「遲」的副詞用法可參《甲骨文語法學》，頁 57～58。

〔註245〕《殷墟花東 H3 卜辭主人「子」研究》，頁 263。

　　關於「𣪘」字的解釋，除前舉《花東・釋文》中爲「執虎方人之專門字」、朱歧祥爲「執字的異體」、姚萱爲「虜」，還有曾小鵬認爲是人名，[註246] 孟琳認爲是族名，[註247] 韓江蘇將此條卜辭解釋爲「徉涉加地之水後戰爭的卜問」，[註248] 即認爲「𣪘」是與戰爭有關的動詞。「𣪘」字見於舊有卜辭中，從字形看，此字從𣪘從虍，𣪘爲刑具，學者有視虍爲形符者，如：朱芳圃認爲虍即虎字，𣪘義爲「梏虎足」；姚孝遂認爲虍爲虎頭人身與羌羊頭人身因頭飾不同而命名，賈平進一步認爲虍爲方國名，𣪘爲虍方之戰俘，故《詁林》按語謂此字爲「虍方被執者之專用字」；張政烺認爲虍表示「凶狠的人頭戴『虎冠』」者，有鷙猛之義，由於𣪘字形、義與「執」相近，故釋爲「摯」。又有視虍爲聲符者，如：金祥恆先生釋爲「虞」，可能認爲虍（虎）爲聲符；裘錫圭認爲𣪘字從「盾」、「虎」聲，可釋爲「櫓」，[註249] 又通「虜」，而用法與「執」類似的𣪘字的「虎」也是聲符，亦可釋爲「虜」。[註250] 基本上學界有認爲虍爲形符與聲符兩種說法。從用法來看，𣪘字有名詞的用法，如「來𣪘」、「用𣪘」、「𣪘其用」等都與「執」字相同。[註251] 亦有動詞用法，[註252] 如：

　　甲子卜：𣪘猒。

　　甲子卜：弗𣪘猒。

〔註246〕《《殷墟花園莊東地甲骨》詞類研究》，頁 4、53。

〔註247〕《《殷墟花園莊東地甲骨》詞匯研究》，頁 50。此字見於附錄「《殷墟花園莊東地甲骨》詞表」，卻未見於第一節第三部分「《花東》詞的類別及分類統計」的「方國名、氏族名」分類中。

〔註248〕《殷墟花東 H3 卜辭主人「子」研究》，頁 263。

〔註249〕孟蓬生指出「櫓」字在甲骨文中有象形寫法，即一般釋爲「盾」的中、中、中、中……等字，詳見〈說「櫓」——兼論「古」字的構形本意〉，《中國文字研究》（鄭州：大象出版社，2007）第 9 輯。

〔註250〕以上各家說法詳見《詁林》，頁 2598～2599。裘說見〈說「搯函」——兼釋甲骨文「櫓」字〉，《華學》第 1 期，頁 60～61。

〔註251〕辭例可參《類纂》，頁 1005、1008。最近出版的《輯佚》一書也出現「虜」字，蔣玉斌將其綴合，即《輯佚》563+566，見〈《殷墟甲骨輯佚》綴合補遺〉，發表於「先秦史研究室」網站（http://www.xianqin.org/blog/?p=1282），2009 年 2 月 27 日。

〔註252〕《詁林》按語認爲此字無動詞用法（頁 2599）。

戊辰卜：**羧猷**。

戊辰卜：弗**羧猷**。　　《屯南》2351

所「羧」爲方國「猷」之族人，此例可證「羧」字非執虎方專用字。從用法看「羧」字與「執」字類似，而「羧」又非專稱，因此目前還是以裘先生的說法較爲合理，本文從之釋爲「虜」。

至於「逃」字作🔹，此字一般釋爲「涉」。蔣玉斌指出自組小字 A 類有🔹、🔹兩類字形，一般都被釋爲「涉」，但仔細觀察還是能發現字形明顯不同，前者兩「止」間的曲線方折，後者圓滑，而兩「止」與曲線的位置關係後者也不像前者置於轉折處內部。由於相關卜辭是同一刻手短時間內的作品，此種差異可能顯示二者非同字。蔣先生又指出後者爲涉字無疑，而前者根據西周金文和楚、中山文字「兆」字寫法（🔹、🔹）來看，應爲「兆」字，🔹是此類寫法的源頭。自組小字 A 類的🔹讀爲「逃」於相關卜辭皆可通讀。〔註253〕蔣先生的說法非常有啓發性，在花東卜辭中也有同樣的現象，陳劍指出：「花東卜辭在各方面的特徵都較爲統一，有很多不同版的內容可以互相繫聯，推測其延續的時間也不會很長。」〔註254〕張世超則曰：「從字迹上看，這批材料當出自同一人之手。」〔註255〕可知花東卜辭的字體有一定的統一性，其中「涉」字的相關辭例如下：

丁卜，才（在）🔹：其東戰（狩）。　一

丁卜：其二。　一

不其戰（狩），入商。才（在）🔹。　一

丁卜：其涉河戰（狩）。　一二

丁卜：不戰（狩）。　一二

其涿河戰（狩），至于糞。　一

不其戰（狩）。　一　《花東》36

〔註253〕詳見蔣玉斌，〈釋殷墟自組卜辭中的「兆」字〉，《古文字研究》第 27 輯。

〔註254〕〈說花園莊東地甲骨卜辭的「丁」——附：釋「速」〉，《甲骨金文考釋論集》，頁 92。

〔註255〕〈殷墟花園莊東地甲骨字迹與相關問題〉，《古文字研究》第 26 輯，頁 39。

辛卜：丁不涉。　　一

辛卜：丁涉，从東兆獸（狩）。　　一　　《花東》28

「涉」字分別作 、（《花東》28）、（《花東》36），明顯與
《花東》429 的 有別。花東卜辭中的水字（含偏旁）如：水（《花東》59）、
河（《花東》36）、涿（《花東》36）、泙（《花東》467）、（《花東》137）、収
（《花東》465）、災（《花東》176、206、247）殷（《花東》183）、湏（《花東》
53、113、195、226），溝（《花東》55、247、352、255）、兆〔註256〕（《花東》
28），其曲線也都沒有作方折之形的例子。至於《花東》295、395+548【方稚
松綴】有「昔」字，甲骨文昔字所從水一律作方折形，可能是因為字行橫倒，
故皆改為方折以便契刻。因此本文認為《花東》429 的 很可能也是「兆」字，
讀為「逃」。

　　最後，關於「執（虜）」字在此辭中作名詞還是動詞，仍無法肯定。「卬」
為地名，通「邵」，即「召方」，為商王朝的敵人，花東卜辭中也有關於伐召方
的卜問。〔註257〕「☐逃召虜」可能指逃亡的召方俘虜，也可能斷為「☐逃召，
虜」，「逃召」指逃脫的召族人，「虜」為動詞。從蔣先生所舉「逃羌」的例子來
看：

　　兆（逃）三羌既隻（獲）印（抑）。

　　女（毋）隻（獲）印（抑）。

　　兆（逃）其得，复（復）又（右）行。　　《合》19755+20923【宋雅萍綴】

　　丙寅卜：又（有）兆（逃）三羌，其得印（抑）。

　　丙寅卜：又（有）兆（逃）三羌，其函至𠂤（師）印（抑）。　　《合》19756
是卜問「逃羌」是否能「獲」、「得」、「函」，而《花東》429 卜問「逃召」是否
能「虜」也有合理性。「虜」字有作動詞置於句尾的例子，裘錫圭指出：

　　《合集》20397 也有△（筆者按：即 ）字：

〔註256〕此字作 ，一般釋作「兆」，蔣玉斌認為此字的考釋仍有疑問，見〈釋殷墟𠂤組卜
　　辭中的「兆」字〉，《古文字研究》第 27 輯，頁 106。

〔註257〕詳見本文第一章第四節引陳劍說。

□亥卜，王令□伐⛥方🐦

疑此△字當讀爲「虜」。此辭似是卜問征伐⛥方是否能有擄獲的，釋
文「方」字後可加逗號。〔註258〕

這種句型可能與「求……，得」的句型類似，〔註259〕如：

貞：乎（呼）求，先得。

乎（呼）求，先從東得。　　《合》12051 正

貞：〔奉（達）〕㓞自宁，乎（呼）求，得。

貞：奉（達）㓞自宁，不其得。　　《合》135 正甲乙

因此此辭也很可能應斷爲「☑逃召，虜」，即卜問逃亡的召族人是否能虜獲。
由於本辭關鍵處仍有缺文，故本文只能推測如上，無法作出肯定的判斷。

（三）印

學者認爲《花東》268 有「印」字，但本版卜辭字多不清，《花東・釋文》
中指出：

本版卜辭基本被削刮，只有右甲首尚留下一段完整的卜辭。被削刮
的部分，字模糊不清。〔註260〕

其對有「印」字該條卜辭的釋文爲「☑罍印妣庚☑」，《校釋》爲「☑罍、奴：
妣庚☑」，《初步研究》爲「☑罍印（？）匕（妣）庚☑」，《校釋總集・花東》
爲「…罍印，妣庚…」。〔註261〕《花東・釋文》、《初步研究》句中無標點，《校
釋總集・花東》在「罍印」與「妣庚」間斷句。由於《花東》照片未對左下角
作放大處理，無法辨識字跡，拓片作 ■，右邊「𝄐」形仍可辨識，左邊「𝄐」
形即《花東》摹爲手形的「𝄐」，故學者多釋爲「印」字，姚萱則對此字存疑，
其釋文在「印」後標（？）。〔註262〕關於「印」字，朱歧祥認爲是人牲，曰：

〔註258〕〈說「捪函」──兼釋甲骨文「櫓」字〉，《華學》第 1 期，頁 61。

〔註259〕關於此種句型的討論，可參裘錫圭，〈釋求〉，《古文字論集》。

〔註260〕《花東・釋文》，頁 1670。

〔註261〕《校釋》，頁 1010；《校釋總集・花東》，頁 6538。

〔註262〕《初步研究》，頁 310。

印字本作 🐾，花東甲骨中僅一見，用爲祭品，與 🐪 並列。字的用法
　與 🐪（一般隸作 𠬝，我讀作奴）相當，屬人牲。〔註263〕

韓江蘇與孟琳也認爲「印」是人牲。〔註264〕曾小鵬則認爲《花東》268 的「印」
是「專名，神祇名。疑爲祭祀動詞。」〔註265〕

　　關於此字是否「印」字，此條卜辭位於本版左下角，「鬯」、「匕庚」還依稀
可見，但所謂「印」字模糊，由於無法檢覈實物，本文對「🐾」形只能存疑，
以缺文符號□表示。另外，從本辭的語序來看，「☒鬯□姒庚☒」的「鬯」與「姒
庚」之間除了數量詞與介詞之外，可出現的名詞爲祭品或祭祀對象，也可能出
現祭祀動詞。而目前所見卜辭中作爲名詞的「印」字並非人牲，亦未見作爲神
祇名或祭祀動詞的用法，更不可能是數量詞或介詞。〔註266〕或許此字本非「印」
字，而是作爲神祇名或祭祀動詞的其他字亦未可知。

　　綜上所述，此字左邊「🐾」可能是「🐪」，也可能是其他字形殘留的筆劃或
漫漶的痕跡，在無法看到實物的情況下，本文對此字是否爲「印」存疑。再者，
此字若釋作「印」，並不能與「鬯」、「姒庚」產生合理的語意關係，從語序看更
可能是某個神祇名或祭祀動詞，未必是「印」字。因此本文對此字只能存疑待
考。

〔註263〕《校釋》，頁 1010。

〔註264〕《殷墟花東 H3 卜辭主人「子」研究》，頁 282；《〈殷墟花園莊東地甲骨〉詞滙研
　　　　究》，頁 7、37。

〔註265〕《〈殷墟花園莊東地甲骨〉詞類研究》，頁 40。「印」字見於第三章「花東詞表」，
　　　　卻未見於第一章「神祇名」與「祭祀動詞」的整理中。

〔註266〕「印」與「𠬝」二字字形有別，用法亦異，印字主要用法爲「句末疑問語氣詞」，
　　　　還有一些表人名或國族名的名詞用法，相關討論參上節「𠬝、臣、妾」處引張玉
　　　　金文。

第七章　其他人物

第一節　不臣屬於子的人物

一、丁　族

　　花東卜辭中有「丁族」一詞，見於《花東》294：

　　　　壬子卜：子其告 狀既圉丁。子曾告曰：丁族盆（愁）𣏾宅，子其乍（作）
　　　　丁𡥀（營）于狀。　一

　　　　壬子卜：子戠（待），弜告狀既圉于〔丁〕，若。　一

　　　　壬子卜：子宿（寢）于狀，弜告于丁。　一

　　　　壬子卜：子丙其乍（作）丁𡥀（營）于狀。　一

　　　　甲寅卜：子芇卜母圭于帚（婦）好，若。　一二三

　　　　☑。　一二三

　　　　乙卯卜：子丙奮（速）。不用。　一二

　　　　乙卯卜：歲且（祖）乙牢，子其自，弜奮（速）。用。一二《花東》294

此版內容牽涉的問題不少，如「子曾」、「丁族」、「𡥀」、「子戠」、「子宿」、「子
丙」、「子芇卜母圭」、「奮」等詞，學者間的意見有很大的不同。「子曾」已於

本文第三章的三節討論，「**𡩂**」字本文從陳劍釋爲「速」，相關討論也已見於本文第二章第一節。以下先對「丁族」、「**⌘**」作初步的討論，再附帶對「子戠」、「子宜」、「子丙」的解釋作一點補充。

（一）丁　族

關於「丁族」，黃銘崇在〈商人日干爲生稱以及同干不婚的意義〉一文中曾說「《花東》294 出現了『丁族』一詞，學者都未有解釋」，並有如下說明：

> 過去持井康孝分析中央研究院歷史語言研究所安陽第十五次發掘的YH251、YH330 兩坑出土的甲骨中之「非王卜辭」，他以爲其中存在一種「丁族卜辭」係丁這個世系群所擁有的卜辭，其最主要的證據是這組卜辭所祭祀或降崇的男性包括了「丁示」、「父丁」、在丁日祭祀的「兄丁」與「子丁」，由於父丁與母庚在該組卜辭中互爲配偶，他也推論此一世系群的符號爲丁，在父輩時與庚世系群有婚姻關係。與持井康孝說法吻合的「丁族」出現在甲骨文中，同組甲骨文中同時出現生稱與殁稱的「丁」，……以下討論金文中日干爲生稱的例證，當足以說明丁、丁族、丙、庚等做爲族名或人名都是商人名號系統中的正常現象，不需改讀。[註1]

誠如引文所述，持井先生所謂的「丁族卜辭」，是基於歸納該組卜辭的祭祀對象並以之推測該組卜辭爲名號「丁」的「世系群」所創之詞，本是與他所建構的理論互爲因果的概念。[註2] 而花東卜辭的「丁族」一詞於卜辭中首見，

〔註 1〕〈商人日干爲生稱以及同干不婚的意義〉，《中央研究院歷史語言研究所集刊》78.4。

〔註 2〕松丸道雄先生曾根據張光直的〈商王廟號新考〉等文章以及持井先生之說提出所謂「十世系說」，認爲商王室及其他商人貴族有甲到癸十個父系血緣集團組成。相關說法的介紹可參黃銘崇，〈甲骨文、金文所見以十日命名者的繼統「區別字」〉，《中央研究院歷史語言研究所集刊》76.4（2005）。楊希枚曾有〈聯名制與卜辭商王廟號〉一文，其中「商王廟號新考簡評」一節對張說有所評論，基本上認爲張光直除了發現商王世系同名現象的規律性之外，對此規律的詮釋多爲想當然耳的推論，缺乏史料依據。對於商代系譜材料，他認爲：「我們僅約略地曉然上述有關命名制的同名現象和王權的承襲方面的些許史實；其他有關婚制、親族等等問題，幾乎都是無從討論的。除非我們願意憑空家以某些主觀的推測。」見《先秦文化

從目前所見花東卜辭的內容來看，看不出此「丁族」與稱丁之祭祀對象有何關聯，更找不到任何此「丁族」代表「名號爲丁的世系群」的蛛絲馬跡，不知「與池井康孝說法吻合的『丁族』出現在甲骨文中」所據爲何。而持井先生的理論亦存在問題，謝湘筠指出，所謂「丁族卜辭」中《乙》8936 有「父辛」、《乙》8711、8896 有「母妣辛」，並非持井先生所說「以丁爲表示標誌的父系血緣集團，它與以庚爲表示標誌的父系血緣集團結成了婚姻關係」，〔註3〕所謂「丁族卜辭」的概念不能成立。黃文的重點不在探討花東卜辭中的「丁族」一詞，基本上並無對此新見詞的實質討論，僅將之代入「十世系說」的「理論公式」中。從古代漢語研究的角度來看，即便卜辭中出現了與現代詞語相同的詞語，或許應該先以當時的語言脈絡考慮該詞的意義。然而，就卜辭論卜辭，花東卜辭中的「丁族」一詞仍是很難討論的，這是由於尚未發現其他有關「丁族」的資料，因此也僅能旁敲側擊，難有定論。

在黃文之前，曾有學者提到此詞，如陳絜將此版的「丁」視爲族名，〔註4〕及姚萱認爲「丁族」即「王族」：

> 論及商代家族的研究者一般認爲時王的親子應該包括在「王族」範
> 圍之內。但《花東》294 有「子曾告（子）曰：丁族……」，「丁族」
> 應即王族，看來此「子」家族已不在「王族」範圍之內。〔註5〕

可以推測姚萱是由於認爲花東卜辭的「丁」即武丁，故在概念上將「丁族」視爲「王族」。學者普遍同意花東卜辭的的「丁」即武丁，因此說「丁族」爲「王族」自然是合理的，不過既有「王族」何以還要用「丁族」一詞，顯然其中仍可能有別，如此又回到何以武丁可同時稱「王」與「丁」的問題，自然又必須

史論集》（北京：中國社會科學出版社，1995），頁 375。朱鳳瀚也曾以金文族徽驗
證張說，發現十干中有五干不全，難以證明有十個婚姻組爲兩個婚姻單位的事實，
又有父、祖同日名的現象，也不符宗族分類的原則，詳見〈金文日名統計與商代
晚期商人日名制〉，《中原文物》1990.3。

〔註3〕 謝湘筠，《殷墟第十五次發掘所得甲骨研究》（台北：政治大學碩士論文，蔡哲茂
先生指導，2008），頁 151、152。

〔註4〕 《商周姓氏制度研究》「卜辭所見婦名、男子名或地名、族名、國名重合事例表」，
頁 116。

〔註5〕 《初步研究》，頁 52。

討論生稱「丁」的意義。前文已經提到，此問題仍無定論，本文也無能力討論生稱「丁」的問題，因此只能保守的將「丁」視爲「武丁」，並暫時將「丁族」一詞視爲具有「王族」性質的團體。

至於「族」字的解釋，學者已指出卜辭中的「族」與宗族、軍事組織有關，此不需贅述。花東卜辭中的「丁族」可從「丁族惢粦宅，子其作丁 于狀」來看，「惢」字作「盜」，韓江蘇認爲是人名，[註6] 姚萱讀爲「惢」，即「戒敕安撫」之意，並指出：

> 子組卜辭的「丁自甘來盜（惢）」則當是「子」爲商王武丁是否自甘地來「逊」于子所居之地而貞卜。有一條非王「圓體類」卜辭說：「己丑：王不行自雀。」（《合集》21901＝《乙編》947）黃天樹先生解釋說，此辭「卜問王不會從雀地出行吧。如此關心王的出行，可能是王將要從雀的居地到該家族居地來。商王外出巡行時常常駕臨商人各家族。有一條𠂤歷間類卜辭說『戊寅卜：王即雀（合20174）』，即商王駕臨雀的居地，可以爲證」。[註7]

從「惢」字可知「丁族」確有軍事性質，而子還要爲丁作「」，說明丁族應該是丁率領的。而卜辭中的「王族」常不是由商王親自率領，甚至與其他異族並列，如：

> 甲子卜，爭：雀弗其乎（呼）王族來。
>
> 甲子卜，爭：雀弗其乎（呼）王族來。
>
> 雀其乎（呼）王族來。　　《合》6946 正
>
> ☐叀（惠）得（遲）吕（以）王族比亩 （贊）王事，六月。　　《合》14912
>
> ☐貞：亞吕（以）王族眔黃☐，王族出〔西？〕（兆？），亞庚☐東兆，才（在）☐。　　《合》14918 正

「丁族」與此類「王族」似有地位上的差別，或許「丁族」是指由未立族的家族成員組成的商王武丁私屬軍隊也未可知。當然，「丁族」於卜辭中僅一見，不

〔註 6〕《殷墟花東 H3 卜辭主人「子」研究》，頁 297～381。

〔註 7〕《初步研究》，頁 142。

能憑孤例就對「丁族」下定義，此僅爲推測，有待更多資料出土才能進一步討論。

（二）「⬚」字

關於「⬚」字，《花東·釋文》中曰：「以往有釋『雍』（雝）、『宮』兩種解釋，當以釋『雝』爲是，在本版第 1 辭爲『宮室』之義。」〔註 8〕韓江蘇則曰：「《花東》294 一版卜辭，是『子』主持對『狀』地的宗廟進行建築修繕的一次活動。」〔註 9〕本文提出另一種看法。何樹環曾指出甲骨文的「⬚」字應從屈萬里釋爲「營」，爲「雝」字之聲符、「宮」字之形符，曰：「其形既象人居之所相鄰之形，則應當即《說文》訓爲『帀居也。』的營字。」由此說出發，則「丁族㠱景宅，子其作丁⬚（營）于狀」很容易讓人聯想到《尚書·召誥》「周公相宅」一段：

> 惟太保先周公相宅。越若來三月，惟丙午朏。越三日戊申，太保朝至于洛，卜宅。厥既得卜，則經營。越三日庚戌，太保乃以庶殷攻位于洛汭。越五日甲寅，位成。若翼日乙卯，周公朝至于洛，則達觀于新邑營。越三日丁巳，用牲于郊。越翼日戊午，乃社于新邑，牛一，羊一，豕一。〔註 10〕

何先生曰：

> 就上下文意來看，「新邑營」之「營」與「先周公相宅」之「宅」；「則經營」之「營」；「攻位于洛汭」；「位成」之「位」，……有建造過程中的差異。……「宅」於此乃言居處之所。……「營」爲「立標杆以定建築之方位也。」「位」即城垣宮室屋舍所在之位置。「位成」的第二天，周公即來至洛邑「達觀于新邑營。」則此「營」應該就是孔疏所說的「其位處」之義，也就是城垣宮室屋舍所在的位置。
>
> 〔註 11〕

〔註 8〕《花東·釋文》，頁 1683。

〔註 9〕《殷墟花東 H3 卜辭主人「子」研究》，頁 211。

〔註 10〕孔安國傳、孔穎達疏，《尚書正義》（台北：台灣古籍出版有限公司，2001），460～462。

〔註 11〕何樹環，〈說「營」〉，國立師範大學中國文學系，《第九屆中國文字學全國學術研

此段之內容爲營建之事。所謂「經營」，楊筠如曰：「經，《詩傳》：『度之也。』營，《詩箋》：『表其位也。』《詩‧靈台》『經之營之』，是其義也。」〔註12〕屈萬里曰：「經爲測量；營爲立標杆以定建築之方位也。」〔註13〕而錢宗武、杜純梓的《尚書新箋與上古文明》引《義府》「徑直爲經，周回爲營，謂相步其基址也」，〔註14〕較能說明「經營」的意義。在「經營」、「攻位」之後所劃定出的區域也稱作「營」。《花東》294 應該就是子爲丁營建某種宮室建築的卜問，《周禮‧夏官‧量人》記載「量人」所「營」者，曰：

> 量人掌建國之濟，以分國爲九州，營國城郭，營后宮，量市朝道巷
> 門渠。造都邑亦如之。營軍之壘舍，量其市朝、州、涂、軍社之所
> 里。邦國之地與天下之涂數，皆書而藏之。〔註15〕

包羅甚廣，《花東》294 所營建者爲何類宮室，不得而知。前文提到《花東》113 有「其作官鰻東」，是營建館舍的卜問，應該是小規模的營建之事，《花東》80 有「子告官于丁」，可能是將與館舍營建有關的事向丁報告，而《花東》294 也有「子其告狄既圉丁」，朱歧祥認爲「圉，祭品。丁，或即祊字」，韓江蘇認爲「圉」即「率」，即「血脂之祭」，丁爲祭祀對象。〔註16〕陳劍指出是「告狄地既已『圉』于丁」，本文認爲結合「子其作丁營于狄」來看，很可能就是報告有關「丁營」之事，至於「圉」字於卜辭中首見，僅知此處作動詞，字義爲何暫存疑待考。

（三）子叡、子丙、子宵

1. 子　叡

花東卜辭中的「叡」字出現於下列幾版：《花東》5、26、28、157、181、228、236、260、265、278、286、294、305、395、472、552。原釋文在《花東》5、278 的考釋中曰：

討會論文集》（台北：國立師範大學中國文學系，1998），頁 106～107。

〔註12〕《尚書覈詁》，頁 302。

〔註13〕屈萬里，《尚書集釋》（台北：聯經出版事業股份有限公司，2003），頁 173。

〔註14〕錢宗武、杜純梓，《尚書新箋與上古文明》（北京：北京大學出版社，2005），頁 192。

〔註15〕孫詒讓，《周禮正義》（北京：中華書局，2000），頁 2378～2381。

〔註16〕《校釋》，頁 1018；《殷墟花東 H3 卜辭主人「子」研究》，頁 212。

戠，人名，即子戠。又見於 26（H3:86）、28（H3:101+168+1549）、157（H3:486）、228（H3:662）、236（H3:684+1152）等片。（《花東》5）

戠，人名，可能是「子戠」。「戠弜又（祐）妣庚」是卜問戠是否可以祭祀妣庚。（《花東》278）〔註17〕

朱歧祥也認爲「戠」爲「子戠」，於《花東》278、305 的考釋中曰：

戠，活人名。〔原釋文〕指「可能是子戠」。參 305 版。（《花東》278）

二辭正反對貞。子或即「子戠」的省稱。294 版亦見「子其告🐮」、「子戠弜告🐮」成組對句的用法。花東子與同坑的子戠、子炅是否同一人的異稱，存疑待考。（《花東》305）〔註18〕

《花東》305 內容爲：

甲子卜：子其舞，侃。不用。　一二

甲子卜：子戠（待），弜舞。用。　一二　《花東》305

對此版內容，陳劍曰：

「舞」與「弜舞」對貞，其主語不能解釋爲兩人。「子其舞」的「子」顯然是花東子卜辭的占卜主體「子」，「子戠」要解釋爲人名，除非能證明他就是花東卜辭的主人。

又舉出省略「子」的同樣句型說明，如：

己卜：戠（待），弜生（往）钔（禦）匕（妣）庚。　一

己卜：其生（往）钔（禦）匕（妣）庚。　二　《花東》236

癸卜：戠（待），弜寮于匕（妣）庚。　一二

癸卜：其寮羊匕（妣）庚。　三　《花東》286

陳劍指出「子戠」共出現兩次，除《花東》305，另一出現「子戠」的《花東》294 也是同樣的對貞句型，即「子其告……」與「子戠，弜告……」，此二辭也可與以下此版對照：

〔註17〕《花東·釋文》，頁 1559、1675。

〔註18〕《校釋》，頁 1012、1021。

己巳卜：〔子〕其告〔狀〕既〔凶〕丁，若。

䇂（待），弜告。　　一　《花東》157

因此認爲花東卜辭的「䇂」字還是從裘錫圭先生之說，釋爲「待」較爲合理。
[註19]花東卜辭有關「䇂」的辭例中，有兩版較能說明「䇂」爲「待」義，即：

戊卜：六（今）其酓（酒）子興匕（妣）庚，告于丁。用。

戊卜：䇂（待），弜酓（酒）子興匕（妣）庚。　　一　《花東》28

癸卜：甲其寮十羊匕（妣）庚。　　一二

癸卜：䇂（待），弜寮于匕（妣）庚。　　一二　《花東》286

本文第二章第二節曾提到沈培指出《花東》28 的「六」爲「今」字誤刻，並舉
《花東》286 參照，可知與「甲」、「今」等時間詞相對的「䇂」應非人名。此
外，《花東》181、395 中的「䇂」用「待」解釋較爲通順：

甲卜：䇂（待）□。　　一

甲卜：弜䇂（待）。䇂（待）裸，子其生（往）田。　　二　《花東》181

辛未卜：子其生（往）于田，弜䇂 ![字] 。用。　　一二　《花東》395+548

【方稚松綴】

《花東》181 先言「不要等待」再說「等裸祭之後再往田」，《花東》395+548
【方稚松綴】也是同樣的意思，先言「子要往田」再說「不要等 ![字] 」，「 ![字] 」可
能是祭祀動詞。此二「䇂」都在「弜」後，視爲動詞也很合理。當然卜辭中有
時也會有「弜+人名+動詞」的句型，可能是「人名+弜+動詞」之倒，如《花東》
391 的「弜子舞。用」但如此便要將此版的「弜䇂」解釋成由「䇂弜 ![字] 」倒文
後再省略動詞，太過迂迴。

2. 子丙、子宵

學者或以爲「子丙」是人名，還提到《花東》475、420 二版：

辛亥卜：丁曰：余不其生（往）。母（毋）㝵（速）。　　一

辛亥卜：子曰：余丙㝵（速）。丁令（命）子曰：生（往）眔帚（婦）

[註19] 以上陳劍之說參〈說花園莊東地甲骨卜辭的「丁」——附：釋「速」〉，《甲骨金文
考釋論集》。韓江蘇也同意「䇂」應釋爲「待」，見《殷墟花東 H3 卜辭主人「子」
研究》，頁 204～205。

好于叟（叟）麥。子𤔔（速）。　一

壬子卜：子弜𤔔（速），乎（呼）畬（飲）。用。　一　《花東》475

壬子卜：子丙（丙）𤔔（速）。用。□各，乎（呼）畬（飲）。　一二　《花東》420

原釋文在《花東》294、420考釋中曰：

> 𤔔，H3新出之字，暫不識。子𤔔，人名。

> 第4辭「子丙其乍丁䧹于狀」，此「子丙」爲人名，而且是活著的人。由此看來，「廟號」中的，「天干」原本是生稱。過去一般認爲「廟號」中的「天干」是死後才確定的，這種看法應重新考慮。（《花東》294）

> 第5辭「子丙𤔔用」此「子丙」是一位活著的人。同樣的稱謂還出現於294（H3:880），其辭云：「子丙其乍丁䧹于狀」。此「子丙」與本版「子丙」當爲一人，且也是生者。由此可證，此「丙」本爲「生稱」，死後才成爲「廟號」。這爲我們考究「廟號」來源，提供了依據。（《花東》420）〔註20〕

朱歧祥在《花東》294、475考釋中曰：

> 我們以爲「子𤔔」可能是人名，同版有「子宇」「子丙」「子戠」例，而位置都在干支卜之後，可作參證。（《花東》294）

> 余後一字，拓本圖版仍見形，應隸作丙。「余丙𤔔」一詞，應與294版的「乙丑卜：子丙𤔔？不用。」、420版的「壬子卜：子丙𤔔用，丁各乎飲？」中的「子丙𤔔」相類。余爲子的自稱。本辭凸顯丁與子、婦好間君臣關係。（《花東》475）〔註21〕

陳劍反對此類說法，並引述沈培之說認爲「丙」是時間名詞，《花東》420說「子丙𤔔」、《花東》475子自己說「余丙𤔔」，足證子丙非人名。〔註22〕姚萱

〔註20〕《花東·釋文》，頁1683、1724。

〔註21〕《校釋》，頁1018、1041～1042。《花東》475考釋缺一字，應爲𤔔。

〔註22〕〈說花園莊東地甲骨卜辭的「丁」——附：釋「速」〉，《甲骨金文考釋論集》，頁89。

又補充《花東》420、475 在「辛亥」、「壬子」卜問「丙叀」之事是預卜幾天後的事,《花東》371「己亥卜:甲其叀丁」、「己亥卜:丁不其各」也是一樣的例子。〔註23〕

另外,韓江蘇也主張「子丙」為人物,他從正反對貞關係認為《花東》294「子宀于狄,弜告于丁」與「子丙其作丁♂于狄」可互補為「子宀(其作丁♂)于狄,弜告于丁?」與「子丙其作丁♂于狄(,其告于丁?)」,而認為「子宀」、「子丙」都是人名,又認為卜辭中應無「人名＋時間副詞＋其＋動詞」的句法結構。並將《花東》475「余丙叀」解釋為「余叀、丙叀」之省。〔註24〕「宀」字作◻,陳劍曾引裘錫圭之說認為「宀」可能是「寢」之初文,在此疑作動詞,即「作寢宮」的意思。〔註25〕如此解釋則「子作寢」與「子作♂」為選貞形式之對貞。〔註26〕而關於所謂「人名＋時間詞＋其＋動詞」的句法結構,《花東》371「甲其叀丁」即為一例,應該是「(子)甲其叀丁」之省,而動詞前的「其」字並非必要的結構,舊有卜辭中也曾出現「人＋時間詞＋動詞」的類似辭例,如:

　　辛酉卜,王鼎(貞):余丙示◻于◻。　　《合》21482

這個「余」即王之自稱,也是第一人稱代詞,「示」應為動詞,「示」或與「奠」類似,具體意義不明。〔註27〕《合》21482 應該是王在丙日「示◻于◻」。「余丙示」與「余丙叀」、「子丙叀」結構相同。故本文仍從沈培、陳劍、姚萱將「子丙」之「丙」視為時間詞。而雖然「子丙」非人名,但花東卜辭中有「丙」地(或族),對子有貢納之事,相關討論見第四章第二節「疾」處。

二、丁 臣

　　花東卜辭有「丁臣」一詞,辭例如下:

〔註23〕《初步研究》,頁 169～170。

〔註24〕《殷墟花東 H3 卜辭主人「子」研究》,頁 212～213、141。

〔註25〕〈說花園莊東地甲骨卜辭的「丁」──附:釋「速」〉,《甲骨金文考釋論集》,頁 91。

〔註26〕選貞形式之對貞如《合》1655 正「貞:祖辛叀王」、「貞:祖乙叀王」之類。

〔註27〕〈談談甲骨文記事刻辭中「示」的含義〉,《出土文獻與古文字研究》第 2 輯,頁 93。

戊卜：子乍（作）丁臣岲，其乍（作）子鼙（艱）。　一

戊卜：子乍（作）丁臣岲，弗乍（作）子鼙（艱）。　一

戊卜：子令。　一

戊卜：子〔乍（作）〕。　二

戊卜：子乍（作）。　二

戊卜：叀（惠）五宰，卯伐匕（妣）庚，子钒（禦）。　一

己卜：子㝱（金）。　一

癸卜：中□休，又（有）畀子。

癸卜：子〔臣〕中。　一　《花東》75

「丁臣」指武丁之臣，不臣屬於子，而本版中問題較大的是「岲」字及該辭的解釋。朱歧祥曰：

> 學生陳佩君認爲是中字，可從。相對於同版第（9）辭的「癸卜：丁（引者按：應爲子）臣中？」中字作**巿**，象旗幟飄揚。本辭的「丁臣 岲」，從广從口。無論由字形、用例考量，岲與中應屬同字異體。
>
> 復參同版（5）辭的「戊卜：子乍？」，「子乍」是一獨立分句。因此，本版（1）（2）辭對貞的讀法是：
>
> > 戊卜：子乍，丁臣 岲（中），其乍子鼙？　一
> >
> > 戊卜：子乍，丁臣 岲（中），弗乍子鼙？　一 〔註28〕

韓江蘇有全然不同的斷句與解釋，曰：

> > 戊卜，子作，丁臣 岲其作，子鼙？一
> >
> > 戊卜，子作，丁臣 岲弗作，子鼙？一
>
> ……《花東》75 辭議爲「子」作某事，（武）丁臣屬從事或不從事某事，「子」將有災禍？由此可以看出，岲爲人名，他屬於武丁管理範圍的官員，「子」之所以占卜貞問，是因爲丁臣 岲作某事可能不利于「子」。岲在原子組卜辭中僅1見（《合集》21441），有可能是王令岲這一人物從事某事之占，由此間接說明岲應是王室人物的

〔註28〕《校釋》，頁973。

史實。〔註29〕

曾小鵬則認為此字是動詞，義不明。〔註30〕時兵也有不同的看法，其釋文為「戊卜：子乍（作）丁臣旃（口），其乍（作）子艱。」將旃解釋為「口」，並與卜辭中常見的「作口」、「作孽」、「作囚」以及花東卜辭的「作齒」相提並論，認為都是「不好的事情」。〔註31〕其斷句與《花東‧釋文》、《初步研究》相同。

關於旃字的解釋，韓江蘇所舉《合》21441即《東文研》1299，該辭辭殘，拓片字跡難辨，從照片（右圖）看「旃」下一字為「癸」，字跡「✕✕」尚可辨識，癸字右邊字跡難辨，有「⼂」形，上橫劃並未貫穿且與「⼍」不相連，非「王」字，此形右邊殘留一「△」形也無法辨識為何字，旃右還有一「旃」。另外，此版殘斷，行款未必由左而右，也可能由上而下，則「癸」、「⼂」、「△」、「旃」是每行第一字。故此辭實無法「間接說明旃應是王室人物的史實」。而將旃釋為「中」於形、義皆不易解釋，本文暫從時兵之說，「旃」應該是一種負面的狀況。齊航福將此類「作」解釋為「給……製造」、「給……帶來」，並指出「『作』代雙賓語時，其直接賓語一般為「災禍」之類的抽象名詞」，〔註32〕可從。故「作丁臣旃」、「其作子艱」、「弗作子艱」應該與《花東》28的「作子齒」是同樣的表達方式。

故本版「子作丁臣旃」是「其作子艱」、「弗作子艱」的原因，此二辭卜兆為「一」，第四、五辭的「子作」卜兆為「二」，則「子作」可視為「子作丁臣旃」之省，可能因為是再次卜問同一問題而省略。

第二節　身分與地位待考的人物

一、地位較高者

（一）屮（屮）

〔註29〕《殷墟花東 H3 卜辭主人「子」研究》，頁 296～297。

〔註30〕《《殷墟花園莊東地甲骨》詞類研究》，頁 8、53。

〔註31〕《上古漢語雙及物結構研究》，頁 97。

〔註32〕齊航福，〈花東卜辭中所見非祭祀動詞雙賓語研究〉，《北方論叢》2009.5，頁 65。

花東卜辭中有「屮（屮）」字，可能爲人名，相關辭例如下：

甲卜：歲匕（妣）庚☑邟（禦）屮其□于丁，☑。　一一　《花東》257

庚申：酓（酒）屮宜。用。　一　《花東》394

花東卜辭的屮字各家釋爲屮，卜辭中的屮、屮爲一字，舊多釋爲「屮（載）」或「叶（協）」，蔡師哲茂曾指出屮（屮）字有「贊」、「驟」的用法，可能是《說文》中「贊」字的象形本字，亦有作人名的用法，並舉出安陽大司空村殷墓出土青銅瓤、鐃有銘文屮、屮，應爲人名，與甲骨文屮、屮字形相同。〔註33〕

《花東》394 的屮應爲人名。屮是王卜辭中常見的人物，可作「占辭」裁斷占卜結果之吉凶，可見地位甚高，饒宗頤與李學勤都認爲此人即《合》10405 的「小臣屮」。〔註34〕屮爲自組小字類貞人，李學勤、彭裕商對此人作占辭的現象有如下詮釋：

小字類卜辭沒有「王固曰」，暗示當時武丁尚年少，還沒有據兆以推斷吉凶的能力。典型賓組只有「王固曰」，沒有其他卜人的「某固曰」，表名商王已屬成年，閱歷豐富，獨攬了解釋卜兆以定吉凶的大權。

〔註35〕

由於時代接近，此人可能就是花東卜辭的屮或其父輩。

關於「酒屮宜」的解釋，可從「酒」與「宜」的關係考慮，張玉金對「宜」字的相關卜辭有詳細的整理與研究，其中提到宜祭的輔助祭儀有「酒」，卜辭中有很多「酒宜」連用的例子（辭例可參《類纂》，頁 1275），張先生認爲「『酒宜』是動賓結構，動賓之間是爲動關係，即爲『宜』祭而進行酒祭的意思」。〔註36〕因此本文認爲「屮宜」指「屮此人行宜祭」，「酒屮宜」是指「爲屮此

〔註33〕 詳見〈釋殷卜辭的屮（贊）字〉，《東華人文學報》第 10 期。

〔註34〕 《殷代貞卜人物通考》，頁 747；李學勤，〈關於自組卜辭的一些問題〉，《古文字研究》第 3 輯（1980），頁 35。黃天樹先生也有相關討論，見《殷墟王卜辭的分類與斷代》，頁 25。

〔註35〕 《殷墟甲骨分期研究》，頁 86。

〔註36〕 〈殷商時代宜祭研究〉，《殷都學刊》2007.2，頁 13。本文第二章第一節曾提到本文同意「宜」有動詞「用牲法」及名詞「肴肉」之說，與張玉金的看法不同。

人行宜祭而舉行酒祭」。〔註37〕花東卜辭中出現 ⊔ 主持祭祀的卜問，其地位很可能不低於子。此外，花東卜辭中還有「⊔友」，爲 ⊔ 的僚屬，子曾卜問 ⊔ 友與我人、子金南行之事，可見子能差遣 ⊔ 的僚屬，如同子能命令子妻的僚屬「𠂤」勹馬一樣，〔註38〕子的地位也可能在 ⊔ 之上。目前所見的花東卜辭中並沒有直接證據能證明 ⊔ 是否臣屬於子。

《花東》257 的 ⊔ 字朱歧祥認爲可能是「告」字之誤，「卲（禦）⊔」可能讀爲「告卲（禦）」，〔註39〕此說可疑。林澐認爲「歲妣庚」跟「卲（禦）⊔」相距兩個卜兆以上寬度，應是兩條卜辭，「⊔」可能是人名。〔註40〕韓江蘇認爲可解釋爲「其禦 ⊔ 于丁」之倒，「⊔」爲人名，或「其 ⊔ 于丁，禦」，「⊔」爲動詞。〔註41〕由於《花東》257 本辭部分被削刮，拓片模糊難辨，照片又無放大，無從判斷完整內容，⊔ 字亦難辨認，故本文對此辭的解釋只能存疑待考。

最後，《花東》171 摹本有 ⊔ 字，原釋文爲「□巳：舌且（祖）乙□牝一？在 ✄，曽☑。」朱歧祥認爲摹本誤，曽應作 ⊔，或即用字異體。〔註42〕比較照片與拓片（右圖），⊔ 字可能是 ▢（丁），豎劃似爲刮痕，而下一字尚可辨識，似爲 ✋（出），其後不見字跡，在無法看到原骨的情況下，本文暫視爲「丁出」二字，整條卜辭或可改爲：

　　□巳：舌且（祖）乙□牝一。在 ✄。丁出。

　　一　《花東》171

花東卜辭中「丁各」的例子很多，「丁出」則有以下二例：

〔註37〕然而，若將此辭的「⊔宜」視爲「⊔此人貢納的肴肉」，如「小臣𤔲石簋」之「小臣𤔲入毕（禽）宜」也是指臣下獻納肴肉，則 ⊔ 的地位似乎也可能低於子。考量卜辭中「酒」往往與其他祭儀連用的狀況，如「歲」、「禦」、「燎」……等（可參《類纂》，頁 1045～1050），故此處的「宜」作爲祭祀動詞的可能性應較大。

〔註38〕相關內容詳見本文第四章第三節。

〔註39〕《校釋》，頁 1007。

〔註40〕〈花東子卜辭所見人物研究〉，《古文字與古代史》第 1 輯，頁 33。

〔註41〕《殷墟花東 H3 卜辭主人「子」研究》，頁 160。

〔註42〕《花東・釋文》，頁 1625；《校釋》，頁 988。

　　　　癸酉夕卜：乙丁出。子凵（占）曰：丙其。　一　　《花東》303

　　　　十月丁出獸（狩）。　一　　《花東》337

《花東》171 的「丁出」應該是武丁出去從事某種活動的省略句，如「丁出狩」，
與《花東》171 類似的句型如：

　　　　丙子：歲且（祖）甲一牢，歲且（祖）乙一牢，歲匕（妣）庚一牢。才
　　　　（在）劑。來自斝。　一　　《花東》480

與「丁出」位置相同的「來自斝」即「來狩自斝」，對照同版「癸酉，子金，在
劑：子呼大子禦丁宜，丁丑王入。用。來狩自斝」，丙子日「來自斝」的是應
該是武丁。

（二）韋

「韋」此人於花東卜辭中一見：

　　　　辛亥卜：子呂（以）帚（婦）好入于狀。用。　一

　　　　辛亥卜：子攸（肇）帚（婦）好玴（琡），㞢（往）蠻。才（在）狀。
　　　　一二

　　　　辛亥卜：乎（呼）崖面見（獻）于帚（婦）好。才（在）狀。用。　一

　　　　辛亥卜：叀（惠）入人。用。　一

　　　　癸丑卜：其殳（將）匕（妣）庚〔示〕于狀東官。用。　二

　　　　乙卯：歲犾，叙豎且（祖）乙。用。　二三

　　　　壬戌卜：才（在）狀囨（葬）韋。用。　一

　　　　于夨（襄）囨（葬）韋。不用。　一　　《花東》195

　　關於囨字，胡厚宣最早釋爲「葬」，蔡師哲茂曾對卜辭中葬字的諸字形與
考釋有全面的整理，指出葬字在卜辭中作囲、㘼、岾、囼、囙、㘶等形，並
對張政烺所指出釋爲蘊（即埋）的𠆖、𠆢二字作一補充，而歷組卜辭中還有𠖥
字，也可能是葬或𠆖之異體。〔註43〕關於《花東》195「壬戌卜：在狀葬韋。
用」一辭的結構，《花東・釋文》中將「在狀」視爲前辭，〔註44〕姚萱指出「在

〔註43〕詳見〈甲骨文「葬」字及其相關問題〉，《第三屆國際中國古文字學研討會論文集》。
〔註44〕《花東・釋文》，頁 1639。

狀」應斷入「命辭」,「在狀葬韋」與「于襄葬韋」對貞可知為要到狀還是襄葬韋的卜問。〔註45〕此說較為合理。黃天樹先生進一步解釋如下:

> 狀、襄,皆地名。韋,人名。「在狀」和「于襄」對貞。距離遠的地點前加介詞「于」,距離近的地點前加介詞「在」。花東卜辭的主人「子」為死去的貴族「韋」選貞墓地,卜問是葬在近處的狀地好呢還是葬於遠處的襄的好呢?從記於命辭後的用辭看,最後葬在狀地。〔註46〕

學者一般認為花東卜辭的韋就是賓組卜辭的貞人韋,魏慈德指出「韋是賓組卜辭中的早期貞人,其死去這一件事剛好可以作為花東子卜辭的時間定點」,〔註47〕黃天樹先生則指出從賓出類的《安明》678 有活著的韋,說明的韋在武丁晚期至祖庚早期還活著,也說明花東卜辭不可能早到武丁中期。〔註48〕趙鵬也認為「韋是典賓類卜辭中一個常見的貞人,他的死最早也應該在武丁晚期,這版(引者按:即《花東》195「葬韋」該版)花東卜辭應該是武丁晚期之物」。〔註49〕關於此人的身分,魏慈德認為韋是子的家臣,〔註50〕韓江蘇認為:

> 韋是王卜辭(賓組卜辭)中的貞人……,H3 卜辭中,他不參與占卜貞問,卻受到「子」的關心,……他生前為商王效力,死後,由商王室之「子」H3 卜辭的主人前去處理其後事,說明「子」是為商王而效勞的史實。〔註51〕

林澐則認為:

> 韋這個人物既見于賓組卜辭,也見于丙種子卜辭(合 21640),因時代相近,大概是同一人。他和「子」的關係缺乏資料,無法討

〔註45〕《初步研究》,頁283。魏慈德(《殷墟花園莊東地甲骨卜辭研究》,頁89)與《校釋總集·花東》(頁6521)也將「在狀」歸入命辭。

〔註46〕《《殷墟花園莊東地甲骨》中所見虛詞的搭配和對舉》,《黃天樹古文字論集》,頁407。

〔註47〕《殷墟花園莊東地甲骨卜辭研究》,頁89。

〔註48〕〈簡論「花東子類」卜辭的時代〉,《黃天樹古文字論集》,頁153。

〔註49〕《殷墟甲骨文人名與斷代的初步研究》,頁303。

〔註50〕《殷墟花園莊東地甲骨卜辭研究》,頁90。

〔註51〕《殷墟花東 H3 卜辭主人「子」研究》,頁220。

論。但他下葬的占卜表明既可葬于「子」的領邑**狀**，又可葬於似乎非「子」所領有的襄地，這對當時研究墓葬制度是很有趣的資料。〔註52〕

林先生將韋列入「其他人等」中，應是認為從花東卜辭中無法確認韋的身分。而各家都將花東卜辭的韋與王卜辭的韋視為同一人，本來非常合理，但卻存在一個不容易解釋的狀況，即同版「辛亥」日有「以婦好」的卜問，該版由辛亥、癸丑、乙卯到葬韋的壬戌，應該是前後相連的卜問，可知此「韋」死時婦好還活著。然而以下辭例似與此狀況有所矛盾：

□寅卜，韋貞：窫（賓）帚（婦）好☑。

貞：弗其窫（賓）帚（婦）好。　　《合》2638

貞：屮（有）來窫（賓）帚（婦）好，不隹母庚。　　《合》2639

此二版中婦好是祭祀對象，卻由貞人「韋」貞卜。如認為武丁時代的婦好只有一個，那麼花東卜辭的韋可能就不是王卜辭的貞人韋。目前所見花東卜辭中「韋」僅此一例，且並無貞人身分，自組小字類《合》19791中「韋」與「爵凡」同見於一辭，花東卜辭中也有爵凡此人，是否花東卜辭的韋可能與自組小字類的韋是同一人，是貞人韋之父或該族族長，也就是有同代同名的現象，難以判斷。此問題尚待進一步討論，本文暫不將二者視為同一人。

關於「葬韋」之事，本章第一節曾提到王卜辭中有「王令屰葬我」之事，也是商王命令臣下處理某人的喪葬事務。還有其他的例子，如：

己酉卜，㱿貞：乎田（葬）**夲**侯。

貞：勿乎田（葬）**夲**侯。　　《合》6943

庚辰卜，貞：令**昌**田（葬）白（伯）**呂**。　　《英》130

己卯卜貞：弜比邲田（葬）**轟**。　　《合》17176

丙子卜，虎令比角田（葬）侯**𧎿**。　　《鐵》62.5

丁巳卜，爭貞：乎（呼）歸專于盂**田**（葬）。五月。　　《英》366

蔡師哲茂指出《英》130：「**昌**可能就白**呂**之子，故殷王命**昌**主持白**呂**的葬禮。」

〔註53〕前文提「葬我」、「葬韋」卜問中，受到商王命令辦理喪葬之事的「岑」與「子」都是雄霸一方者，而「韋」、「我」二族在商王朝中都非常活躍，或許在當時喪葬事務中，商王會命令朝中大臣或與被葬者有關的人物辦理葬事。

　　由於人物韋在花東卜辭中僅此一見，未必即王卜辭的貞人韋。此人與子的關係誠如林澐所說「他和『子』的關係缺乏資料，無法討論」，雖然子為此人卜問葬地，卻無法證明此人臣屬於子。而韋家族有重要的人物貞人韋，花東卜辭中被葬的韋若非貞人韋，對照其他被葬者，其地位應該也不低，此事很可能是商王指派給子的工作。在沒有新資料出現之前，本文對花東卜辭中的韋的身分暫存疑。

（三）𩁡

花東卜辭中有人物「𩁡」，學者或以為即「子」，其辭例如下：

庚寅：歲且（祖）□牝一，𩁡祝。　一二

庚寅卜：叀（惠）子祝。用。　一二　《花東》29

甲辰：歲且（祖）甲一牢，子祝。　一

乙巳：歲且（祖）乙一牢，𩁡祝。　一　《花東》17

庚辰：歲匕（妣）庚小宰，子祝。才（在）麗。　一

甲申：歲且（祖）甲小宰，祝鬯一，子祝。才（在）麗。　一二

乙酉：歲且（祖）乙小宰、狴，祝鬯一。　一二

乙酉：歲且（祖）乙小宰、狴，祝鬯一。𩁡祝。才（在）麗。　二三

四　《花東》291

甲申：歲且（祖）甲狴一，叀（惠）𩁡祝。用。　一

甲申：歲且（祖）甲狴一。　一　《花東》220

癸巳：歲匕（妣）癸一牢，𩁡祝。　一二　《花東》280

《花東・釋文》中曰：

　　𩁡，《殷墟甲骨刻辭類纂》（以下簡稱《類纂》）、與《甲詁》釋為「龜」，

〔註53〕〈甲骨文「葬」字及其相關問題〉，《第三屆國際中國古文字學研討會論文集》，頁123。相關討論也見於本文第四章第二節「𦣞（附：𡉚）」處。

而《殷墟卜辭綜類》（以下簡稱《綜類》）與《甲骨文字集釋》（以下
簡稱《集釋》）釋爲「員」，均欠妥，與字形不符，究竟何字，存以
待考。在此爲人名。〔註54〕

朱鳳瀚曾說「⿱字疑即干支中『子』所作字形（𠙐、⿱）之異體」。〔註55〕朱歧祥
分別在各版考釋中曰：

> 此字疑爲「子」字的異體。花東甲骨習見「子祝」例，如67、123、
> 175版是。17、280、291三版更見「子祝」「⿱祝」同用。29復見
> 「⿱祝」「子祝」對貞。二字用法相當，字形均象小子形。因此，
> 本辭應讀爲：「乙巳：歲祖乙一牢，子祝？　一」（《花東》17）
>
> ⿱，爲子字的異體。本辭與同版（3）辭的「庚寅卜：叀子祝？不
> 用。」爲對貞，更可證二字爲同一子字的不同書體。（《花東》29）
>
> 祝前一字，是「子」的異體。「子祝」習見於花東甲骨。（《花東》220）
>
> 「祝」前一字爲「子」的異體。67版的「乙亥夕：歲祖乙黑牝一，
> 子祝？」、123版和175版的「辛酉昃：歲妣庚黑牝一，子祝？」，
> 用例相同。（《花東》280）
>
> 祝前一字，爲子字異體。同版（2）辭見「甲申：歲祖甲小宰、叔兕
> 一，子祝？在麗。」（《花東》291）〔註56〕

韓江蘇也認爲：「《花東》29上『⿱祝』與『子祝』爲正反對貞之辭，說明了
⿱是『子』的一種特殊寫法的事實。」還認爲「⿱」、「夨」能夠「祝」說明
他們在祭祀宗法之身分與地位與商王相同，又進一步認爲「⿱」應當是太子
之「子」的一種特殊稱呼。〔註57〕而魏慈德也針對此種辭例相關的現象提出
看法，他也認爲「子祝」可能就是「⿱祝」，但由於證據不充分，不敢遽以
認定，其說如下：

〔註54〕《花東・釋文》1565。

〔註55〕〈讀安陽殷墟花園莊東地出土的非王卜辭〉，《商周家族形態研究（增訂本）》，頁
600。

〔註56〕《校釋》，963～964、966～967、998、1013、1018。

〔註57〕《殷墟花東H3卜辭主人「子」研究》，頁312、316。

從花東卜辭看來，■的身份有兩種可能，一是子；一是隨侍在子身旁地位很高的人物。若「■」即「子」，則「■」當是一個表示身份地位的稱號或族徽，而非人名，這種稱號或族徽可以保留下來，因而在不同時期也可出現「■」。……■身份說的第二種可能是一個隨侍在子身旁地位很高的人物。在晚商青銅器中的族徽已見有著錄以「■」為名者，見《集成》8793、8794 上著錄的「■敖爵」，其銘文作「■敖」，敖上一字正是花東卜辭的「■」。《集成》9194 上還有「■敖斝」，1765 上也有「■敖鼎」，皆是以「■敖」為名的族徽，因知「■」當即指「■敖」。……「■敖」當就是某一時期的「敖」族。〔註58〕

也提到王卜辭中「子汰」（《合》672 正）、「婦好」（《合》2650）、「夨」（《合》32671、《屯南》1154）都有「祝者」身分。

方稚松認為「子」、「■」非同一人，除了在花東卜辭中與子相對，還指出在王卜辭中與王相對（《合》32418+34444【周忠兵綴】）。〔註59〕趙鵬認為「■」是「表示某種職官或身分的詞」。〔註60〕本文同意「子」、「■」非同一人，從辭例來看，「子」、「■」雖有可能是同一人，但《花東》29 歲祭時卜問「■祝」與「子祝」，而「子祝」被採用，此二辭也可能不是正反對貞而是選貞的狀況，則「子」、「■」不同人。其他辭例中，《花東》220、280 單獨出現可不論，《花東》17、291「子祝」與「■祝」都是隔日占卜，也可能指不同人物。又從字形來看，「■」字與「子」字諸異體有明顯的區別，反而更接近族徽銘文之 ■ 、■（《集成》8793、8794）等形，因此「■」也可能是商代某異族之人，該字為族氏徽號，並非「子」字。因此本文認為「■」仍無法肯定是否就是「子」，此人與「子」相提並論，其地位應該不低，而確切之身分與地位當存疑待考。

（四）馭

花東卜辭中有「馭」此人，僅一見：

〔註58〕 《殷墟花園莊東地甲骨卜辭研究》，頁 83～86。

〔註59〕 〈讀殷墟甲骨文箚記二則〉，《殷墟甲骨文五種記事刻辭研究・附錄三》，頁 274。

〔註60〕 〈從花東子組卜辭中的人物看其時代〉，《中國社會科學院歷史研究所學刊》第 6 集，頁 6。

己卜：子又（有）夢敗裸，亡至堇（艱）。　一

己卜：又（有）至堇（艱）。　一

庚咸卯。　　《花東》403

關於敗字，拓片為，《花東》摹本作，細審照片，字形上端橫筆應為刮痕，「」所執為「」，是花東卜辭「庚」字的基本形態，如《花東》7 庚子的「庚」作。

各家對第一辭的斷句與對「（裸）」字的解釋不同，也影響對敗字的理解，《花東・釋文》的斷句為「子又夢，敗裸亡至堇」，指出敗為新見字，字則未釋。〔註61〕孟琳與曾小鵬斷句皆同《花東・釋文》，前者認為敗是人名，後者認為敗是「一種可搖的樂器，這裡作動詞」。〔註62〕姚萱斷句為「子又夢，敗裸，亡至堇」，字從方稚松釋為裸。〔註63〕韓江蘇斷句為「子又夢敗裸亡至堇」，字未釋，認為敗是人名，可能即同版的「庚」。〔註64〕宋鎮豪斷句為「子又夢敗裸，亡至堇」，並連繫《花東》493「壬辰卜：（向）癸巳夢丁裸，子用瓚，亡至艱」，認為「夢敗裸」、「夢丁裸，子用瓚」是兩種夢的景象，具體所指不明。《花東》403 的「裸」字作形，《花東》493 的「裸」、「瓚」二字分別作、二形，宋先生曰：「初疑分別為金文瓚及『秉璋以酢』之璋的異構，實非，兩字一從丙，一從辛，可能與十干日的行事擇日或陰陽觀念有關。」〔註65〕本文認為斷句當從宋說，至於、、等字，當從方稚松釋為「裸」、「瓚」，字形上部似「丙」、「辛」的部件，方先生比較相關字形指出這些字形上部應該都與玉器的形狀有關。〔註66〕

〔註61〕　《花東・釋文》，頁 1717。

〔註62〕　《《殷墟花園莊東地甲骨》詞匯研究》，頁 53；《《殷墟花園莊東地甲骨》詞類研究》，頁 57。

〔註63〕　《初步研究》，頁 350。《校釋》（頁 756）、《校勘》（頁 58）、《校釋總集・花東》（頁 6561）斷句同。

〔註64〕　《殷墟花東 H3 卜辭主人「子」研究》，頁 261～262。「敗」是否即「庚」，無從考證，相關討論見本文第四章第一節「庚」處。

〔註65〕　〈甲骨文中的夢與占夢〉，《文物》2006.6，頁 65。

〔註66〕　詳見〈釋殷墟花園莊東地甲骨中的瓚、裸及相關諸字〉，《中原文物》2007.1。

　　卜辭中有關夢境的資料很多，其中不少夢的內容為祭祀、行禮之事者，除了宋先生已提到的《花東》493 卜問子夢到武丁行祼祭之事，還有：

　　貞：王夢祼，隹（唯）𡆥（憂）。

　　王夢祼，不隹（唯）𡆥（憂）。　　《合》905

　　□戌卜，方貞：□夢，王秉𣐈（棘）。　　《合》17444

　　甲戌卜，□貞：有夢，王秉𣐈（棘）才（在）中宗，不隹（唯）𡆥（憂）。

　　八月。　　《合》17445

　　癸巳卜：子夢𢎥告，非囏（艱）。　　一　　《花東》5

　　己亥卜：子夢〔人〕見（獻）子𢀖（琡），〔亡〕至囏（艱）。　　一　　《花東》149

《花東》403 第一辭也可解釋為卜問子夢見「叔」此人行祼祭，是否會有災禍。舊有卜辭中也曾出現「叔」字，字形作 🔲、🔲（《合》22274+無號碎甲〔註67〕），皆為單字，無法確定字義。卜辭中出現在夢中的人物包括婦好、亞雀、祖先以及一些女性人物（見前引宋文），地位都非常高，而《花東》403 的「叔」，從其行祼祭來看，身分地位也應該不低。至於與子的關係則無從考證。

　　上引《花東》5 的「𢎥」宋鎮豪認為是人名，〔註68〕曾小鵬認為是「射」的異體，為職官名。〔註69〕朱歧祥則認為該辭句型可與《花東》314「丙子卜：子夢，祼告匕（妣）庚」類比，認為「𢎥」是某種「持弓以獻的祭儀」。〔註70〕此字還見於《合》3450「𢎥白（伯）」，《合》28002「貞：其𡆥，才（在）不𢎥」、「☑二卜☑𢎥」，「𢎥伯」確為人名，但《合》3450 為殘片，「𢎥」、「白」二字前後也可能有其他文字，而《合》28002 的「𢎥」看來也不是人名。目前所見「𢎥」字相關辭例僅此三條，尚不足以判斷「𢎥」字字義，故《花東》5 的「𢎥」是否為人名本文暫存疑待考。

〔註67〕蔡哲茂，〈甲骨新綴二十七則〉，《中國文化研究所學報》第 46 期（2006），第 18 組。

〔註68〕〈甲骨文中的夢與占夢〉，《文物》2006.6，頁 69。

〔註69〕《《殷墟花園莊東地甲骨》詞類研究》，頁 3、52。

〔註70〕《校釋》，頁 961。

（五）多丰臣

花東卜辭有「多丰臣」一詞，辭例如下：

辛未卜：丁〔隹（唯）〕子令比白（伯）或伐卲。　一

辛未卜：丁〔隹（唯）〕多丰臣令比白（伯）或伐卲。　一　《花東》275+
《花東》517【蔣玉斌綴】

「丰」字作。「多丰臣」的「丰」字原釋作「王」，《花東》517 考釋中指出：
「『王』字作『王』，很是特別。以往出現此種『王』字，均視爲晚期特徵。如今，
在殷墟早期就出現了。」〔註71〕朱歧祥對此說有所保留，認爲：「花東習見『多
臣』例，亦有一見『小臣』，應屬官名，但無「王臣」的用法。」〔註72〕姚萱指
出：「『多丰臣』原在 517 號小片上。『丰』字原釋爲『王』，蔡哲茂先生、沈培先
生和陳劍先生分別指出當釋爲『丰』」。〔註73〕此字魏慈德也釋爲「丰」，曰：

若比較花東卜辭中「王」（《花東》420）字的寫法，知該字非「王」，
實爲與王字形近的「丰」，辭爲「（多）丰臣令」。王卜辭中常見商王
呼多臣去征伐方國者，如「乙巳卜，爭貞：呼多臣伐舌方受屮佑」
（《合》613+《英》557，《甲骨綴合集》第四組）。關於多臣的身份，
蔡哲茂先生認爲「很可能是指臣服的異族」，而今花東卜辭中所見的
「多丰臣」即確指異姓貴族首領，「丰」《說文・丰部》（四篇下）以
爲「象艸生之散亂也，讀若介」，知「介」、「丰」兩字可通。卜辭中
以在稱謂前加上「帝」和「介」來表明直系與旁系的關係，其用法
相當於後世的「嫡」與「庶」。馮時以爲「介」字從「人」而指示前
後兩側，用爲人之旁庶，而「丰」正言植物本莖以外的枝葉，則用
爲神之旁庶。《中國古代的天文與人文》（北京：中國社會科學出版
社，2006 年 1 月），頁 70。然從「多丰臣」一詞看來，「丰」也可指
人之旁支。〔註74〕

〔註71〕　《花東・釋文》，頁 1754。

〔註72〕　《校釋》，頁 1045。

〔註73〕　《初步研究》，頁 313。《殷墟花園莊東地甲骨卜詞研究》，頁 141。

〔註74〕　《殷墟花園莊東地甲骨卜詞研究》，頁 70。

陳煒湛則認爲花東此字爲「玉」字。〔註75〕關於舊有卜辭中「丰」字的解釋，何樹環曾有專文討論。舊有卜辭中「丰」字三見，即《合》34148、《屯南》930 的「帝五丰臣」與《合》34149 的「帝五丰」，字形皆作丰。何樹環從郭沫若將丰釋讀爲「介」，並認爲「介」字有挾輔佑助之意，又《禮記》中的「介」有指負責傳令的職官，故將「帝五丰臣」解釋爲「將上帝之意傳達至人間的五個神靈」，而此字與甲骨文的「玉」字字形相同，應屬同形異字的狀況。〔註76〕

　　從字形來看，舊有卜辭中的「丰」字作丰，花東卜辭的「多丰臣」其「丰」字作王，中間豎筆不突出，正如玉字也有丰、王二形。而「丰」字原有「輔助」之義，花東卜辭中的「多丰臣」應可解釋爲多個輔佐商王的大臣。考量此版「多丰臣」與「子」對貞，或許也可如魏慈德所論，解釋爲多名異族大臣。

二、受到子關心者

　　花東卜辭中有些受到子關心的人物，他們雖有可能臣屬於子，但在目前所見卜辭中，並未出現他們受到子的命令替子辦事或向子貢納的卜問，因此也可能是商王或其他非王家族族長的臣屬，或其他非臣屬身分的人物，在沒有進一步資料的情況下，本文暫將他們歸於「身分與地位待考的人物」項目下。包括子爲之行禦祭的「𢆶」、「歸」，子卜問其生死的「引」、「右史」、「中周」、「妭中周妾」，還有子卜問其是否有憂患的「豐」、「季母」。

（一）𢆶

　　花東卜辭有𢆶字，辭例如下：

　　辛卜：子钾（禦）𢆶匕（妣）庚，又鄉（饗）。　一　《花東》197

還有與𢆶字相似的𢆶字，學者或以爲即𢆶，辭例如下：

　　己亥卜：于宮（庭）禹（琡）、𢆶。用。　二　《花東》29

　　己亥卜：叀（惠）今夕禹（琡）、𢆶，若，侃。用。　一

　　己亥卜：子夢〔人〕見（獻）子禹（琡），〔亡〕至艱（艱）。　一　《花

〔註75〕〈讀花東卜辭小記〉，《紀念徐中舒先生誕辰 110 周年國際學術研討會論文集》，頁 33。

〔註76〕何樹環，〈釋「五丰臣」〉，《第十三屆全國暨海峽兩岸中國文字學學術研討會論文集》。

東》149

壬寅卜，子宍（金）：子其屰（逆）⽊于帚（婦），若。用。 一 《花東》492

另外還有《花東》545，爲碎甲，有一字「⽊」。

關於⽊、⽊的解釋大致有三類看法：第一種是釋⽊、⽊爲同字並釋爲人名，如《花東‧釋文》中曰：「⽊，人名，與 29（H3:105）之⽊字形相似，可能屬同一字。」姚萱也認爲⽊、⽊一字，爲人名，認爲《花東》492 的⽊是子迎接的對象。[註77] 陳劍則認爲《花東》29、149、492 的⽊都是人名，在《花東》29、149 中子向此人進獻玉戚，賓組卜辭中也常見此人名。[註78] 林澐也視《花東》197 的⽊爲人名，認爲與賓組卜辭常見的⽊（⽊）（見《合》4937、4939、8889、9081）同名，[註79] 不過並未討論其他⽊字。趙鵬也將《花東》197 的⽊與賓組卜辭的⽊（⽊）相提並論。[註80] 以下幾版爲賓組卜辭中⽊（⽊）的辭例：

庚辰卜，內〔貞〕：〔⽊〕[註81] 其屮菁（遘）。 《合》3813

庚辰卜，內貞：⽊菁（遘）。

辛☒⽊☒。 《合》4937

丁巳卜，㱿貞：⽊得。 《合》8889 正

第二種是釋⽊爲玉器，⽊爲「用」字異體。朱歧祥曰：

〔原釋文〕把卲後一字釋爲人名，言「與 29 版之⽊字形相似，可能屬同一字」，可備一說。然而，花東的⽊字爲祭品，有與玉連用，應爲玉器一種，如 29 版的「于寭再玉⽊」是。細審拓本字形，此字與⽊形似但並非同字，明顯中間的豎畫不同。……而⽊字似只是「用」字的異體，置於句末。……本辭的讀法是：

〔註77〕 《花東‧釋文》，頁 1637；《初步研究》，頁 130。

〔註78〕 〈說殷墟甲骨文中的「玉戚」〉，《中央研究院歷史語言研究所集刊》78.2，頁 420。

〔註79〕 〈花東子卜辭所見人物研究〉，《古文字與古代史》第 1 輯，頁 32。

〔註80〕 《殷墟甲骨文人名與斷代的初步研究》，頁 308。

〔註81〕 作 ，字跡模糊，從殘存筆畫與內容來看應該是⽊字。

辛卜：子**卲**妣庚，又（有）鄉？用。　一〔註82〕

第三種是釋 **⋔** 為人名，**⋔** 為「牙璋」，楊州分析此人身分，認為：

> 要將「△」（引者按，即《花東》29、149 的 **⋔**）看作人名，他的地
> 位一定比「子」高才符合邏輯。然而，從現有資料絲毫看不出有任
> 何這樣的跡象。

> 即使將《花東》29.4、149.2 中的「△」也看成人名，跟舊有卜辭中
> 的「△」也根本不是一回事，因為身份差別太過懸殊。退一步講，
> 假若《花東》197.3 的 **⋔** 與此同字，「△」的身份似乎也達不到《花
> 東》29.4、149.2 中的「△」身份的高度。〔註83〕

因此將 **⋔** 釋為「牙璋」，是與「琡」一起備進獻的玉器。楊州又參考姚萱對《花東》492「逆」釋為「獻」的說法，認為該版的 **⋔** 也是牙璋。〔註84〕

以上諸說中，朱歧祥對《花東》197 的解釋於行款不合，且「禦+某人+于+祖妣」的辭例甚多，依行款與文例將 **⋔** 解釋為人名即可，不須迂迴解釋。至於 **⋔**、**⋔** 是否同字，**⋔** 是人物還是器物還可進一步討論。從句法上看《花東》29、149 的 **⋔** 釋為人名或物品似乎都可通讀，但若釋為人物，其地位自然比子高，則《花東》492「逆 **⋔** 于婦」不論解釋為向婦好迎接 **⋔** 此人，或是獻 **⋔** 此人（或 **⋔** 族人）給婦好都不合理，因此本文從楊州之說。

最後，關於《花東》197 **⋔** 的身分，林澐曰：「由『子』親自為 **⋔** 向妣庚進行禦祭，有可能和『子』關係密切，但僅據此無法作進一步判斷」。〔註85〕是否與賓組卜辭的 **⋔**（**⋔**）為同一人，目前也無直接證據可證。子為此人行禦祭，也許有學者會認為此人應與子有血緣關係，本文第四章提到的「晕」、「大」、「多臣」，第五章提到的「奠」，還有下文的「歸」都是子為之行禦祭的對象，也都可能被認為與子同姓。此實涉及所謂「民不祀非族」的原則，本文第一章第二節中有相關討論，基本上本文認為此一原則在商代是否存在仍有待商確。而卜

〔註82〕《校釋》，頁 944。

〔註83〕《甲骨金文中所見「玉」資料的初步研究》，頁 45、47。

〔註84〕《甲骨金文中所見「玉」資料的初步研究》，頁 46。以上楊州之說又見〈說殷墟甲骨文中的章（璋）〉，《首都師範大學學報（社會科學版）》2009.3。

〔註85〕〈花東子卜辭所見人物研究〉，《古文字與古代史》第 1 輯，頁 32。

辭中的祀典應無「民不祀非族」的限制，因此即便子為 𭏋 行禦祭，也不能證明此人與子有血緣關係，頂多說明此人有其重要性，花東子家族族長特別為他向祖先行祭。又目前沒有直接證據可證明 𭏋 臣屬於子，如被子呼令或對子貢納之類。

（二）歸

花東卜辭有「歸」此人，其辭例如下：

庚戌卜：辛亥歲匕（妣）庚麂、牝一，匕（妣）庚侃。用。　　一

辛亥：歲匕（妣）庚麂、牝一，齒钔（禦）歸。　　一

辛亥：歲匕（妣）庚麂、牝一，齒钔（禦）歸。　　二　《花東》132

關於「齒禦歸」的解釋，《花東・釋文》中曰：「齒，在此版的用法，可有兩種解釋：1.用本義，『齒钔』釋作『钔齒』，為攘除齒疾而祭祀 2.齒作為人名。」[註86]朱歧祥依《花東・釋文》第一點發揮，認為「『齒钔』應獨立成句，即『钔齒』的倒文，指禦祭除齒疾之患。……花東甲骨卜問疾病部位多作前置句式」，[註87]又在〈由花東甲骨論早期動詞的省變現象〉一文中舉出「禦」字句中類似的例子，其中《花東》319 的「肩禦𡚤」是同樣的句型。[註88]此說可從，劉源也曾舉此例指出「歸」此人受到子的關心。[註89]可知花東卜辭中有人物「歸」。

𠂤組卜辭中有「伐歸」的卜問，如：

☑伐歸白（伯）☑受又（祐）。　　《合》33070

壬寅卜：奉（禱）其伐歸，叀（惠）北 𖠛 用廿示一牛，二示羊，呂（以）
四戈㺇。　　《合》34121（《合》34122 同文）

《合》33070 趙鵬定為「𠂤組肥筆類」，《合》34121 黃天樹先生列為「𠂤歷間 B類」標準片，[註90]依照黃天樹先生的研究，「𠂤組肥筆類」的時代上限在武丁

〔註86〕《花東・釋文》，頁 1611。

〔註87〕《校釋》，頁 982。

〔註88〕〈由花東甲骨論早期動詞的省變現象〉，《中國文字》新 33 期（2007），頁 77。

〔註89〕〈殷墟花園莊東地甲骨文所見禳祓之祭考〉，《花園莊東地甲骨論叢》，頁 170。

〔註90〕《殷墟甲骨文人名與斷代的初步研究》，頁 151；《殷墟王卜辭的分類與斷代》，頁

早期，下限約在武丁中期或中晚期之交，「自歷間 B 類」的時代主要在武丁中期，下限最多延伸到武丁晚期。〔註91〕因此伐歸一事最晚在武丁晚期以前，從子對人物「歸」的關心來看，花東卜辭中的「歸」若與王卜辭中被討伐的「歸伯」、「歸」有關，可能是平定「歸伯」之後的事。

（三）引

花東卜辭中有人物「引」，辭例如下：

庚申卜：引其死。　一二　《花東》110

壬午卜：引其死，才（在）🔲，亡其史（事）。　二　《花東》118

《花東·釋文》中認為引是人名，🔲為監獄。〔註92〕子卜問其生死，魏慈德認為受到子關心的引是子的家臣。〔註93〕從「在🔲」來看，也有學者認為此人可能身在囹圄之中，如李宗焜認為「此辭是卜問在獄中的引會不會死」，〔註94〕林澐認為「引和『子』關係不詳，其遭遇和上舉的何可能相似」。林先生提到的「何」見《花東》320，林先生認為「何」觸怒商王或婦好，即「引」與「何」可能都是罪人。〔註95〕事實上僅從卜問生死的內容無法判斷子與引的關係，如《花東》157 卜問「🔲」的生死，《花東》294 卜問「執」的生死，《花東》60、369、288、126、431 卜問馬的生死，〔註96〕因此要確定「引」的身分還需進一步討論。賓組卜辭中也有人物「引」，韓江蘇認為與花東卜辭時代相近，花東的「引」即賓組卜辭常見為商王呼令去徵取貢物、田獵、對外戰爭的「引」，也說明他是王室之臣；又指出上引《花東》110、118「引其死」分別在「壬午」與「庚申」日

208。

〔註91〕《殷墟王卜辭的分類與斷代》，頁 11～21、208～215。

〔註92〕《花東·釋文》，頁 1603、1606。關於🔲字的討論可參《詁林》，頁 2593～2596。

〔註93〕《殷墟花園莊東地甲骨卜辭研究》，頁 90。

〔註94〕〈花東卜辭的病與死〉，「從醫療看中國史」學術研討會論文，頁 11。

〔註95〕〈花東子卜辭所見人物研究〉，《古文字與古代史》第 1 輯，頁 31。關於何的相關討論見第六章第一節「何」處。

〔註96〕「🔲」見本節最後一部分，「執」見第六章第一節。《花東》126 的「🔲」與《花東》431 的「🔲」，蔡師哲茂釋為「騷」，見〈甲骨文研究二題〉「（二）花東卜辭中的「🔲」字試釋」，《中國文字研究》總第 10 輯。

卜問，至少相差十五日，無法確定這兩版是否爲一事之占。〔註97〕此說可參，不過何以王臣在花東卜辭中會成爲罪臣，不得而知，花東卜辭的「引」與賓組卜辭的「引」是否一人，目前也無直接證據可證，故本文對「引」的身分提出另一種可能性。花東卜辭中有地名「引」：

　　　　戊卜：曹匕（妣）庚，湏于权。　　一

　　　　戊卜：曹匕（妣）庚，湏于权。　　二

　　　　戊卜：曹匕（妣）庚，才（在）引自权。　　一

　　　　戊卜：曹匕（妣）庚，才（在）引自权。　　二

　　　　戊卜：子其泅（益）𦥔〔舞〕，曹☒。　　一

　　　　戊卜：子其泅（益）𦥔〔舞〕，曹二牛匕（妣）庚。　　一

　　　　戊卜：于翌日己〔征（延）〕休于丁。

　　　　戊卜：吕（以）酉（酒）櫺柛。　　一

　　　　戊卜：其櫺柛。　　一

　　　　戊卜：曹匕（妣）庚，才（在）並。　　一　　《花東》53

戊日曹祭妣庚，先在权地「湏」，〔註98〕再從权到引地，又到並地，三地都在一日路程之內，可能是相鄰的邑。子在此三地來回行祭並有樂舞活動。「引」或許指其地的族眾或奴隸、罪臣之類，而非特定人物，如前文指出𡘷可表𡘭地的族眾，及下文會提到的「何」、「疫」，表何地、疫地的奴隸或罪臣。此僅爲推測。

　　綜上所述，花東卜辭的「引」與賓組卜辭的「引」可能有關，但前者究竟指個人還是一群人仍無法確定。至於花東卜辭的「引」爲何會在監獄中？子爲何關心其生死？皆無從考證。因此對此「引」的身分與地位本文只能存疑待考。

（四）右　史

　　花東卜辭有「右史」，辭例如下：

〔註97〕《殷墟花東 H3 卜辭主人「子」研究》，頁 271。其中所引《合》7693 蔡師哲茂已有綴合，即《合》13799+焦智勤藏甲骨拓片+《綴集》306（《合》7693+《合》7702）+《合》6568 正。見蔡哲茂，〈殷墟甲骨文字新綴五十一則〉，《古籍整理研究學刊》2003.4。

〔註98〕《初步研究》指出「**湏**」字爲動詞，見頁 246。

癸卯卜，鼎（貞）：□吉，又（右）史死。　一

不其吉，又（右）史其死。　一　《花東》373

「吉」字前有殘文作 ，朱歧祥認爲是「弓」形，疑爲「弘」字，[註99] 韓江蘇則補爲「引」。[註100] 姚萱與《校釋總集・花東》從《花東・釋文》。[註101] 事實上此形與甲骨文「弓」字不同，且卜辭「引吉」見於「占辭」與「兆辭」，似未見在命辭中與「不其吉」對貞的狀況，故本文在「吉」字前仍用缺文符號「□」。

關於「右史」，《花東・釋文》中曰：

右史，官名。中國古代，方位以右爲尊，故「右史」地位頗高。該

版卜辭卜問「右史」之情況，足見「子」對「右史」之重視。[註102]

林澐認爲未必是人名，也可能是「有事」。[註103] 韓江蘇進一步引用胡厚宣對「史」的說法，說明此「右史」爲武官，並認爲「子爲『右史』死去而貞問，說明了『子』管理商王朝軍隊事宜」。[註104] 本文認爲「右史」應爲人名，以下作一些補充。甲骨文「史」、「事」、「使」一字，作爲人物稱呼的「史」一般認爲即「使者」。胡厚宣曾指出商代的「史」是出使或駐在外地的武官，卜辭多與軍事有關。其中提到兩版卜辭值得注意，即同文互補的《合》5504、5512，內容爲：

乙未卜，争貞：立史于南，又（右）从我，中从輿，左从曾。十二

月。

勿立史于南。

卜辭中有很多「立史于某地」，應該就是派任「史」到某地的卜問。胡先生也指出武丁卜辭中有「三史」、「三大史」，如：

己未卜，㱿貞：我三史史人。

〔註99〕　《校釋》，頁 1028。

〔註100〕　《殷墟花東 H3 卜辭主人「子」研究》，頁 272。

〔註101〕　《初步研究》，頁 341；《校釋總集・花東》，頁 6556。

〔註102〕　《花東・釋文》，頁 1707。

〔註103〕　〈花東子卜辭所見人物研究〉，《古文字與古代史》第 1 輯，頁 34。

〔註104〕　《殷墟花東 H3 卜辭主人「子」研究》，頁 273。

貞：我三史不其史人。　　　《合》822 正

壬辰卜，宁貞：立三大史。六月。　　《合》5506

而曰：

> 三史與三大史者，以卜辭「王乍三𠂤右中左」及右中左牧稱三牧，
> 右中左戍稱三戍，右中左旅稱三旅例之，疑即立史于南的右中左。
>
> 〔註 105〕

劉桓曾指出卜辭中有「東史」、「西史」、「在北史」、「北御史」，未見「在南史」
或「南御史」，認爲《合》32969 的「盧御史」應該就是「在南史」或「南御
史」。〔註 106〕胡厚宣則認爲「立史于南」所立之史應該就是商王朝派駐南方的
史。〔註 107〕而劉先生認爲「我三史」即東、西、北三史，〔註 108〕從《合》5504、
5512 來看，胡先生認爲「疑即立史于南的右中左」，本文認爲或許也可解釋爲
立左、中、右三史于南，即商代之「史」很可能如「𠂤」、「旅」、「牧」一樣
可以用左、中、右區分，花東卜辭有「右史」之名稱可參證，則三史非指東、
西、北史。又卜辭中有卜問史「有憂」、「亡憂」（如《合》5637 正）或「有疾」
（《合》13759 正）的例子，《花東》373 也卜問右史是否會死。另外，舊有卜
辭中也曾出現「右史」的稱呼。趙鵬曾指出何組卜辭中有人物「右史」，即：
「乙未卜，旬貞：又（右）史入駜𠃜（牡），其牶（犆），不歺（死）。」（《合
補》9264）〔註 109〕這是「右史」貢納馬匹的記載。

　　從「史」的意義來看《花東》337 的「右史」應爲職官人物，可能是子家
族的職官，但相關卜辭僅一條，無法以其內容判斷人物身分。前文曾提到卜
問某人的生死並不能直接說明該人物的身分，花東卜辭的子對特定人物、奴
隸、戰俘甚至馬都有卜問其生死的辭例，僅能看出子對他們的生死表示關心，

〔註 105〕胡厚宣、胡振宇，《殷商史》（上海：上海人民出版社，2004），頁 114。

〔註 106〕〈殷代史官及其相關問題〉，《甲骨徵史》（哈爾濱：黑龍江較育出版社，2002），
　　　　頁 266、268～269。

〔註 107〕《殷商史》，頁 110。

〔註 108〕〈殷代史官及其相關問題〉，《甲骨徵史》，頁 271。《合》822 正即《乙》7797，胡
　　　　文將片號誤爲《乙》7793，劉桓則誤《乙》7797 與《合》822 正爲二版，又誤《合》
　　　　822 正「我三史」爲「我史」，而曰我史等於我三史。

〔註 109〕《殷墟甲骨文人名與斷代的初步研究》，頁 510。

此「右史」也可能是商王之臣。而子卜辭中若出現商王之臣，也未必如韓江蘇所推論子可管理商王軍隊事宜，王卜辭中經常派「史」到其他貴族領地或商王朝周邊地區，前引胡文、劉文都舉出不少例子，而《合》5504、5512 的「立史于南」也是一例，花東卜辭的「右史」也可能是商王派到子家族辦事的人物。在沒有進一步資料出現前，本文對其是否臣屬於子，以及其身分與地位也只能存疑待考。

（五）中周、妭中周妾

1. 中　周

花東卜辭中關於「中周」的辭例如下：

乙卜，鼎（貞）：中（賈）壹又（有）口，弗死。　一

乙卜，鼎（貞）：中周又（有）口，弗死。　一

乙卜，鼎（貞）：二卜又（有）求（咎），隹（唯）見，今又（有）心魃，亡田（憂）。　一　《花東》102

辛丑卜：曀壬，子其吕（以）〔中〕周于犾。子曰：不其□。〔印（孚）〕。
　一　《花東》108

關於《花東》102 的釋讀問題已見本文第五章第一節「壹（賈壹）」處，此從略。《花東》108 的「中」原爲缺文，劉一曼、曹定雲曰：「該版『周』前一字不清，疑爲『中』，字形似作『中』」，朱歧祥與林澐也都認爲「中」字旗幟的飄帶部分尚存，可補「中」字。〔註110〕

《花東・釋文》在《花東》321「妭中周妾」的考釋中說「中周」是國名，曰：「『妃中周妾』說明在武丁時代，周與殷王朝有婚姻關係」。〔註111〕認爲「中周」即卜辭中常見的「周」，劉一曼、曹定雲進一步將花東卜辭中出現於記事刻辭的「周」與「中周」一起討論，曰：「『周入四』即『周貢納四塊龜版』。此『周』爲國名，應是前引 102、103 版中『中周』之『周』」。〔註112〕但朱歧祥認爲不

〔註110〕〈殷墟花園莊東地出土甲骨卜辭中的「中周」與早期殷周關係〉，《考古》2005.9，頁 62；《校釋》，頁 978；〈花東子卜辭所見人物研究〉，《古文字與古代史》第 1 輯，頁 29。

〔註111〕《花東・釋文》，頁 1692。

〔註112〕〈殷墟花園莊東地出土甲骨卜辭中的「中周」與早期殷周關係〉，《考古》2005.9，

宜將「中周」視作國名,「周族的名稱都單稱作『周』,如 327 版的『周入四』是,與中周無涉。中周恐宜作人名爲是」。〔註113〕林澐也認爲:

> 曹定雲等先生撰文解釋「中周」,以無從證明的「『周』又稱『中周』」爲出發點,把中周既看成人名(和商聯姻的一位國君),又當成國名(遷岐以前的周國),又當成地名(認爲即文獻上的齛)。實難取信於人。……所以,我們現在只能說花東子卜辭中出現「中周」和他的配偶「🔣中周妾」兩個人物,他們都受到「子」的關注。至于「中周」和卜辭中單稱的「周」是什麼關係,在無法舉證的情況下只能存疑。〔註114〕

林先生說法較嚴謹,本文從之。就「中周」此一人名格式而言,「周」可能是族氏名、分族名、私名,當然「中周」雖未必與卜辭中常見的「周」有關,卻也不能排除二者相同的可能性,只是就目前所見的資料來看,尚無證據可證,或許未來能發現足以解決此問題的新資料。

本文第五章第一節提到中周與賈壹相提並論,此二人很可能地位也相同,賈壹即壹,又見於甲橋刻辭中,對子有納貢的記錄,可知臣屬於子,而「中周」目前未見被子呼、令或納貢於子之事,「以中周」也未必可理解爲「子率領中周」或「子致送中周」,因《花東》37 也有「以婦好」。〔註115〕綜上,本文暫將「中周」歸爲「身分與地位待考」的人物。

2. 蚰中周妾

除了「中周」之外,子也卜問「蚰中周妾」的生死。花東卜辭中關於「蚰中周妾」的辭例如下:

> 甲子卜,鼎(貞):蚰中周妾不死。 一二
>
> 甲子卜:蚰其死。 一二 《花東》321

「蚰」字作 ▨ ,最早對「蚰中周妾」作出解釋的是《花東·釋文》:

頁 62。韓江蘇也將周與中周視爲一人,又將「**蚰**中周妾」與中周視爲一人,於下文討論。

〔註113〕《校釋》,頁 1023。

〔註114〕〈花東子卜辭所見人物研究〉,《古文字與古代史》第 1 輯,頁 29~30。

〔註115〕參本文第二章第二節。

　　🔯，H3 新出之字，應與甲骨文中之🔯爲同一字。該字从「🔯」（巳）从「🔯」（女），應隸爲「妃」。由此證明，原甲骨文中的🔯亦應釋爲「妃」。「巳」者，蛇也，H3 所出之「🔯」字，其「🔯」旁正是蛇形。過去，王襄將「🔯」視爲「🔯」之倒文，將🔯釋爲「姒」（《簠室殷契徵文考釋・雜事》第 10 頁，天津博物院，1925 年）是不妥的，應予糾正。

　　第（5）辭「妃中周妾」。妃，姓名；「中周」，國名；妾，妻妾之妾。「妃中周妾」說明在武丁時代，周與殷王朝有婚姻關係。〔註116〕

　　《花東・釋文》中認爲「🔯」與甲骨文中之「🔯」爲一字，所從「🔯」、「🔯」同爲蛇形，皆釋爲「妃」。其後曹定雲進一步闡釋，在字形方面，強調《說文》曰「🔯，巳也。……故巳爲蛇，象形」，故🔯、🔯皆爲蛇形，🔯、🔯一字，🔯可隸定爲「妃」。就字義而言，引用胡小石之說，以爲「妃」爲殷人子姓之本字，並強調甲骨文「🔯（🔯）」字形、音通干支「巳」，與祭祀之「祀」（🔯）音同可通。〔註117〕並再度重申：

> H3 卜辭卜問「中周」、「中周妾」會不會死，可見該女子不會是一般
> 的殷女，而應與殷王，或者 H3 卜辭占卜主體「子」有密切的血緣
> 關係，否則，怎麼會屢屢貞問呢？「妃中周妾」一詞，是殷女成爲
> 「中周」國君配偶的證據，說明「周」與殷王朝存在著婚姻關係，
> 它是早期殷周關係中極爲珍貴的史料。〔註118〕

最後曹先生又在雲南人民出版社出版的《殷虛婦好墓銘文研究》「再版序言」中肯定的說：「殷人非『子』姓，而是『妃』姓。殷人姓氏問題，在 1991 年出土的殷墟花園莊東地甲骨卜辭中，再次得到了證實，已成定案。」〔註119〕

　　然而，「妃」其字形、義皆可商，未必爲殷人「子」姓之本字，「子」姓的本字亦非「妃」。林澐指出：

〔註116〕《花東・釋文》，頁 1692。

〔註117〕〈殷人妃姓辯——兼論文獻「子」姓來由及相關問題〉，《花園莊東地甲骨論叢》（台北：聖環圖書股份有限公司，1996），頁 383、388。

〔註118〕劉一曼、曹定雲，〈殷墟花園莊東地出土甲骨卜辭中的「中周」與早期殷周關係〉，《考古》2005.9，頁 63。

〔註119〕《殷虛婦好墓銘文研究》「再版序言」，頁 4。

把「🐛中周妾」讀爲「妃中周妾」，解釋成嫁給「中周」國君的殷女，是根本不能成立的。因爲，🐛字分明是從「虫」的，和甲骨文金文中從「巳」的「妃」不是一個字。而且，把女姓「妃」當作殷人姓子之本字，是胡小石先生早先提出的見解，自從 1979 年在河南固始侯固堆一號墓發現銘文爲「有殷天乙唐孫宋公繼作其妹勾𣪩夫人季子媵匜」的銅簠（集成 9‧4589），殷人子姓本作「子」已不再有任何疑問。實際過去傳世銅器中已有宋眉父鬲銘稱「宋眉父作豐子媵鬲」（集成 3‧601），「豐子」之「子」也是子姓，2002 年在山東棗莊東江村發掘小邾國墓地時，在二號墓中發現的二件銅簠上，分別有「魯酉子安母」、「子皇女（母）」之名，其中的「子」也分明是子姓。可見把「妃」當作殷人子姓本字的說法已不能成立。更何況🐛並非「妃」字，跟子姓更是一點也搭不上邊了。〔註 120〕

本文認爲林說較爲合理。關於「🐛」與「🐛」非一字、「♀」也與「♀」無關的看法，本文再作四點補充，簡述如下：

（1）♀、♀二字的區別：二字字形上部一尖一圓，明顯不同，前者象「蟲」形，應即「♀」之繁形，甲骨文的「蚩（害）」字作🐛、🐛，「蚰」字作🐛、🐛，♀即♀。就字義而言，裘錫圭曾指出甲骨文♀、♀與金文一脈相承，即「虫」字，「蚩（害）」字「象人的足趾爲蟲虺之類所咬嚙……應該就是傷害之『害』的本字」，〔註 121〕「虫」爲本義。至於「♀」字字義，《詁林》按語總結爲年祀之「祀」、祭祀之「祀」及地名三種用法，並引述張政烺所提出有作副詞的用法。〔註 122〕就字音而言，卜辭「蚰」字從二「虫」，或讀爲「融」，〔註 123〕可知「虫」字字音異於讀作「祀」的「♀」。故「♀（♀、♀）」與「♀」形音義皆異。

〔註 120〕〈花東子卜辭所見人物研究〉，《古文字與古代史》第 1 輯，頁 29～30。

〔註 121〕〈釋「蚩」〉，《古文字論集》，頁 12、13～14。

〔註 122〕《詁林》，頁 1787～1789。關於用作副詞的「♀」，參本文附錄〈試論花東卜辭中的「弜巳」及相關卜辭釋讀〉一文有相關討論，茲不贅述。

〔註 123〕相關討論可參蔡哲茂，〈說殷卜辭中的「蚰」字〉，《古文字與古代史》第 1 輯。

（2）甲骨文用作干支字的「巳」〔￼（￼）〕與用作動詞的「祀」〔￼（￼）〕是否可通：干支字「￼（￼）」與動詞「￼（￼）」在甲骨文中形義皆異，即便有可能同音，也必須在用例上有互通的例子，才能證明二字本通，目前並未發現此類例證。「￼（￼）」字本有「子」、「巳」二義，後代由於「￼（￼）」、「￼（￼）」音同或音近的關係，將「￼（￼）」的「巳」義由「祀」義的「￼」取代，使「￼（￼）」、「￼」、「￼」分別負擔「子（稱謂）」、「巳（干支）」、「祀（動詞）」的字義，只是透過聲音關係使容易混淆的字形、字義合理的分化整併，與甲骨文時代「￼（￼）」、「￼」是否可通無關。

（3）從人名格式來看「蝎」：黃天樹先生指出：

> 卜辭有「子商妾盜」（《合》14036），即「子商」之妾名「盜」者。「子商妾盜」又可省稱「盜」。據此，「妃中周妾」是「中周妾妃」的倒寫形式，即「中周」之妾名「妃」者。「妃中周妾」也可省稱「妃」。〔註124〕

可知「蝎」為人名，非姓，「蝎中周妾」表明此人身分為「中周」之「妾」，即趙鵬所舉「某+妾+某」的人名格式，趙鵬也整理出其它類似的格式如「某+女+某」、「某+妻+某」、「某+丁人+某」，認為後面的「某」應為私名。〔註125〕「蝎」字從「女」從「虫」，是表示此人族氏的「女化字」，即「蝎」為「虫」族或「虫」邑之女，〔註126〕周原甲骨有「虫伯」（H11:22），或許與「蝎」有關，有待進一步考證。〔註127〕

〔註124〕〈《殷墟花園莊東地甲骨》中所見虛詞的搭配和對舉〉，《黃天樹古文字論集》，頁410～411。

〔註125〕趙鵬還舉出𠂤組卜辭中有「克妾 」（《合》19799）。相關討論見《殷墟甲骨文人名與斷代的初步研究》，頁99～107。

〔註126〕相關討論可參裘錫圭，〈說卜辭的焚巫尪與作土龍〉，《古文字論集》，頁222；方述鑫，《殷墟卜辭斷代研究》，頁79；曹定雲，《殷墟婦好銘文研究》，頁84～88；陳絜，《商周姓氏制度研究》，頁77。

〔註127〕「蝎」是「中周」的配偶，可能為「虫」族之女。若依一般的看法，即「中周」是「周」，「虫伯」是「崇伯」，即陷害周文王使之被囚的「崇侯虎」，則「周」與「崇」二族似乎在商代後期曾有聯姻。不過由於目前未能證明「中周」為「周」，董珊指出武丁時期的「周」應該是妘姓之周而非姬周，見〈試論殷墟卜辭之「周」為金文中的妘姓之琱〉，發表於「復旦大學出土文獻與古文字研究中心」網站。又陳

（4）子與「蚰中周妾」的關係：關於子對「蚰中周妾」的關心是否反應兩人有血緣關係，前引林澐之文已有駁斥，而前文也提到卜問某人的生死並不能直接說明該人物的身分，如花東卜辭的子對特定人物、奴隸、戰俘甚至馬都有卜問其生死的辭例，故此卜問僅能看出子對他們的生死表示關心而已。

最後，關於「蚰中周妾」爲何種身分，還有兩種說法。朱歧祥認爲：

> 妾，卜辭並無妻妾意，應用作人牲。249 版的「見旨、妾」，265 版的「子其以磬、妾于婦好」，409 版的「叀小窜又奴、妾钔子而匕丁」，可互證。〔註128〕

《花東》249 的「妾」爲「于丁」之誤，〔註129〕《花東》265「磬妾」是「磬地的女奴」，《花東》409 的「妾」爲人牲（參本文第六章，此從略）。學者已指出卜辭中的「妾」字基本上作「配偶」義，如《合》685 正「王亥妾」、《合》2385「示壬妾」、《合》2386「示癸妾」，〔註130〕還有作奴隸、俘虜或人牲者，也見於花東卜辭中（詳本文第六章）。從人名格式來看，「蚰中周妾」即「中周妾蚰」，可與「某+女+某」、「某+妻+某」參照，故此「妾」仍應釋爲配偶。另外，韓江蘇認爲「蚰中周妾」與「中周」是同一個人，下文將提到的「季」與「季母」他也認爲是同一人，〔註131〕可能是因爲卜問內容類似才如此判斷。不過花東卜辭中也有對人物「子利」表示關心的卜問，《花東》275+517 還有關於「子利女」生死的卜問，韓江蘇並未視爲同一人，〔註132〕且《花東》321「蚰中周妾」與「蚰」對貞，也可知此人名「蚰」而非「中周」，「中周妾」表示其身分，故本文仍將「蚰中周妾」與「中周」視爲二人，而花東卜辭常見同時對一組相關的男女表示關心的卜問，也是一項特色。

劍指出卜辭中的「✠」才是文獻中的崇候，論證合理。故此假設可商。至於周原甲骨的「虫伯」與甲骨文中的「蚰」有無關聯，也有待考證。關於「虫伯」、「蚰」、「✠侯」的討論，詳見〈說殷卜辭中的「蚰」字〉，《古文字與古代史》第 1 輯。

〔註128〕《校釋》，頁 1023。

〔註129〕《初步研究》，頁 301。

〔註130〕《甲骨文字詁林》，頁 454～455。

〔註131〕《殷墟花東 H3 卜辭主人「子」研究》，頁 268、145、264。

〔註132〕《殷墟花東 H3 卜辭主人「子」研究》，頁 186。

（六）豐

花東卜辭有「豐」字，辭例如下：

子鼎（貞）：☑豐亡至国（憂）。

鼎（貞）：妾亡其艱（艱）。　一　《花東》505

「豐」字學者釋爲「豐」或「豊」，《初步研究》引林澐之說指出此字從二「亡」，非「豐」字，〔註133〕可從。又「子貞：☑豐亡至憂」一辭《花東·釋文》分爲兩辭，〔註134〕《校釋》、《初步研究》指出應併爲一辭。〔註135〕該字孟琳與曾小鵬已指出爲人、地名，〔註136〕韓江蘇也指出從文例上來看「豐」應爲人物，此辭爲子對「豐」關心的卜問，對照的辭例包括本版的「妾亡其艱」、《花東》208的「崑亡至艱」。〔註137〕另外，《花東》240的「利亡艱」也是同樣的例子。此類卜問某人是否「艱」的例子本文第四章第一節「崑（崑）」處已有相關整理。

甲骨文與金文中作爲人名、地名的「豐」多見，但指涉複雜。甲骨文作人名的「豐」如前文曾提到婦女卜辭中有：〔註138〕

丁亥貞：豐。　一　《合》22288

丁亥貞：豐。　二　《合》22289

丁亥貞：豐。　三　《合》22290

還有位於殷西的地名「豐」：〔註139〕

癸未卜，永貞：旬亡国（憂）。七日己丑崑友化乎（呼）告曰：舌方正（征）于我奠豐。七月。　《合》6068正

☑〔屮（有）〕來婤☑〔崑□化〕乎（呼）告曰：☑〔我奠〕豐。七月。

〔註133〕《初步研究》，頁375。

〔註134〕《花東·釋文》，頁1751。

〔註135〕《校釋》，頁944；《初步研究》，頁375。《校勘》（頁67）、《校釋總集·花東》（頁6578）從之。

〔註136〕《《殷墟花園莊東地甲骨》詞匯研究》，頁6、51；《《殷墟花園莊東地甲骨》詞類研究》，頁4、54。

〔註137〕《殷墟花東H3卜辭主人「子」研究》，頁280。

〔註138〕此類「干支貞：某」的卜辭的「某」應爲人名，相關討論詳見上節。

〔註139〕相關討論另見本文第四章第三節。

《懷》490+《合》7151 正【趙鵬綴】

另外，趙鵬也指出卜辭中有作爲私名的「豐」，如「兔子豐」、「單丁人豐」（《合》137 反+7990 反+16890 反【蕭良瓊綴】）、「婦豐」。〔註140〕

　　至於金文中的「豐」，林澐在〈豊豐辨〉中所舉出：「西周金文中亦有 𧯼，爲作器者名（陝西 2.35－41）。又壅鼎有『𧯼伯』、散盤有『𧯼父』，也可能是從二亡之訛。」〔註141〕所舉「陝西 2.35－41」爲《陝西出土商周青銅器》第二冊器號 18－22。〔註142〕另外，《金文編》中還有「𧯼」（伯豊方彝）、「𧯼」（仲夏父作醴鬲），〔註143〕「壴」上二「亡」形前者向內，後者向右，應爲「豐」的異體。其中「壅鼎」所載爲西周早期周公征東夷事蹟，被伐者包括「豐伯」、「薄姑」，而「伯豊方彝」爲西周早期器，作器者「伯豊」很可能與「壅鼎」中被伐的「豐伯」有關，則此「豐」在東方。而《陝西》18－22「豐卣」與「豐爵」的「豐」爲人名，是微史家族一員。

　　由於甲、金文中的「豐」指涉複雜，或爲族氏名，或爲地名，或爲私名，或在殷西，或在殷東，很難確定花東卜辭的「豐」是否就是甲、金文中的某個「豐」。即便是，也不易判定究竟是哪個「豐」。花東卜辭中的「豐」也有兩種可能：一、花東卜辭中常見人物「壴（壴）」，「豐」很可能與此人有關，位於殷西；二、此版「豐」又與「妻」並列，同受子的關心，「妻」在殷東，「豐」也可能是殷東方國。另外，花東卜辭的「豐」可能是子家族的臣屬，但此人於花東卜辭中僅見於此，並未發現可直接證明臣屬於子的例子（如被呼令或對子

〔註140〕《殷墟甲骨文人名與斷代的初步研究》，頁 45～46。「婦　」於記事刻辭中多見，而《合》12030 反有「婦　」，《合》24610 有「王　」，類似的狀況如「婦周」、「婤」與「婦喜」、「嬉」。（趙鵬認爲婦名「喜」也可能是私名，見《殷墟甲骨文人名與斷代的初步研究》，頁 39、45）卜辭中「婦某」的「某」本有作國族名者，關於「婦某」的「某」字歷來的說法與討論，可參《殷墟甲骨文人名與斷代的初步研究》，頁 110～117。陳絜的《商周姓氏制度研究》對「婦某」的意義也有詳細的論證（頁 67～89），亦可參。又上文討論「妭」時提到女化字偏旁可能是該女所出之族邑名，因此「　」仍可能是族邑名，「　」指「　」族或「　」邑之女。

〔註141〕〈豊豐辨〉，《林澐學術文集》，頁 5。

〔註142〕陝西省考古研究所等編，《陝西出土商周青銅器（二）》（北京：文物出版社，1980），頁 35～41。

〔註143〕《金文編》，頁 330。

貢納），此人也可能是王卜辭中或婦女卜辭中的「豐」，在新資料出現以前，暫無法判斷其是否臣屬於子。

（七）季 母（附：季）

花東有季母、季，相關辭例如下：

乙卜：季母亡不若。 一二 《花東》139

己卜：弜告季于今日。 一

己卜：弜告季于今日。 二

己卜：其告季于丁，侃。 一

己卜：其〔告〕季〔于〕丁，侃。 二 《花東》249

上舉《花東》249 第二辭《花東・釋文》中於「日」後補「歸」字，姚萱則曰：「此原釋文所補『歸』字拓本和照片皆完全沒有，可疑。」〔註 144〕「歸」字《花東》補在齒縫上，拓片隱約有ㄨ的痕跡，細審照片，確有ㄨ形刻痕，但拓片與照片皆不見ㄨ以外的筆畫，ㄨ應為刮痕。

孟琳、曾小鵬、〔註 145〕韓江蘇認為「季母」、「季」是人名，韓江蘇曰：

> 母可通「毋」，毋又通勿，王卜辭中目前未查出「勿無不」三個否定
> 副詞的連用例子，因此判斷，「季母」指人名，《花東》249 中的季，
> 應是季母（女）的簡稱，……王卜辭中，季為兩個人名，一為受祭
> 祀的對象（如：侑于大甲？侑于季？《合集》1424 正），一為婦季
> （《合集》15614 臼）。H3 卜辭之季母（女）是否為王卜辭中的婦季，
> 或季母是另一為人物，有待進一步研究。〔註 146〕

所舉《合》15614 臼為「壬申邑示三屯，小婦」，無「婦季」。〔註 147〕另外，宋鎮豪認為「告季」可能讀如「告年」，「年」即「年成」，與卜辭中的「告秋」、「告麥」、「告芀」、「告禾」、「告粱」等同類。〔註 148〕

〔註 144〕《初步研究》，頁 300。《校釋總集・花東》從之將「歸」刪除（頁 6533）。

〔註 145〕《《殷墟花園莊東地甲骨》詞滙研究》，頁 6；《《殷墟花園莊東地甲骨》詞類研究》，頁 4。

〔註 146〕《殷墟花東 H3 卜辭主人「子」研究》，頁 264，頁 145 也有相關說法。

〔註 147〕方稚松，《殷墟甲骨文五種記事刻辭研究》「骨臼刻辭一覽表」，頁 215。

〔註 148〕〈花東甲骨文小識〉，《東方考古》第 4 集，頁 203～204。

　　本文認為「季母」與「季」為人名，以下作一些補充。從句型來看，「乙卜：季母亡不若」與《花東》113「己卜，貞：子亡不若」結構相同，可知「季母」確為人名，此辭是希望「季母」沒有不順之事的卜問，可知子對此人表示關心。從「告」字句來看，花東卜辭中有「告暊」（《花東》255）、「告子于丁」（《花東》286）、「告人亡由于丁」（《花東》249）之類卜問，是報告某人之事的卜問，可省為「告+人名」，「告季」的「季」也可能是人名。〔註149〕「季母」應該是指「季」此人的配偶。〔註150〕至於韓江蘇認為「季」為「季母」之省則可商，卜辭中與「季」、「季母」類似的一組人物還有子組卜辭的「克」（《合》21526）、「克母」（《合》21786）。花東卜辭中常見同時對一組相關的男女表示關心的卜問，如「子利」、「子利女」與「中周」、「娉中周妾」，「季」、「季母」都是子關心的對象，應該也是同樣的狀況。花東卜辭的「季母」與「季」都只一見，從卜辭內容很難看出與子的關係，其身分與地位本文只能暫存疑待考。

三、其他人物

（一）𡥈

花東卜辭中有人物𡥈，辭例如下：

　　己丑卜：𡥈、妻友卯□□妻□子弜示，若。　一

　　己丑卜：子妻示。　　一　　《花東》416

　　此字《花東・釋文》與朱歧祥都認為是人名「子𡥈」，〔註151〕韓江蘇引用黃組卜辭的「田于𡥈」（《合》37383），認為：「『𡥈』地在王卜辭中為田獵地名，根據人、地、族名同一的原則，帝乙、帝辛時期的『𡥈』地應當是武丁時期H3卜辭中𡥈這一人物的封地。」〔註152〕過去對卜辭「𡥈」字的討論可參《詁林》頁643、2123、2124，基本上認為「𡥈」是地名。丁山認為「𡥈」為「曾

〔註149〕可參本文第四章第二節「暊（附：舟嚨）」處。

〔註150〕趙鵬提到陳劍也有同樣的看法，見〈從花東子組卜辭中的人物看其時代〉《中國社會科學院歷史研究所學刊》第6集，頁5。

〔註151〕《花東・釋文》，頁1722。《校釋》，頁1034。

〔註152〕《殷墟花東H3卜辭主人「子」研究》，頁263。

臣」合文，臣之臣古曰「曾臣」即「末臣」，「𦥑」象徵「臣之臣」，又云「𤔉」
爲「子臣」合文，〔註153〕最近高嶋謙一也有類似的說法，認爲「𦥑」、「𤔉」同
字，讀爲「曾」，也將「𦥑」字與「曾臣」一詞相提並論。〔註154〕此二說缺乏
辭例證據，尚待進一步討論。《花東》416 的𤔉應爲人名，其與「妻友卬」相
提並論，或許與此人地位接近，不過此辭殘損嚴重，且「示」字無法確知其義，
因此對此人的身分地位目前只能存疑待考。此字於舊有卜辭中僅一見，爲上限
在文丁時代的黃組卜辭，而武丁時代的花東卜辭中再度出現此字，中間相隔數
代，對這個地名或人物應該不會只被提到兩次，未來出土的其他商代卜辭中很
有可能再出現此字。

（二）火（附：）

花東卜辭中有人物「火」，辭例如下：

　辛未卜：子其亦豕，坒（往）田，若，用。　一

　壬申卜：目喪，火言曰：其水。允其水。　　一

　壬申卜：不允水。子𠭯（占）曰：不其水。　　《花東》59

關於「目喪，火言曰：其水。允其水。」的解釋，《花東·釋文》的斷句爲「目
喪火言曰：其水？允其水」，未作解釋，〔註155〕朱歧祥認爲：「火字似可隸作山。
『目喪火』一詞，無解。……本辭的句讀，應作：壬申卜：目喪火，言曰：其
水？允其水。　一」。〔註156〕姚萱認爲「目喪」可能與「目喪明」的辭例有關，
爲子患眼疾之事，並將「火言曰：其水。允其水。」與《花東》351 的「𣂞言
曰：翌日其于舊官宜。允其。用」對比，指出「火」爲人名，對此辭的解釋爲：

　　當理解爲「子」有「目喪□」即眼睛疾病之事，「火」這個人說會「水」，
　　遂占卜是否「允其水」。2、3 兩辭處於對貞位置，「允其水」與「不
　　允水」相對。〔註157〕

〔註153〕丁山，《甲骨文所見氏族及其制度·殷商氏族方國志》（台北：大通書局，1971），
　　　頁 105～107。

〔註154〕高嶋謙一，〈釋𦥑〉，《中國文字學會第四屆學術年會論文集》。

〔註155〕《花東·釋文》，頁 1584。

〔註156〕《校釋》，頁 972。

〔註157〕《初步研究》，頁 248。

又指出疾病相關卜問中有是否「水」的例子，如《合》22098，火作人名的例子還有《合》20245、《懷》449。而趙偉認爲《花東》59 的「火言曰」與「子占曰」對應，認爲火爲作占辭者。〔註158〕本文認爲姚說較合理。當然「其水」確實有可能是火此人作的占辭，但從《花東》59 的對貞來看，「目喪，火言曰：其水。允其水」整個就是命辭，對貞的「不允水」是「目喪，火言曰：其水。不允水」的省略。即便火曾對「目喪」的卜問作過占辭「其水」，也是在其他版未出土的甲骨中，卜辭可能是「目喪。火言曰：其水」或「目喪。火占曰：其水」，《花東》59 是對該版未出土甲骨的卜問內容作進一步確認的卜問。

　　關於「水」的解釋，相關辭例不多，除了《花東》59、《合》22098 與疾病有關之外，也有與軍事有關者，如《合》5810「丙戌卜，貞：弜自在 ，不水」也有卜問今日水或明日水者，如：《合》23532「辛亥卜，出貞：今日王其水。寢五☒」，《合》10154「〔戊〕寅卜，爭〔貞〕：翌己卯其水」，「水」可能是表示某種吉或凶的狀況。又從以下對照可以看出「水」可能與「若」之類的意思有關，張玉金在說明「非」、「唯」相對的句型時舉了以下三例，〔註159〕即：

　　癸酉貞：明〔註160〕又（有）食，隹（唯）若。

　　癸酉貞：明又（有）食，非若。　　《合》33694

　　庚辰貞：日又（有）戠（異），非田（憂），隹（唯）若。

　　庚辰貞：日戠（異），其告于河。　　《合》33698

　　非水。

　　隹（唯）。　　《合》28299

　　綜上所述，本文同意「火」爲人物的看法，此人的話被子拿來卜問，可見其若非有一定的地位，就是有特殊職務，很可能是能作占辭者，不過此人於花

〔註158〕《校勘》，頁 15。

〔註159〕《甲骨文語法學》頁 37～38。

〔註160〕原釋文爲「日月有食」，此從李學勤釋爲「明有食」，指日出時發生的日食。見〈癸酉日食說〉，《夏商周年代學札記》（瀋陽：遼寧大學出版社，1999）。

東卜辭中僅此一見，無法判斷他與子的關係，其身分與地位也不從判定，暫存疑待考。至於舊有卜辭中也有名「火」的人物，〔註161〕是否與花東卜辭的「火」為同一人，仍有待考證。其中賓組三類的《合》16014 有「□申卜，宁□：令🔆（瞽）火☒吉☒十二月」，「瞽」字從裘錫圭所釋，可能與先秦文獻中的「瞽」類似，〔註162〕「瞽火」可能是身分為瞽名火之人，若花東卜辭的「火」即「瞽火」，則由「瞽者」替子判斷「目喪」之事也頗為合適。此僅為推測，並無直接證據可證「火」與「瞽火」為一人。

　　另外《花東》179 有🔲，有學者將右邊的 🔲 釋為「火」，辭例為：

　　丙午卜：其 🔲 勾 中（賈）🔲（禾馬）。用。　　一

　　弜勾。　　一

　　丁未卜：叀（惠）𠬝乎（呼）勾 中（賈）🔲（禾馬）。用。　　一

　　　　　叀（惠）虢乎（呼）勾 中（賈）🔲（禾馬）。用。　　一

　　弜勾黑馬。用。　　　《花東》179

各家對此字的看法如下：（1）《花東・釋文》中隸定為「敊火」；（2）劉一曼、曹定雲釋「敊火」為「𡵉山」，人名；（3）朱歧祥認為「火」也可釋為「山」；（4）姚萱認為釋為「敊火」可疑；（5）《校釋總集・花東》中隸定為「敊火」；（6）趙偉指出所謂的「敊」字右邊當從「肉」；（7）韓江蘇釋為「敊火」，認為「其敊火勾」與《花東》214 的「其𡵉禦往」比對可知「敊火」是人名。〔註163〕關於字形，本文同意趙說，🔲 右邊的部件確實較接近「肉」形，非「尹」、「攵」，可摹為 🔲，又 🔲、🔲 二形連接緊密，難以判斷為兩字還是一字，因此本文對此字暫不隸定。再者，《花東》179「其 🔲 勾賈禾馬」、「弜勾」與《花東》146 內容相同：

　　庚戌卜：其勾禾馬 中（賈）。　　一

〔註161〕可參《殷墟甲骨文人名與斷代的初步研究》，頁 403。

〔註162〕〈關於殷墟卜辭的「瞽」〉，《2004 年安陽殷商文明國際學術研討會論文集》。

〔註163〕《花東・釋文》，頁 1628；〈殷墟花東 H3 卜辭中的馬——兼論商代馬匹的使用〉，頁 7；《校釋》頁 989；《初步研究》，頁 277；《校釋總集・花東》，頁 6517；《校勘》，頁 13、33；《殷墟花東 H3 卜辭主人「子」研究》，頁 259。

　　庚戌卜：弜勾禾馬。　　一

　　庚戌卜：其勾禾馬中（賈）。　　二　　《花東》146

𢏜A若是一字，則人名、動詞皆有可能，若是兩字，𢏜A、山可能是「名+名」之人名或「動+人名」，由於𢏜A或𢏜A皆未見於其他卜辭，且形義不明，本文只能存疑待考。

（三）多ナ（左）

　　花東卜辭有「多ナ（左）」一詞，爲卜辭首見，辭例如下：

　　乙卜：丁又（有）鬼夢，亡囚（憂）。　　一

　　丁又（有）鬼夢，🜚才（在）田。　　一

　　多ナ（左）才（在）田，口（肩）若。　　一

　　丙卜鼎（貞）：多尹亡囚（憂）。　　一

　　鼎（貞）：多尹亡𧑒（害）。　　一

　　面多尹四十牛七（妣）庚。　　三

　　晉四十牛七（妣）庚，囟〔奉（禱）〕其于戰（狩），若。　　《花東》113

原釋文「多左在田，肩若」一辭作「多〔尹〕在田，囚，若」，辭序在「多尹亡害」一辭後。〔註164〕姚萱指出「尹」應爲「ナ」、「囚」應爲「口」，並將辭序移至「丁又（有）鬼夢，🜚才（在）田」後，可從。〔註165〕卜辭中有「多子」、「多臣」、「多婦」、「多尹」……等「多某」，指一群特定身分人物，從構詞形式來看，此「多左」也可能是指一群身分爲「左」的人物。卜辭中也有稱爲「左」的人物，如：

　　癸酉卜，爭貞：旬亡囚（憂）。王固（占）曰：屮（有）求（咎），屮（有）夢。左告曰：屮（有）𡊟（達）𠭯自𦎫（溫），十又二人。　　《合》137正+7990正+16890正【蕭良瓊綴】

〔註164〕《花東・釋文》，頁1604。《校釋》（頁213）、韓江蘇（《殷墟花東H3卜辭主人「子」研究》，頁252）從之。

〔註165〕《初步研究》，頁261。《校勘》（頁22）、《校釋總集・花東》（頁6506）從之，《校勘》未改辭序。

然而由於辭例稀少，從《合》137 正+7990 正+16890 正此版的「左」與《花東》113 中的「多左」都無法判斷其身分。又蔡師哲茂認爲同版「多尹」三見，此「左」也可能是「尹」的誤刻，且該辭的「冎（肩）」字也可能是「囚（憂）」字漏刻了「卜」。因此，花東卜辭的「多左」爲何種身分，是否爲「多尹」的誤刻，本文只能存疑待考。

（四）卜母壬

花東卜辭有人物「卜母壬」，辭例如下：

> 甲寅卜：子屰（逆）卜母壬于帚（婦）好，若。　一二三　《花東》294

此辭學者有不同的解釋。原釋文爲「甲寅卜：子屰卜：母（毋）〔壬〕于帚好，若？」曰：「前辭中連續兩次卜問：第一次卜問者是貞人，而第二次卜問者是『子』。『子屰卜』是子從反面進行卜問」，又釋「母」爲「毋」，〔註166〕可知《花東・釋文》視「壬」爲動詞。曾小鵬從此說，並認爲動詞「壬」是「游」之或體。〔註167〕韓江蘇也從此說，他引《合》456 正「呼取壬伐」與《合》7244「不其壬徝」、《合》7245「壬徝」，認爲王卜辭的「壬」有兩種可能的解釋，一爲人名，二爲「狀語」（「壬徝」、「壬伐」用法如「步伐」之「步」），無法確定何者爲是，而「壬徝」的「壬」或爲含意不明的動詞，並用以解釋《花東》294 的「壬」。〔註168〕

朱歧祥反對《花東・釋文》之說，認爲「子屰」可能是人名，曰：

> 花東甲骨屰字有作人名，如 20 版「屰入六」；有用爲動詞，讀爲逆，有迎意。如 236 版「家弜屰丁」、320 版「何于丁屰」是。但都沒有「反面」的用法。我們以爲「子屰」可能是人名，同版有「子穷」「子丙」「子戠」例，而位置都在干支卜之後，可作參證。〔註169〕

趙鵬也將「子屰」視爲人名，認爲即賓組與歷組中常見的貞人「徉」、「屰」，將「母」釋爲「毋」。〔註170〕此二說視「子屰」爲人名，則「毋壬于婦好」一

〔註166〕《花東・釋文》，頁 1683。《校勘》從之（頁 50）。

〔註167〕《《殷墟花園莊東地甲骨》詞類研究》，頁 8、41

〔註168〕《殷墟花東 H3 卜辭主人「子」研究》，頁 284、133。

〔註169〕《校釋》，頁 1018。

〔註170〕《殷墟甲骨文人名與斷代的初步研究》，頁 170。

句只能以「壬」爲動詞。

　　關於朱說，本文認爲「子宍」、「子丙」、「子戠」皆非人名，故「子屰」是否爲人名無法從對照得知。姚萱認爲花東卜辭中的「屰」字多爲迎逆之義，後接人名或人物，《花東》294 此辭也是一例，提出《合》21172 有外（母卜合文）字，可能與「卜母屰」有關。〔註171〕姚萱將「逆」解釋爲動詞，「卜母屰」解釋爲人名，本文認爲此說較爲合理。除了花東卜辭中有其他向婦好迎逆某人物之例，還有如《花東》320 的「（何）于母婦（屰）」，《花東》409 的「逆呂孖于婦好」，卜辭中的「壬」字也有作人名者，舊有卜辭中與「壬」相關的辭例如下：

　　　貞：乎（呼）取壬🉂（伐）。　　《合》456 正

　　　己亥卜，侃貞：壬値。

　　　貞：不其壬値。　　《合補》901（《合》7244+7245）

　　　又壬☒。　　　《合補》6915（《合》22394+22374）【常耀華綴】〔註172〕

「壬」字姚孝遂認爲是人名，〔註173〕施謝捷則認爲此字所從雙手平舉之「🉂」爲「巳」，應隸定爲「𡯁」釋爲「起」，還提到《殷周金文集錄》中有有人物「壬要」，〔註174〕上文提到韓江蘇認爲此「壬」可能爲人名或狀語。其中《合》456 正的「壬」應爲人名，「壬伐」即「壬」此人的「伐」，《合》7854 正有「勿呼关取肩任伐」可與「呼取壬伐」參照，〔註175〕很可能商代有「壬」此一國族存在。施先生也提到西周金文中的人物「壬要」，此「壬」一般釋作「是」，參

〔註171〕《初步研究》，頁 130～131。

〔註172〕見〈YH251、330 卜辭研究〉，《殷墟非王卜辭研究》。《合》22394（《乙》8862+8822）左下小片（《乙》8822）白玉崢加綴了《乙》8768（見〈甲骨綴合錄小〉，《中國文字》新 3 期（1981），頁 208、219），收於《合補》3984，《合補》6915 並未加上《乙》8768。

〔註173〕《甲骨文字詁林》，頁 868。

〔註174〕〈甲骨文字考釋二則〉，《考古與文物》1989.4，頁 87～88。施先生所引卜辭除上引幾版外，還引了《京津》3045（《合》20553），認爲有「壬」字，從拓片看，該字作🉂，《摹釋總集》並未釋出此字，《校釋總集·合集》第 7 冊釋爲「逆」。

〔註175〕黃天樹先生有相關討論，參〈甲骨文中有關獵首風俗的記載〉，《黃天樹古文字論集》，頁 417。

《集成》3910、3911「是要毀」。〔註176〕其所謂「是」字分別作 、、、，字形上部有點無點不分，橫劃平直上舉無別，應該是「子」字，其中 與金文常見的「是」字形接近，不過金文「是」上部基本中間有點，橫劃平直如 ，也有演變爲 ，多見於「是以」、「是用」、「是尙」、「是永寶」……之類辭例中。〔註177〕可能與「孟」不同字，《集成》3910、3911 此人也許仍應隸爲「孟要」。另外，金文中還有人物「是驣」（《集成》3917）、「是叔虎父」（《集成》4952）、「是埶」（即吳王壽夢《集成》11263），〔註178〕「是」分別作 、、，則與金文中常見的「是」相同，非「孟」。上引卜辭中的「孟」作 （《合》456 正）、（《合補》901）、（《花東》294）、（《合補》6915），「子」形手部平直，作爲人名者很可能與「孟要簋」的 、 在族屬上有所關聯。

綜上所述，本文認爲「孟」可能是族名，則「逆」應解釋爲動詞迎逆，辭意即子向婦好迎逆「卜母孟」此人，「卜母孟」可能是「孟」族的女性。至於其身分、地位及與子的關係爲何，由於辭例稀少，無法推定。

（五）

字於花東卜辭中一見，辭例如下：

丙卜：又（有）由女，子其告于帚（婦）好，若。　一　《花東》3

關於 字，各家說法如下，《花東·釋文》中曰：「，未識，待考」，曾小鵬認爲是意義不明的名詞，朱歧祥認爲 是族名，陳劍、魏慈德、趙鵬、韓江蘇也都將 理解爲人、地名。〔註179〕「 有由女」可解釋爲 此人（或族、地）

〔註176〕吳鎭烽的《金文人名彙編》（北京：中華書局，2006）作「是妻」，見頁 229。

〔註177〕參周法高，《金文詁林》（香港：中文大學出版社，1975），頁 851～857；《金文詁林補》（台北：中央研究院歷史語言研究所，1982），頁 553～554。字形可參《金文編》，頁 90～91。

〔註178〕參《金文人名彙編》，頁 229。

〔註179〕《花東·釋文》，頁 1557；《《殷墟花園莊東地甲骨》辭類研究》，頁 4、56；《校釋》，頁 958；〈說花園莊東地甲骨卜辭的「丁」——附：釋「速」〉，《甲骨金文考釋論

有「由女」，學者對此辭的解釋不同，關於「由」字，《花東‧釋文》從唐蘭釋為「咎」，[註180] 朱歧祥曰：

> 由，〔原考釋〕認為「義為咎」。但於命辭上下文卻無法通讀，由字本作 ，疑為 字繁體，即「以」字，有獻意。「又以女」，言 族有獻以女奴。本書286版的「癸卜：子其告妣，亡由于丁？亡呂。」由字亦應理解為以字，與其後的驗辭「亡呂」的「以」字屬同版的異字，可證。本辭釋文應是：
>
> 　　丙卜：又（有）呂（以）女，子其告于帚（婦）好，若？一
>
> 〔註181〕

魏慈德看法不同，將此版與《花東》494、286「告人亡由于丁」辭例一起討論，曰：

> 王卜辭中常以「ㅂ由」、「亡由」及「隹ㅂ由」、「不隹ㅂ由」對貞，所見卜辭都與問疾之事有關，……「亡由」有不能病癒的意思，因此這裡的「告人亡由」，有報告某人已死或將不治之意。因知此組同文例正記載了子向婦好告知 女將不治，以即差人入商報告商王，某人將亡之事。〔註182〕

陳煒湛則在「告人亡由于丁」的討論中曰：

> 「由」無災禍義而有輔助義。《方言》卷六：「由，輔也。」《廣雅‧釋詁二》：「由，助也。」王念孫《疏證》引郭璞注：胥，相也，由，正也。皆謂輔持也。〔註183〕

此三說可商。就字形而言，該字作 ，卜辭由字本有「」、「」、「」等形，似未出現與「以」有關的用法，也沒有作為「以」字繁體的例子。〔註184〕就

集》，頁84；《殷墟花園莊東地甲骨卜辭研究》，頁146；《殷墟甲骨文人名與斷代的初步研究》，頁295；《殷墟花東H3卜辭主人「子」研究》，頁147。

〔註180〕《花東‧釋文》，頁1557。

〔註181〕《校釋》，頁958。

〔註182〕《殷墟花園莊東地甲骨卜辭研究》，頁146。

〔註183〕〈讀花東卜辭小記〉，《紀念徐中舒先生誕辰110周年國際學術研討會論文集》，頁32。

〔註184〕可參蔡哲茂，〈說殷卜辭的 字〉，《中央研究院歷史語言研究所集刊》76.3（2005）。

字義而言，卜辭中「由」與「𡊮（害）」、「囚（憂）」等字義近，蔡師哲茂曾舉以下辭例：

    5. 貞：屮（有）疾齒，隹（唯）屮（有）由。

       貞：屮（有）疾齒，不隹（唯）屮（有）由。　《合》13656 正

    6. 貞：疾齒，不隹（唯）屮（有）由。　《合》13657 正

  24. 己丑卜，𡊮貞：王乎（呼）隹（唯）屮（有）由。

      己丑卜，𡊮貞：隹（唯）其屮（有）囚（憂）。　《合》26186

  27. 貞：隹（唯）帝𡊮（害）我年。

      不隹（唯）帝𡊮（害）我年。　《合》10124 正

      王固（占）曰：不隹（唯）帝𡊮（害），隹（唯）由。　《合》10124 反

指出：

> 在第（24）條的兩條卜問中，干支相同，貞人一樣，從辭例看，「屮品」也許應該讀作「屮憂」。……從第（24）條來看（引者按：應爲（27）條），「品」的程度比「害」爲輕。第（5）、（6）條是卜問疾齒後的狀況。卜辭有在疾齒之後卜問「隹屮壱（害）」或「不隹屮壱（害）」、「父乙壱（害）」（合 13644 遙綴 13649），以及卜問「隹蠱」（合 13658）的例子，這些卜辭中「屮品」的意義有可能是卜問疾病是否會造成商王之憂。因此「屮品」很可能讀作「屮憂」。〔註185〕

姚萱也提到賓組卜辭貞卜疾病時常見「有由」、「無由」，當表示某種不好的意思，並舉《花東》9「由」與「侃」相對，說明其意義也相對，還引用先秦兩漢古籍中的相關例證，指出古書中從「由」得聲的「妯」、「怞」、「軸」等字有「憂」、「病」之類意思，認爲卜辭「由」字可能跟「妯」、「怞」、「軸」等字有關，「有由女」可以理解成「有發生『由』這種不好狀況的女子」。〔註186〕本文從蔡師

〔註185〕〈說殷卜辭的品字〉，《中央研究院歷史語言研究所集刊》76.3，頁 419～420。

〔註186〕《初步研究》，頁 219。陳劍曾將「由」釋爲「逃」，其後亦參《初步研究》之說，見〈說花園莊東地甲骨卜辭的「丁」——附：釋「速」〉，《甲骨金文考釋論集》，

哲茂與姚萱的看法。本辭是卜問子將「🔱有由女」之事告知婦好是否順利，花東卜辭中也有將某事告知武丁的類似句型，如：

　　甲午卜：子乍田（琡）分卯，其告丁，若。　一

　　甲午卜：子乍田（琡）分卯，子弜告丁。用。若。　一　《花東》391

　　甲午卜：子乍田（琡）分卯，〔告〕于丁，亡〔吕（以）〕。用。《花東》

　　372〔註187〕

是將「子乍田（琡）分卯」之事向丁報告。

　　另外，韓江蘇也將「由」讀爲「咎」，對此辭的解釋爲：

　　　　「女，子」當是「好，子」的合文和省略，此種情況存在於 H3

　　　　卜辭中，如：《花東》446 上的「母丙與祖丙」的合文作「母、祖

　　　　丙」之形，……又「女」H3 卜辭中，有些是婦好之「好」的偏旁

　　　　省略，……🔱字不識。其辭爲「🔱有由好，子其告於婦好若」的

　　　　合文重複和偏旁省略，辭義爲🔱有災咎于婦好，「子」向婦好報告

　　　　其事。〔註188〕

韓說將「由」視爲動詞，並將「女」、「子」解釋爲「好」、「子」的合文省略，簡單來說就是將「🔱有由女」解釋成「🔱有由好」。本文認爲從《花東》286、494 的「告人亡由于丁」來看，「由」爲憂患之類意思，說明「人」的狀況。報告「人亡由」與報告「有由女」意思應該相近，「女」即「女子」，如「人」一樣是泛稱，「🔱有由女」意思與「🔱女有由」相同，也就是「告🔱女有由于婦好」的意思。

第三節　無法確定是否爲人物者

一、🦌

　　花東卜辭有🦌字，學者多隸定爲「龜」，即「秋」，辭例如下：

　　　　頁 85。

〔註187〕此條卜辭的釋文從《初步研究》，頁 21。

〔註188〕《殷墟花東 H3 卜辭主人「子」研究》，頁 147～148。

己卯卜：鼎（貞）：**𧉚**不死。子曰：其死。　一

鼎（貞）：其死。　一

己卯卜：鼎（貞）：**𧉚**不死。子曰：其死。

鼎（貞）：其死。　一　《花東》157

此四辭辭序原釋文誤，朱歧祥、姚萱指出應爲兩兩對貞。〔註189〕**𧉚**字《花東・釋文》中認爲：

從字形上看似**𧉚**字但無角，可能是該字的異體。郭若愚彭邦炯釋**𧉚**爲螽，即蝗蟲……。甚是。由於蝗蟲的出現，對禾稼造成災害，所以需要卜問，祈盼牠早點死去。〔註190〕

魏慈德則認爲**𧉚**是人名，受到子的關心，爲子的家臣，〔註191〕姚萱認爲《花東・釋文》之說不確：

此「不死」與「其死」對貞，一用「其」一不用，根據「司禮儀『其』的規則」，是占卜者不希望看到「龜」死。「龜」應解釋作人名。〔註192〕

林澐則認爲：「**𧉚**字不識，和『子』的關係不詳」，〔註193〕也認爲**𧉚**爲人名，不可隸定作「龜」。趙鵬也認爲此字是人名。〔註194〕

　　𧉚字字形實異於釋爲蝗蟲的**𧉚**字，雖不釋爲「龜」，卻也可能是其他昆蟲。關於「司禮儀『其』的規則」，蔡師哲茂曾指出「其」後未必爲占卜主體不願看到的事，如以下二例：

貞：目其㞢疾。

〔註189〕《校釋》，頁986；《初步研究》，頁272。

〔註190〕《花東・釋文》，頁1621。李宗焜也將此字釋爲「螽」，見〈花東卜辭的病與死〉，「從醫療看中國史」學術研討會論文，頁10。曾小鵬、孟琳也將此字視爲動物名（蝗蟲），見《《殷墟花園莊東地甲骨》詞類研究》，頁3、46；《《殷墟花園莊東地甲骨》詞滙研究》，頁7、44。

〔註191〕《殷墟花園莊東地甲骨卜辭研究》，頁90。

〔註192〕《初步研究》，頁272。

〔註193〕〈花東子卜辭所見人物研究〉，《古文字與古代史》第1輯，頁32。

〔註194〕《殷墟甲骨文人名與斷代的初步研究》，頁295。

　　貞：目不㞢[剌]疾。　　《合》6016 反

　　貞：岳賓。

　　弗其賓。

　　岳其从雨。

　　弗从雨。　　《綴集》79（《英》1152+《合》12691）

目爲人物「子目」，㞢[剌]即「瘳」，「从雨」即「霖雨」，從詹鄞鑫之說，此二例的「其」後應非不願看到之事，[註195] 則《花東》157「其死」未必是子不希望[蟲]死去，因此也不能排除[蟲]指某種蟲害。由於此字卜辭中僅一見，辭例不足，可能爲人名或動物、昆蟲名，無法論定，目前只能存疑待考。

二、[臽]

　　花東卜辭有「[臽]」字，辭例如下：

　　子又（有）夢，隹（唯）□吉。　一

　　鼎（貞）。　二

　　鼎（貞）：[臽]亡戠[艱]（艱）。　一

　　亡戠[艱]（艱）。　二　《花東》165

此字或釋爲「臽」，《花東・釋文》中曰：

　　臽，本作[臽]。此字還有[臽]、[臽]、[臽]等幾種形體。于省吾謂「象人陷

　　於坑坎之中」（《釋林》272 頁），人兩側之小點，像坑內小土粒之形。

　　[註196]

學者多從之，並在「臽」後斷句。[註197] 韓江蘇認爲此字可能爲人名或動詞，

〔註195〕詳見〈釋殷卜辭㞢[剌]字的一種用法〉，《古文字研究》第 23 輯（2002），頁 10～13；又見〈殷卜辭「肩凡有疾」解〉，《屈萬里先生百歲誕辰國際學術研討會論文集》，頁 403～407。

〔註196〕《花東・釋文》，頁 1623。

〔註197〕曾小鵬、孟琳也從原釋文，見《《殷墟花園莊東地甲骨》詞類研究》，頁 55；《《殷墟花園莊東地甲骨》詞滙研究》，頁 52。《校釋》（頁 312）、《初步研究》（頁 274）、《校釋總集・花東》（頁 6515）的釋文都在「臽」後斷句。

曰：

「凸」可以認爲是人名，卜辭如：

（2）延有凡？叶友其艱？一　《花東》455

（21）庚卜，弜犟？子耳鳴，無小艱？一　《花東》39

「其艱」與「無艱」爲正反貞問，「無艱」與「無小艱」含義相近，由此，「凸無艱」爲凸這一人物無災禍？又凸作「凷」形，像人在盛水的容器中洗浴，若用爲動詞即省略主語「子」，辭義爲「子」有夢這一不祥徵兆，沐浴時有災禍發生？因無法直接判斷「凸」爲人名還是動詞，特作已上兩種解釋，待材料充實後論證。〔註198〕

此說可參。不過凷是否即凸，可商。甲骨文有凷（溫）字，有地名與動詞的用法，如：

癸酉卜，爭貞：旬亡田（憂）。王固（占）曰：出（有）求（咎）出（有）夢。左告曰：出（有）幸（達）㺇自凷（溫），十又二人。　《合》137正+7990 正+16890 正【蕭良瓊綴】

甲申卜，即貞：匕（妣）庚歲，其凷（溫）。　《合》25162

裘錫圭曾指出卜辭中從「皿」字往往可省「圈足」部分，如凷、凷，凷、凷，凷、凷，〔註199〕或許《花東》的凷與凷也是同字，則凷可解釋爲人名。《花東》165 內容與「夢」有關，宋鎭豪指出：「殷人出於夢的迷信，視夢爲鬼魂對做夢者憂咎禍孽的示兆，每每通過占夢釋夢以預測人事吉凶。」〔註200〕並舉出許多辭例說明。花東卜辭中也有不少此類卜問，如：

癸巳卜：子夢彗告，非囏（艱）。　一　《花東》5

癸〔卜〕：子夢，子于吉〔爰〕。　一

癸卜，鼎（貞）：子耳鳴，亡蠱（害）。　一

癸卜，鼎（貞）：子耳鳴，亡蠱（害）。　二　《花東》53

〔註198〕《殷墟花東 H3 卜辭主人「子」研究》，頁281。

〔註199〕〈釋秘〉，《古文字論集》，頁18。

〔註200〕〈甲骨文中的夢與占夢〉，《文物》2006.6，頁67。

乙卜：丁又（有）鬼夢，亡囚（憂）。　一　　《花東》113

戊卜：子夢🔤，亡囏（艱）。　一　　《花東》124

己亥卜：子夢〔人〕見（獻）子丗（琡），〔亡〕至囏（艱）。　一　　《花東》149

☑子又（有）〔鬼〕〔夢〕，亡囚（憂）。　一　　《花東》279

子夢丁，亡囚（憂）。　一

子又（有）鬼夢，亡囚（憂）。　一　　《花東》349

己卜：子又（有）夢叔裸，亡至莫（艱）。　一

己卜：又（有）至莫（艱）。　一　　《花東》403

壬辰卜：🔤（向）癸巳夢丁裸，子用瓚，亡至囏（艱）。　一　　《花東》493

上舉《花東》53 與《合》137 正+7990 正+16890 正【蕭良瓊綴】可進一步討論。《花東》53 卜問子夢之吉凶，同時也卜問子耳鳴是否無害，可見在當時的觀念中，夢的吉凶與人事吉凶有關，《合》137 正+7990 正+16890 正【蕭良瓊綴】中癸酉日的卜問王判斷「有咎有夢」，此夢顯然為凶兆，其後果有不吉之事發生，即甲寅日有十二個窢人從溫地逃亡。《花東》165 卜問夢的吉凶同時也卜問「🔤亡囏」，因此本文認為「🔤亡囏」也與夢兆有關，可能跟《合》137 正+7990 正+16890 正【蕭良瓊綴】一樣，由於占卜主體當時做了夢，因此占問「🔤」是否沒有災咎之事發生。對照前文曾討論過的「🔤亡至艱」（《花東》208），「豐亡至憂」、「妻亡其艱」（《花東》505），「利亡艱」（《花東》240），「子利其〔有〕至艱」（《花東》416），「🔤」有可能為人、地名。

綜上所述，從辭例比對來看「🔤」有可能為人、地名，但此字僅一見，辭例不足，也不能排除作動詞的可能性，目前只能存疑待考。

三、🔤

《花東》263 正面左甲橋下有字跡「🔤」（見右圖），

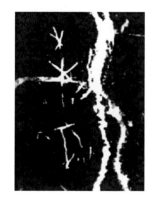

原釋文該辭作「☑丌」，認爲是習刻。〔註 201〕朱歧祥可能認爲這些字跡都不可靠，而將釋文改爲「☑」。〔註 202〕方稚松則將之視爲記事刻辭，列入《殷墟甲骨文五種記事刻辭研究》的「甲橋刻辭一覽表」中。〔註 203〕從刻寫位置來看，這些字跡應該是記事刻辭，可能是與貢納有關之人、事，但刻劃潦草，無法判斷爲何字。

〔註 201〕《花東・釋文》，頁 1668。《初步研究》（頁 307）、《校釋總集・花東》（頁 6536）從之。

〔註 202〕《校釋》，頁 507。

〔註 203〕《殷墟甲骨文五種記事刻辭研究》，頁 199。

第八章 總 結

一、子與武丁、婦好的關係

子的地位無疑低於武丁與婦好，其臣屬關係不需贅言，值得注意的是花東卜辭中三人頻繁且微妙的互動關係，有些特殊的內容可以作爲代表。

從武丁的角度來看，可呼令子與婦好一同辦理王事，在《花東》475 中有「丁命子曰：往眔婦好于𠭯麥」，顯示子與婦好一同「屮王事」，從王卜辭的角度來看，可能就是「（王令）子比（或眔）婦好屮王事」之類的卜問。對武丁而言，在此類事務上子與婦好可能有某種依存性。而婦好與子之間也有主從關係，如《花東》5+507【整理小組、常耀華綴】「婦好有事」時，子卜問自己去還是派子配去婦好處，可能是準備幫忙婦好；又從《花東》371 的「子告其秉于婦」來看，是子向婦好報告芟除之類農事的狀況，也可推測子輔助婦好處理農事。

從婦好的角度來看，《花東》286 有「婦好告子于丁」，《花東》331 有「婦母曰子：丁曰：子其又（有）疾。允其有」。前者是婦好將子之事轉告給丁，後者是子對婦好轉告丁所說的話作卜問。婦好作爲子與丁之間溝通橋樑的角色，是過去未曾出現的特殊內容。

再從子的角度看，《花東》26「獻丁」、「獻婦好」、《花東》28「婦好作子齒」、「丁……唯親齒」、《花東》211「告行于丁」、「告行于婦」、《花東》320「何于

丁逆」、「于母婦」，還有《花東》480「勞丁」卜辭中的「馭丁」、「妁（勑）婦好」，都將武丁與婦好相提並論，顯然對子而言，此二人或許在某種層面上地位相同。

二、同見人物的親疏關係

花東卜辭中有許多同見於王卜辭與花東卜辭的人物，除了無法確定與子之間臣屬關係及身分地位待考的人物之外，有些人物不臣屬於子，如：丁族、丁臣以及屬於丁的多臣，有些人物地位很高，未必低於子，如屮（出）、韋、𢦏、叔、多丰臣。更多的是同時臣屬於武丁與子者，也包括同時對武丁與子貢納的人物以及貞人。其中有不少是活躍於商王朝的重要人物，如：崔（堂）、大、發、子妻、壴、𡥈、伯或、屰、周、奠、兂，他們與武丁、子之間親疏關係各有不同，「崔（堂）」、「大」與子的關係較為密切，尤其是崔（堂），而此人也見於子組卜辭，與該組之子並列，常耀華認為兩人地位可能相當，[註1]則花東卜辭之子的地位或許高於子組卜辭之子。「發」在子家族中的角色多為執事性質，也擔任貞人，並受子呼令向商王獻禮，可能是子家族的臣屬。「子妻」在王卜辭中多見於貢納與戰爭之卜問，此人在花東卜辭中也是執事性質的角色，並參與子家族的祭祀，是地位低於武丁與子的同姓貴族，或許與子更親近一些。「壴」與子妻相同，王卜辭中也非常多有關他的資料，除了花東卜辭外，午組卜辭與非王圓體類中都有對此人表示關心的卜問，而壴也出現在花東卜辭的記事刻辭中，對子貢納，顯然子的地位高於此二家族之族長。「𡥈」、「伯或」、「屰」、「周」都是武丁時代的強族，同時對商王與子納貢，不過他們與子之間除了貢納關係之外，沒有直接被呼令或子對之表示關心之類的互動，可能是因為這些人物雖服屬於商王朝，也是一方之霸，應該只聽命於商王。不過從他們也對子貢納來看，子對他們仍有一定的影響力。「奠」、「兂」較為特殊，他們在花東子家族中有貞卜之事，但前者有「侯」的身分，也出現在《花東》28、284「作子齒」的卜問中，與武丁、婦好並列，而後者也是武丁的貞人。此二人的地位顯然高於子家族中一般的臣屬，他們的地位或許低於子，但未必是子家族的貞人或子的私臣，他們與子的關係為何仍有待討論。

〔註1〕《子組卜辭人物研究》，收於《殷墟甲骨非王卜辭研究》，頁82。

另外，同見於王卜辭的子姓貴族中，子興、子馘、子尻、子利四人在花東卜辭中與子的關係也非常密切，受到子的高度關心，其中子尻尤其受到重視。在王卜辭中，商王也同樣對他的疾病表示關心，但對其重視程度遠不如花東卜辭的子。

三、花東子家族的內部結構

花東卜辭中有多名「子某」，其中大多無法確定是子家族內部的親屬人物，除去無法確定是否爲人物者，只見於花東卜辭者爲：子戻、子眔、子𢀳、子配、子𢼄、子夨，較有可能是子的族內兄弟之類，花東卜辭中也有未具名的「大子」、「小子」、「三子」、「多子」，應該也是子家族內部的親屬人物。不過女性貴族較少，出現在花東卜辭的女性貴族除了婦好之外，只有子利女、妭中周妾、季母，都不是子的配偶。

子家族中也有不少執事人物，除了個別人物之外，較特殊的是出現多種職官名稱，遠較其他非王卜辭豐富，可見子家族之規模。如：子臣、多臣、多賈、多卸正、辟、多尹、多工、多万。還出現身分爲「友」者，如：子營友𢼄、妭友𠂤、𠙵友。而多尹可能是指多名族邑之長，反映在花東卜辭中，是有多種邑人供子差遣，如：剌人、入人、我人、𢼊、夆人、叙人。此外，花東卜辭中也有大量奴隸、人牲爲子使用，有得自賞賜的，如：何、疫（臣、圂臣），也有女奴妾、磬妾。異族人牲有：羌、莧、屯、妝，其他身分的人牲有：𠬝、臣、妾、𠦜（𠦜），其中《花東》220子向婦好「入百屯」，子能提供如此大量的異族人牲，足見子家族實力之雄厚。

從子與武丁、婦好的關係來看，其地位顯然高於其他非王家族族長。上文也提到「𡄹（嘗）」見於子組卜辭，「壴」見於午組卜辭、非王圓體類，從他們與子及與其他非王家族族長的關係來看，子的地位也較高。而花東卜辭是目前所見王卜辭外唯一有「記事刻辭」的非王卜辭，也說明其地位不同一般。又從子家族的規模來看，大量的職官、邑人、奴隸、人牲，都凌駕於目前所見非王家族。劉源曾從花東卜辭中的祭祖儀式來看，認爲：

> 將王卜辭、H3 卜辭和已知幾種非王卜辭加以比對可知，「子」舉行的祭祀的規格低於商王室，而高於其他貴族。「子」可祭祀地位高貴

的先王上甲、大乙和大甲。禮儀中所用犧牲的種類多，且多用牛牲，並注重性別，用牲數量多達 105 頭牛，都說明他擁有大批財產，具備較高規格禮儀活動的權力和實力。由此看來，「子」很可能是王室分衍出來的重要一族。此外，「子」常在若干固定的地點舉行祭祀祖先的活動，頻繁以歲法用牲，進鬯酒，並親自來祝告，都是其他非王卜辭中未曾揭示的商人貴族祭祀儀式的重要內容。〔註2〕

以上種種跡象都顯示子家族是僅次於商王的大貴族。

四、從殷西大族與子的關係看子與子家族的地位

子的對外關係中，最值得注意的是幾個殷西大族對子的臣屬關係。在花東卜辭出現的眾多國族中，有幾個在王卜辭中常見的殷西大族不只臣屬於商王武丁，同時也臣屬於子，並且對子有納貢之事，如：⿰山崖（崖）、畣、伯或、周、壴（賈壴）等。其中⿰山崖（崖）與子的關係甚至比與商王武丁的關係還要密切，他常參與子家族的事務，子也對他表示關心，子還常命令他辦事，他也對子有貢納的行為。不過從《花東》290「子从崖，不从子臣」來看，他應非子家族的私臣。另外，畣、或也曾貢納黑馬、鷹、駛給子，而周、壴（賈壴）出現在花東卜辭的記事刻辭中，同時對商王與子都有貢納之事。這些殷西大族對花東子家族族長「子」的臣服，顯示他的地位及影響力，顯然遠高於目前所見的其他非王家族族長，直逼商王武丁，這當是子家族擁有強大的政治、軍事實力的原故，子家族在商王朝中有如此實力，子在商王室中必然也有舉足輕重的地位。

花東卜辭族長子的強大實力，使武丁無法忽視。在子與丁的互動中，有些丁對子「作齒」及「虞」的卜問存在詮釋空間，即《花東》28「作子齒」與《花東》38「子呼視戎」二事，此二事可能顯示武丁與子之間存在某種矛盾。《花東》28 卜問亞奠、小臣、婦好、丁，誰對子「作齒」，「齒」可解釋為某種負面的事。而《花東》38 丁對子「呼視戎」感到憂虞，姚萱詮釋為「『子』在軍事方面沒有多大權力」，〔註3〕但考量《花東》290 有「子其使崖往西惎子媚」、《花東》275+517【蔣玉斌綴】「丁唯子令比伯或伐卲」，以及殷西大族對子的臣服，也

〔註2〕 〈花園莊卜辭中有關祭祀的兩個問題〉，《揖芬集》，頁 179。

〔註3〕 《初步研究》，頁 222。

很可能是子擁有足以讓西方大族臣服的強大實力，才導致武丁的憂慮。作子齒的人物中「亞奠」（即「侯奠」）與「小臣」也可能是駐於邊境的重臣。

　　對商王而言，面對來自西方的羌、舌方、召方等方國的侵略，一方面上舉這些殷西大族是商王所仰賴的西面屏障，尤其是峀（崖），一方面商王也必須提防他們叛變，因此對殷西的經略是商王朝重要的政治問題，子的政治、軍事實力以及對殷西大族的影響力，可能是商王對他憂慮的主因。

五、子的身分再詮釋

　　學者曾提出花東的子可能是武丁的太子，也舉出許多證據證明其可能性，這或許可以說明子有如此影響力的原因。不過甲骨卜辭所反映的歷史面貌有其間接性，對卜辭本身進行語言文字學的探討，尚難有確切的結論，而此種存在詮釋空間的內容，往往又透過輾轉聯想再詮釋，才建構出所謂「歷史」。筆者認為將詮釋後的卜辭內容，以商代之後的文獻中所呈現的社會、文化內容充當背景，建構出的所謂「歷史」，或許也可說是一套套「假說」，在商代簡冊、書籍之類資料尚未出土之前，恐怕也是不得已的方法。此不妨對子的身分再提出一種「假說」。

　　關於子的身分，本文第二章的三節曾對各家有簡單的介紹，這裏基於上文對子家族的看法，對「子」為武丁子輩的陽甲後代之說作一點補充。蔡師哲茂曾有如下說法：

> 如果說花東卜辭中被祭祀的「祖甲」是指陽甲，而祖乙是指小乙，
> 妣庚為小乙之配偶，那麼很可能「子」是陽甲的孫子，其父應為武
> 丁之堂兄弟，由於陽甲是小乙之長兄，在四個兄弟當中是最早繼承
> 祖丁即王位的，所以其子為祖丁之長孫，理應繼承王位，卻被武丁
> 奪走，故花東卜辭卜辭中屢見「丁橻（虞）于子」，擔心丁對子有不
> 滿之意。〔註4〕

又指出武丁的王位得來不易，曰：

> 武丁的上一代陽甲、盤庚、小辛、小乙四個兄弟依序相傳之後，照
> 前代祖辛傳位弟羌甲，羌甲傳位祖辛之子祖丁，祖丁再傳位羌甲子

〔註4〕　〈花東卜辭「白屯」釋義〉，《第十八屆中國文字學國際學術研討會論文集》，頁13。

南庚，南庚傳位祖丁之子陽甲這種現象來看，小乙要傳位予武丁，
顯然面臨兩個問題，其一是陽甲之子，具有嫡長子的身份，也比武
丁更有繼承權。其二是南庚之子，其父、祖兩代也當過王，羌甲、
南庚的後代似乎也有王位的繼承權，故史上雖簡單的說：「帝小乙
崩，子帝武丁立。」但王位繼承不可避免的必然有所紛爭。〔註5〕

從商王世系來看，「祖乙」傳子「祖辛」，「祖辛」傳弟「羌甲」，「羌甲」又傳回
給長兄之子「祖丁」，其後「祖丁」雖傳位給堂弟「南庚」，「南庚」仍傳回給堂
兄之子「陽甲」，顯然「祖乙」、「祖辛」、「祖丁」、「陽甲」此一嫡長系統一直未
斷。或許「陽甲之子」本該在「盤庚」、「小辛」、「小乙」諸叔之後繼任為王，
則陽甲一系其家族應具有王位繼承者的規模，可以推測在武丁繼位為商王後，
其家族仍保有足以與武丁抗衡的實力，至花東「子」一代影響力猶存。對陽甲
一系而言，「小乙」傳位給「武丁」，「陽甲之子」無法像「祖丁」從叔叔「羌甲」
手中得到王位一樣，從叔叔「小乙」手上得到王位，故轉而期待「陽甲之孫」
能像「陽甲」從堂叔「南庚」手中取回王位一樣，從堂叔「武丁」手中取回王
位，也是合情合理之事。

如前所述，花東族長「子」的政治、軍事實力在商王朝中有舉足輕重的地
位，不僅凌駕目前所見的非王家族族長，還能讓殷西大族臣服，則輩分為武丁
子姪輩，又是陽甲之孫的花東族長「子」，是否因為對「祖庚」王位的繼承也具
有威脅性，導致與武丁之間的矛盾，也頗耐人尋味。

六、花東卜辭武丁晚期說補充

本文基本同意花東卜辭為武丁晚期卜辭，上限可能到武丁中期。檢視相關
人物及卜辭後，本文再舉四組有關戰爭的人與事，說明花東卜辭中有武丁晚期
卜辭。

從「㞷（𡾠）」來看。武丁中期的「自賓間 A 類」卜辭有伐「𡩁（𤕌）」
之事，可能發生於武丁中期左右，同時被征伐的「㞷（𡾠）」族在武丁中期很
可能尚未臣服於商王朝。而商王朝與「𠯋方」的戰爭大約在武丁中期之後，因

〔註 5〕〈武丁王位繼承之謎──從殷卜辭的特殊現象來做探討〉，發表於「中央研究院歷
　　　　史語言研究所」學術講論會。

此「峀（峀）」可能在商王朝與舌方發生戰爭前不久才剛臣服於商王朝。王卜辭中的「峀（峀）」飽受「舌方」侵擾，但檢視目前所見花東卜辭，會發現「峀（峀）」多見於獻禮活動中，與戰爭無關，可見花東卜辭中與此人有關的卜問，可能發生在此族剛臣服於商王朝與商王朝伐舌方之間的武丁中、晚期之交，或商王朝與舌方的戰事告一段落之後的武丁晚期。而花東卜辭中有伐召方的卜問，基本上伐舌方見於賓組卜辭，伐召方見於歷組卜辭，兩組時代雖有重疊，但在歷組卜辭中不見舌方，在賓組卜辭中幾乎不見召方，或許因為花東卜辭的時代正好處於舌方戰事告一段落之後，召方戰事剛要開始之時。則此時的峀已脫離舌方侵擾。

從「🦅」來看。武丁中期的「𠂤賓間 A 類」卜辭有伐🦅方的內容，而《花東》351 中對🦅所說關於祭祀的話作卜問，該族在花東卜辭的時代中應非與商王朝敵對的方國，可知花東甲骨中應存在武丁晚期卜辭。

從「周」來看。武丁中期的「𠂤組小字類」與「𠂤賓間類」的卜辭中，商王朝曾有「翦周」、「敦周」之事，而武丁晚期到祖庚時代的「賓出類」、「賓組三類」、「歷組二類」卜辭中又有「撲周」之事，此戰爭可能在祖庚時期，最早只能上及武丁晚期，由於在花東卜辭中周與商王朝是友好狀態，且對子有貢納龜版之事，因此這段時間應該就在武丁中期到武丁末年之間。

從「歸」來看。「𠂤組肥筆類」與「𠂤歷間 B 類」卜辭中有「伐歸」的卜問，此事最晚在武丁晚期以前，從子對人物「歸」的關心來看，花東卜辭中的「歸」若與王卜辭中被討伐的「歸伯」、「歸」有關，可能是平定「歸伯」之後的事，當為武丁晚期。

參考書目

一、甲骨著錄

1. 中國社會科學院考古研究所編著，《小屯南地甲骨》（北京：中華書局，1980～1983）。

2. 中國社會科學院考古研究所編著，《殷墟花園莊東地甲骨》（昆明：雲南人民出版社，2003）。

3. 朱鳳瀚、沈建華主編，《中國國家博物館藏文物研究叢書·甲骨卷》（上海：上海古籍出版社，2007）。

4. 李學勤、齊文心、艾蘭（Sarah Allan）、中國社會科學院歷史研究所、倫敦大學亞非學院編輯，《英國所藏甲骨集》（北京市：中華書局，1985～1992）。

5. 李鍾淑、葛英會，《北京大學珍藏甲骨文字》（上海：上海古籍出版社，2009）。

6. 段振美等編著，《殷墟甲骨輯佚》（北京：文物出版社，2008）。

7. 張秉權，《殷墟文字丙編·上輯》（台北：中央研究院歷史語言研究所，1957、1959）。

8. 郭沫若主編，《甲骨文合集》（北京：中華書局，1982）。

9. 彭邦炯、謝濟、馬季凡編，《甲骨文合集補編》（北京：語文出版社，1999）。

二、工具書

1. 于省吾主編，《甲骨文字詁林》（北京：中華書局，1996）。

2. 王輝，《古文字通假字典》（北京：中華書局，2008）。

3. 李孝定，《甲骨文字集釋》（台北：中央研究院歷史語言研究所，2004）。

4. 吳鎮烽，《金文人名彙編》（北京：中華書局，2006）。

5. 周法高，《金文詁林》（香港：中文大學出版社，1975）。

6. 周法高，《金文詁林補》（台北：中央研究院歷史語言研究所，1982）。

7. 宗福邦、陳世鐃、蕭海波主編，《故訓匯纂》（北京：商務印書館，2003）。

8. 姚孝遂主編，《殷虛甲骨刻辭類纂》（北京：中華書局，1992）。

9. 姚孝遂主編，《殷墟甲骨刻辭摹釋總集》（北京：中華書局，1998）。

10. 容庚著，張振林、馬國權摹補，《金文編》（北京：中華書局，2007）。

11. 徐中舒主編，《甲骨文字典》（成都：四川辭書出版社，1989）。

12. 高亨纂著，《古字通假會典》（山東：齊魯書社，1997）。

13. 張玉金，《甲骨文虛詞詞典》（北京：中華書局，1994）。

14. 沈建華、曹錦炎編著，《新編甲骨文字形總表》（香港：中文大學出版社，2001）。

15. 沈建華、曹錦炎編著，《甲骨文校釋總集》（上海：上海辭書出版社，2006）。

16. 沈建華、曹錦炎編著，《甲骨文字形表》（上海：上海辭書出版社，2008）。

17. 蕭良瓊等編，《甲骨文合集材料來源表》（北京：中國社會科學出版社，1999）。

18. 羅竹風主編，《漢語大詞典》（上海：漢語大辭典出版社，1994）。

三、古籍（含後人校注）

1. 王念孫，《廣雅疏證》（北京：中華書局，2004）。

2. 孔安國傳、孔穎達疏，《尚書正義》（台北：台灣古籍出版有限公司，2001）。

3. 屈萬里，《尚書集釋》（台北：聯經出版事業股份有限公司，2003）。

4. 段玉裁，《說文解字注》（台北：洪業文化，1999）。

5. 俞樾，《諸子平議》，收於《續修四庫全書》編纂委員會編，《續修四庫全書·子部·雜家類》（上海：上海古籍出版社，1995）第 1161～1162 冊。

6. 高本漢，《高本漢書經注釋》（台北：中華叢書編審委員會，1970）。

7. 馬瑞辰，《毛詩傳箋通釋》（北京：中華書局，2005）。

8. 孫詒讓，《周禮正義》（北京：中華書局，2000）。

9. 楊伯峻，《春秋左傳注（修訂本）》（北京：中華書局，2006）。

10. 楊筠如，《尚書覈詁》（西安：陝西人民出版社，2005）。

11. 錢宗武、杜純梓，《尚書新箋與上古文明》（北京：北京大學出版社，2005）。

四、網路資料

中央研究院歷史語言研究所

「考古資料數位典藏資料庫」

（http://ndweb.iis.sinica.edu.tw/archaeo2_public/System/Artifact/Frame_Search.htm）

文 音

〈學契簡記四則〉，發表於「復旦大學出土文獻與古文字研究中心」

網站（http://www.guwenzi.com/srcshow.asp?src_id=914），2009 年 9 月 20 日。

王子揚

〈說甲骨文中的「逸」字〉，發表於「復旦大學出土文獻與古文字研究中心」

網站（http://www.gwz.fudan.edu.cn/SrcShow.asp?Src_ID=573），2008 年 12 月 25 日。

李 銳

〈清華大學簡帛講讀班第三十四次研討會綜述〉，「Confucius 2000」

網站（http://www.confucius2000.com/qhjb/qhjbjdb34cythzs.htm），2004 年 8 月 22 日。

宋鎮豪

「殷墟花園莊東地甲骨研究的十五個課題」，「先秦史研究室」

網站（http://www.xianqin.org/xr_html/articles/jgyj/350.html），2006 年 3 月 14 日。

沈 培

〈釋甲骨文、金文與傳世典籍中跟「眉壽」的「眉」相關的字詞〉，發表於「復旦大學
出土文獻與古文字研究中心」

網站（http://www.guwenzi.com/SrcShow.asp?Src_ID=938），2009 年 10 月 13 日。

李愛輝

〈賓組胛骨綴合一則〉，發表於「先秦史研究室」

網站（http://www.xianqin.org/blog/archives/1727.html），2009 年 10 月 27 日。

周忠兵

1. 〈甲骨綴合一則〉，發表於「先秦史研究室」舊版網站（http://www.xianqin.org/ xk.htm）
   此連結已毀損。

2. 〈歷組卜辭新綴〉，發表於「先秦史研究室」

   網站（http://www.xianqin.org/xr_html/articles/jgzhh/483.html），2007 年 3 月 26 日。

時 兵

1. 〈說花東卜辭的「鼻」〉，發表於「復旦大學出土文獻與古文字研究中心」網站
   （http://www.guwenzi.com/Default.asp），2008 年 1 月 15 日。

2. 〈說花東卜辭中的「刊」字〉，發表於「復旦大學出土文獻與古文字研究中心」網站
   （http://www.gwz.fudan.edu.cn/SrcShow.asp?Src_ID=538），2008 年 11 月 2 日。

陳斯鵬

1. 〈初讀上博竹書（四）文字小記〉，發表於「簡帛研究」

   網站（http://www.jianbo.org/admin3/2005/fanchangxi004.htm），2005 年 3 月 6 日。

莫伯峰

1. 〈《輯佚》中的一版花東子卜辭及其綴合〉，發表於「先秦史研究室」
   網站（http:// www.xianqin.org/blog/archives/1439.html），2009 年 4 月 3 日。

張惟捷

1. 〈甲骨文「引棘」獻疑〉，發表於「復旦大學出土文獻與古文字研究中心」
   網站（http://www.guwenzi.com/SrcShow.asp?Src_ID=975），2009 年 11 月 12 日。

董　珊

1. 〈試論殷墟卜辭之「周」為金文中的妘姓之琱〉，發表於「復旦大學出土文獻與古文
   字研究中心」
   網站（http://www.guwenzi.com/SrcShow.asp?Src_ID=769），2009 年 4 月 26 日。

趙　鵬

1. 〈甲骨新綴二例——附《甲骨文合集·材料來源表》補記一則〉發表於「先秦史研究
   室」
   網站（http://www.xianqin.org/blog/archives/68.html），2008 年 9 月 30 日。

2. 〈《乙編》3471 中兩條卜辭的釋文〉，發表於「復旦大學出土文獻與古文字研究中心」
   網站（http://www.guwenzi.com/SrcShow.asp?Src_ID=910），2009 年 9 月 16 日。

劉　影

1. 〈賓組甲骨新綴三則〉，發表於「先秦史研究室」
   網站（http://www.xianqin.org/blog/archives/1631.html），2009 年 9 月 10 日。

蔡哲茂

1. 〈《殷契遺珠》新綴第二則〉，發表於「先秦史研究室」
   網站（http://www.xianqin.org/xr_html/articles/jgzhh/441.html），2006 年 12 月 26 日。

2. 〈《洹寶齋所藏甲骨》新綴一則補綴〉，發表於「先秦史研究室」
   網站（http://www.xianqin.org/xr_html/articles/jgzhh/536.html），2007 年 7 月 24 日。

3. 〈《殷墟文字乙編》新綴第五至七則〉，發表於「先秦史研究室」
   網站（http://www.xianqin.org/xr_html/articles/jgzhh/611.html），2007 年 11 月 30 日。

4. 「歷組卜辭遙綴一則」，發表於「先秦史研究室」
   網站（http://www.xianqin.org/xr_html/articles/jgzhh/615.html），2007 年 12 月 5 日。

5. 〈殷墟文字乙編新綴第八則〉發表於「先秦史研究室」
   網站（http://www.xianqin.org/xr_html/articles/jgzhh/616.html），2007 年 12 月 5 日。

6. 〈《殷墟文字乙編》新綴第三十二則〉，「先秦史研究室」
   網站（http://www.xianqin.org/blog/?p=733），2009 年 1 月 7 日。

蔣玉斌

1. 〈殷墟第十五次發掘 YH251、330 兩坑所得甲骨綴合補遺〉，發表於「先秦史研究室」
   網站（http://www.xianqin.org/xr_html/articles/jgzhh/445.html），2007 年 1 月 15 日。

2. 〈《殷墟甲骨輯佚》綴合補遺〉，發表於「先秦史研究室」
   網站（http://www.xianqin.org/blog/?p=1282），2009 年 2 月 27 日。

3. 〈蔣玉斌綴合總表〉第 161 組，發表於「先秦史研究室」
   網站 4.（http://www.xianqin.org/blog/archives/1883.html），2010 年 3 月 25 日。

五、今人論著

二劃：丁、乃

丁　山

1. 《甲骨文所見氏族及其制度‧殷商氏族方國志》（台北：大通書局，1971）。

乃俊廷

1. 〈論殷墟花園莊東地甲骨卜辭與非王卜辭的親屬稱謂關係〉，王建生、朱歧祥主編，《花園莊東地甲骨論叢》（台北：聖環圖書股份有限公司，2006）。

三劃：于

于省吾

1. 〈從甲骨文看商代社會性質〉，《東北人民大學人文科學學報》第 2、3 期合刊（1957）。

2. 《甲骨文字釋林》（北京：中華書局，1999）。

四劃：中、王、方、尹

中國社會科學院考古研究所編著

1. 《殷墟婦好墓》（北京：文物出版社，1980）。

王宇信

1. 〈試論殷墟五號墓的年代〉，《鄭州大學學報》1979.2

2. 〈武丁期戰爭卜辭分期的嘗試〉，《甲骨文與殷商史》（上海：上海古籍出版社，1991）第 3 輯。

3. 〈甲骨文「馬」、「射」的再考察──兼駁馬、射與戰車相配置〉，張光裕等編，《第三屆國際中國古文字學研討會論文集》（香港：香港中文大學中國語言及文學系、香港中文大學中國文化研究所，1997）。

4. 《甲骨文通論》（北京：中國社會科學出版社，1999）。

5. 〈殷人寶玉、用玉及對玉文化研究的幾點啟示〉，《中國史研究》2000.1

王宇信、楊升南

1. 《甲骨學一百年》（北京：社會科學文獻出版社，1999）。

王宇信、張永山、楊升南

1. 〈試論殷墟五號墓的「婦好」〉,《考古學報》1977.2。

王恩田

1. 〈齊國建國史的幾個問題〉,《東岳論叢》1981.4。

2. 〈《金文編・附錄》中所見的復合族徽〉,《古代文明》(北京:文物出版社,2004)第 3 卷。

3. 〈釋晉、昇、寅——兼說昇、鼻字形〉,《古文字研究》(北京:中華書局,2004)第 25 輯。

王貴民

1. 〈就甲骨文所見試說商代的王室田莊〉,《中國史研究》1980.3

2. 〈商朝官制及其歷史特點〉,《歷史研究》1986.4

3. 〈論貢、賦、稅的早期歷程——先秦時期貢、賦、稅源流考〉,《中國經濟史研究》1988.1。

4. 〈殷墟甲骨文考釋兩則〉,《考古與文物》1989.2。

5. 《商周制度考信》(台北:明文書局,1989)。

6. 〈商周貴族子弟群研究〉,《夏商文明研究》(鄭州:中州古籍出版社,1995)。

7. 〈試釋甲骨文的乍口、多口、殉、葬和誕字〉,《古文字研究》(北京:中華書局,2001)第 21 輯。

王暉

1. 〈花園卜辭𠂤字音義與古戈頭名稱考〉,王宇信、宋鎮豪、徐義華主編,《紀念王懿榮發現甲骨文 110 周年國際學術研討會論文集》,(北京:中國社會科學文獻出版社,2009)。

王慎行

1. 〈卜辭所見羌人考〉,《古文字與殷周文明》(西安:陝西人民教育出版社,1992)。

王維堤

1. 〈万舞考〉,《中華文史論叢》1985.4。

王震中

1. 〈商代都鄙邑落結構與商王的統制方式〉,《中國社會科學》2007.4。

王獻唐

1. 《古文字中所見之火燭》(山東:齊魯書社,1979)。

2. 〈人與夷〉,《中華文史論叢》1982.1。

王蘊智

1. 〈釋甲骨文𠂤字〉,《古文字研究》(北京:中華書局,2006)第 26 輯。

王蘊智、趙偉

1. 〈《殷墟花園莊東地甲骨・釋文》校勘記(一)〉,中國文字學會等主辦,《中國文字學會第四屆學術年會論文集》(安陽:陝西師範大學,2007)。

方述鑫

1. 《殷墟卜辭斷代研究》（台北：文津出版社，1992）。

方稚松

1. 《殷墟卜辭中天象資料的整理與研究》（北京：首都師範大學碩士論文，黃天樹先生指導，2004）。

3. 《殷墟甲骨文五種記事刻辭研究》（北京：首都師範大學博士論文，黃天樹先生指導，2007）。

4. 〈讀殷墟甲骨文箚記二則〉，《殷墟甲骨文五種記事刻辭研究‧附錄三》（北京：首都師範大學博士論文，黃天樹先生指導，2007）。

5. 〈釋殷墟花園莊東地甲骨中的瓚、祼及相關諸字〉，《中原文物》2007.1。

6. 〈談談甲骨文記事刻辭中「示」的含義〉，《出土文獻與古文字研究》（上海：復旦大學出版社，2008）第 2 輯。

尹春潔、常耀華

1. 〈讀《殷墟花園莊東地甲骨》〉，《中國社會科學院研究生院學報》2005.3。

五劃：白

白玉崢

1. 〈殷墟第十五次發掘成組卜甲〉，《董作賓先生逝世十四周年紀念刊》（台北：藝文印書館，1978）。

2. 〈甲骨綴合錄小〉，《中國文字》（台北：藝文印書館，1981）新 3 期。

3. 〈簡論甲骨文合集〉，《中國文字》（台北：藝文印書館，1991）新 14 期。

4. 《契文舉例校讀》（台北：藝文印書館，1988）。

白於藍

1. 〈說甲骨文「南」字的一種特殊用法〉，《中國文字》（台北：藝文印書館，2006）新 32 期。

六劃：伊藤、成家、朱、伍

伊藤道治著、江藍生譯

1. 《中國古代王朝的形成——以出土資料為主的殷周史研究》（北京：中華書局，2002）。

成家徹郎

1. 〈新出土‧殷墟花園莊東地甲骨の衝擊（上）——従来の分類法は限界と欠陷を露呈した〉，《修美》第 101 期（2008）。中譯本為〈新出土殷墟花園莊東地甲骨的沖擊（上）——以往分類法暴露出來的局限和缺點〉，四川大學歷史文化學院主辦，《紀念徐中舒先生誕辰 110 周年國際學術研討會論文集》（成都：四川大學歷史文化學院，2009）。

朱歧祥

1. 〈釋奴〉，中國文字學會、輔仁大學中國文學系，《第三屆中國文字學國際學術研討會

論文集》（台北：輔仁大學中國文學系，1992）。

5. 〈論子組卜辭的一些辭例〉，中國訓詁學會、逢甲大學中國文學系，《第五屆中國訓詁學全國學術研討會論文集》（台中：逢甲大學中國文學系，2000）。

6. 〈由詞語聯繫論花東甲骨中的丁即武丁〉，《殷都學刊》2005.2。

7. 〈殷墟花東甲骨文刮削考〉，王建生、朱歧祥主編，《花園莊東地甲骨論叢》（台北：聖環圖書股份有限公司，2006）。

8. 《殷墟花園莊東地甲骨校釋》（台中：朱歧祥發行，2006）。

9. 〈句意重於行款——論通讀花園莊東地甲骨的技巧〉，《古文字研究》（北京：中華書局，2006）第 26 輯。

10. 〈由花東甲骨論早期動詞的省變現象〉，《中國文字》（台北：藝文印書館，2007）新 33 期。

11. 〈尋「丁」記——論非王卜辭中的武丁〉，《東海中文學報》第 20 期（2008）。

朱鳳瀚

1. 〈金文日名統計與商代晚期商人日名制〉，《中原文物》1990.3。

2. 〈論卜辭與商金文中的「后」〉，《古文字研究》（北京：中華書局，1992）第 19 輯。

3. 《商周家族形態研究（增訂本）》（天津：天津古籍出版社，2004）。

4. 〈讀安陽殷墟花園莊東地出土的非王卜辭〉，王宇信、宋鎮豪、孟憲武主編，《2004 年安陽殷商文明國際學術研討會論文集》（北京，社會科學文獻出版社，2004）。又收於《商周家族形態研究（增訂本）》（天津：天津古籍出版社，2004）。

5. 〈武丁時期商王國北部與西部之邊患與政治地理——再讀有關邊患的武丁大版牛胛骨補辭〉，朱鳳瀚、沈建華主編，《中國國家博物館藏文物研究叢書·甲骨卷》（上海：上海古籍出版社，2007）。

6. 〈再讀殷墟卜辭中的「眾」〉，中央研究院歷史語言研究所，《古文字與古代史》（台北：中央研究院歷史語言研究所，2009）第 2 輯。

伍宗文

1. 《先秦漢語複音詞研究》（成都：巴蜀書社，2001）。

七劃：李、宋、沈、吳、何、巫、邱

李伯謙

1. 〈從殷墟青銅器族徽索代表的族氏的地理分布看商王朝的統轄範圍與統轄措施〉，《考古學研究（六）》（北京：科學出版社，2006）。

李宗焜

1. 〈卜辭所見一日內時稱考〉，《中國文字》（台北：藝文印書館，1994）新 18 期。

2. 《殷墟甲骨文字表》（北京：北京大學博士論文，裘錫圭先生指導，1995）。

3. 〈從甲骨文看商代的疾病與醫療〉，《中央研究院歷史語言研究所集刊》72.2（2001）

4. 〈花東卜辭的病與死〉，「從醫療看中國史」學術研討會論文（南港：中研院史語所，

2005 年 12 月 13〜15 日）。

5. 〈卜辭中的「望乘」——兼釋「比」的辭義〉中央研究院歷史語言研究所，《古文字與古代史》（台北：中央研究院歷史語言研究所，2007）第 1 輯。

6. 〈沚戛的軍事活動與敵友關係〉中央研究院歷史語言研究所，《古文字與古代史》（台北：中央研究院歷史語言研究所，2009）第 2 輯。

李旼姈

1. 《甲骨文例研究》（台北：台灣古籍出版有限公司，2003）。

2. 《甲骨文字構形研究》（台北：政治大學博士論文，蔡哲茂先生指導，2005）。

3. 〈釋甲骨文「達」（𧾷、𧾷）〉，中國文字學會、輔仁大學中國文學系，《第十八屆中國文字學國際學術研討會論文集》（台北：輔仁大學中國文學系，2007）。

李 凱

1. 〈花園莊東地甲骨所見的商代教育〉，《考古與文物·古文字（三）》（2005 年增刊）。

李 憮

1. 〈𧵎為貫證〉，《考古》2007.11

李學勤

2. 〈關於𠂤組卜辭的一些問題〉，《古文字研究》（北京：中華書局，1980）第 3 輯。

3. 〈釋多君、多子〉，《甲骨文與殷商史》（上海：上海古籍出版社，1983）。

4. 〈灃西發現的乙卯尊及其意義〉，《文物》1986.7。

5. 〈平山三器與中山國史的若干問題〉，《新出青銅器研究》（北京：文物出版社，1990）。

6. 〈海外訪古記（九）〉，《文物天地》1994.1。

7. 〈論養侯玉佩〉，《故宮博物院院刊》1995.1。

8. 〈論《骨的文化》的一版刻字小雕骨〉，張永山主編，《胡厚宣先生紀念文集》（北京：科學出版社，1998）。

9. 〈花園莊東地卜辭的「子」〉，《河南博物院落成暨河南博物館建館 70 周年紀念論文集》（鄭州：中州古籍出版社，1998）。

10. 〈釋郊〉，《綴古集》（上海：上海古籍出版社，1998）。

11. 〈美國顧立雅教授及其舊藏甲骨〉，《四海尋珍》（北京：清華大學出版社，1998）。

12. 〈癸酉日食說〉，《夏商周年代學札記》（瀋陽：遼寧大學出版社，1999）。

13. 〈重新估價古代文明〉，《李學勤學術文化隨筆》（北京：中國青年出版社，1999）。

14. 〈從兩條《花東》卜辭看殷禮〉，《吉林師範大學學報（人文社會科學版）》2004.3。

15. 〈裸玉與商末親族制度〉，《李學勤文集》（上海：上海辭書出版社，2005）。

16. 〈關於花園莊東地卜辭所謂「丁」的一點看法〉，《故宮博物院院刊》2004.5。

17. 〈論殷代親族制度〉、〈帝乙時代的非王卜辭〉、〈殷代地理簡論〉，《李學勤早期文集》（石家莊：河北教育出版社，2008）。

18. 〈《殷墟甲骨輯佚》序〉，《殷墟甲骨輯佚》。又收於《文物中的古文明》（北京：商務

印書館，2008）。

19. 〈甲骨卜辭與《尚書・盤庚》〉，宋鎮豪主編，《甲骨文與殷商史（新一輯）》（北京：線裝書局，2008）。

李學勤、彭裕商

1. 《殷墟甲骨分期研究》（上海：上海古籍出版社，1996），頁 125。

宋華強

1. 〈由楚簡「北子」「北宗」說到甲骨金文「丁宗」、「啻宗」〉，發表於「2008 年國際簡帛論壇」（芝加哥：芝加哥大學國際學社，2008 年 10 月 30～11 月 2 日）。刊於武漢大學簡帛研究中心主辦，《簡帛》（上海：上海古籍出版社，2009）第 4 輯。

宋雅萍

1. 《殷墟 YH127 坑背甲刻辭研究》（台北：政治大學碩士論文，蔡哲茂先生指導，2008）。

宋鎮豪

1. 〈試論殷代的記時制度——兼論中國古代分段記時制度〉，《殷都學刊》編輯部，《全國商史學術研討會論文集》（河南：《殷都學刊》編輯部，1985）。
2. 〈商代邑制所反映的社會性質〉，《中國史研究》1994.4，頁 63～64。
3. 〈從甲骨文考述商代的學校教育》，王宇信、宋鎮豪、孟憲武主編，《2004 年安陽殷商文明國際學術研討會論文集》（北京，社會科學文獻出版社，2004）。
4. 〈商代的疾患醫療與衛生保健〉，《歷史研究》2004.2。
5. 《夏商社會生活史》（北京：中國社會科學出版社，2005）。
6. 〈從花園莊東地甲骨考述晚商射禮〉，王建生、朱歧祥主編，《花園莊東地甲骨論叢》（台北：聖環圖書股份有限公司，2006）。
7. 〈從新出甲骨金文考述晚商射禮〉，《中國歷史文物》2006.1。
8. 〈甲骨文中的夢與占夢〉，《文物》2006. 6，又收於江林昌等主編，《中國古代文明研究與學術史：李學勤教授伉儷七十壽慶紀念文集》（保定：河北大學出版社，2006）。
9. 〈花東甲骨文小識〉，《東方考古》（北京：科學出版社，2008）第 4 集。
10. 〈殷墟甲骨文中的樂器與音樂歌舞〉，中央研究院歷史語言研究所，《古文字與古代史》（台北：中央研究院歷史語言研究所，2009）第 2 輯。

宋鎮豪、劉源

1. 《甲骨學殷商史研究》（福建：福建人民出版社，2006）。

沈　培

1. 《殷墟甲骨卜辭語序研究》（台北：文津出版社，199）。
2. 〈談殷墟甲骨文中「今」字的兩例誤刻〉，《出土文獻語言研究》（廣州：廣東高等教育出版社，2006）第 1 輯。
3. 〈殷墟花園莊東地甲骨「皀」字爲「登」證說〉，《中國文字學報》（北京：商務印書館，2006）第 1 輯。

4. 〈殷卜辭中跟卜兆有關的「見」和「告」〉，《古文字研究》（北京：中華書局，2008）
   第 27 輯。

5. 〈商代占卜中命辭的表述方式與人我關係的體現〉，中央研究院歷史語言研究所，《古
   文字與古代史》（台北：中央研究院歷史語言研究所，2009）第 2 輯。

沈建華

6. 〈從花園莊東地卜辭看「子」的身份〉，《中國歷史文物》2007.1。又收於《初學集》
   （北京：文物出版社，2008）。

7. 〈卜辭中的建築——公宮與館〉，《初學集》（北京：文物出版社，2008）。又收於宋鎮
   豪主編，《甲骨文與殷商史（新一輯）》（北京：線裝書局，2008）。

沈寶春

1. 〈甲骨文「𣜶」字說新解〉，張光裕等編，《第三屆國際中國古文字學研討會論文集》
   （香港：香港中文大學中國語言及文學系、香港中文大學中國文化研究所，1997）。

吳振武

1. 〈「𩊱」字的形音義〉，中央研究院歷史語言研究所、師範大學中國文學系，《甲骨文
   發現一百周年學術研討會論文集》（台北：文史哲出版社，1999）。

何景成

1. 《商周青銅器族氏銘文研究》（濟南：齊魯書社，2009）。

2. 〈釋《花東》卜辭中的「索」〉，《中國歷史文物》2008.1。

3. 〈釋「花東」卜辭的「所」〉《古文字研究》（北京：中華書局，2008）第 27 輯。

4. 〈論西周王朝政府的僚友組織〉，《南開學報（哲學社會科學版）》2008.6。

何樹環

1. 〈說「營」〉，國立師範大學中國文學系，《第九屆中國文字學全國學術研討會論文集》
   （台北：國立師範大學中國文學系，1998）。

2. 〈釋「五丰臣」〉，國立花蓮師範學院語教系編，《第十三屆全國暨海峽兩岸中國文字
   學學術研討會論文集》（台北：萬卷樓，2002）。

3. 《西周賜命銘文新研》（台北：文津出版社，2007）。

巫稱喜

1. 〈甲骨文「出」字的用法〉，《古漢語研究》1997.1。

邱　艷

1. 《殷墟花園莊東地甲骨新見文字現象研究》（北京：華東師範大學碩士論文，張再興
   先生指導，2008）。

八劃：屈、林、周、孟、武

屈萬里

1. 〈甲骨文从比二字解〉，《中央研究院歷史語言研究所集刊》13（1948）。

2. 《殷墟文字甲編考釋》（台北：中央研究院歷史語言研究所，1961）。

林小安

1. 〈殷武丁臣屬征伐與行祭考〉，《甲骨文與殷商史》（上海：上海古籍出版社，1986）第 2 輯。

3. 〈武乙文丁卜辭補證〉，《古文字研究》（北京：中華書局，1986）第 13 輯。

4. 〈武丁晚期卜辭考證〉，《中原文物》1990.3。

5. 〈武丁早期卜辭考證〉，《文史》（北京：中華書局，1992）第 36 輯。

林宏明

1. 《小屯南地甲骨研究》（台北：政治大學博士論文，蔡哲茂先生指導，2003）。

2. 〈歷組與賓組卜辭同卜一事的新證據〉，王宇信、宋鎮豪、孟憲武主編，《2004 年安陽殷商文明國際學術研討會論文集》（北京，社會科學文獻出版社，2004）。

3. 《醉古集》（台北：台灣書房出版有限公司，2008）。

林志鵬

1. 〈先秦萬國源流考〉，《荊楚歷史地理與長江中游開發——2008 年中國歷史地理國際學術研討會論文集》（武漢：湖北人民出版社，2009）。

2. 〈釋戰國楚簡中的「曷」字〉，發表於「第一屆新出文字與文獻資料國際學術研討會」（台北：台灣大學中國文學系，2009 年 10 月 30～31 日）。

林　澐

1. 〈說王〉、〈豐豐辨〉、〈說飄風〉、〈從子卜辭試論商代家族形態〉、〈甲骨文中的商代方國聯盟〉、〈釋史墻盤銘文的「逖虘髟」〉，《林澐學術文集》（北京：中國大百科全書出版社，1998）。

2. 〈花東子卜辭所見人物研究〉，中央研究院歷史語言研究所，《古文字與古代史》（台北：中央研究院歷史語言研究所，2007）第 1 輯。

林澐、周忠兵

1. 〈喜讀《新甲骨文編》〉，「中國文字博物館」編輯部編，《首屆中國文字發展論壇暨紀念甲骨文發現 110 周年學術研討會論文集》（安陽：2009）。

林　歡

1. 《商代地理論綱》（北京：中國社會科學院研究生院博士論文，王宇信先生指導，2002）。

2. 〈甲骨文諸「牧」考〉，宋振豪等主編，《殷商文明暨紀念三星堆遺址發現七十周年國際學術研討會論文集》（北京：社會科學文獻出版社，2003）。

周守晉

1. 《出土戰國文獻語法研究》（北京：北京大學出版社，2005）。

周忠兵

1. 〈甲骨文中幾個從「土（牡）」字的考辨〉《中國文字研究》（南寧：廣西教育出版社，

2006）第 7 輯。

周鳳五

1. 〈上博四〈昭王與龔之脽〉新探〉，發表於「2008 年國際簡帛論壇」（芝加哥：芝加哥大學國際學社，2008 年 10 月 30～11 月 2 日）。修改後以〈上博四〈昭王與龔之脽〉重探〉刊於《台大中文學報》第 29 期（2008）。

周聰俊

1. 〈春秋之秋取象於蝗蟲說質疑〉，《國立編譯館館刊》30.1/2（2001）。

孟　琳

1. 《《殷墟花園莊東地甲骨》詞滙研究》（重慶：西南大學碩士論文，喻遂生先生指導，2006）。

孟蓬生

1. 〈說「櫓」——兼論「古」字的構形本意〉，《中國文字研究》（鄭州：大象出版社，2007）第 9 輯。

武振玉

1. 〈試論金文中「咸」的特殊用法〉，《古漢語研究》2008.1。

3. 〈兩周金文「暨」字用法釋論〉，《古文字研究》（北京：中華書局，2008）第 27 輯。

九劃：故、胡、姚、俞、范、施、洪

故宮博物院編

1. 《古玉菁萃》（上海：上海人民美術出版社，1987）。

胡厚宣

1. 〈甲骨文所見殷代奴隸的反壓迫鬥爭〉，《考古學報》1976.1。

4. 〈再論殷代農作施肥問題〉，《社會科學戰線》，1981.1。

5. 〈殷代農作施肥說〉，《歷史研究》1955.1。

6. 〈殷代婚姻家族宗法生育制度考〉、〈武丁時五種記事刻辭考〉、〈釋𠤏〉，《甲骨學商史論叢初集「外一種」》（石家莊：河北教育出版社，2002）。

胡厚宣、胡振宇

1. 《商代史》（上海：上海人民出版社，2004）。

胡慶鈞

1. 《早期奴隸制社會比較研究》（北京：中國社會科學出版社，1996）。

姚孝遂

1. 〈商代的俘虜〉，《古文字研究》（北京：中華書局，1979）第 1 輯。

姚孝遂、蕭丁

1. 《小屯南地甲骨考釋》（北京：中華書局，2004）。

姚萱

1. 《殷墟花園莊東地甲骨卜辭的初步研究》（北京：線裝書局，2006）。

俞偉超

1. 《中國古代公社組織的考察──論先秦兩漢的「單一僤一彈」》（北京：文物出版社，1988）。

范毓周

1. 〈甲骨文中的「尹」與「工」〉，《殷都學刊》1995.1
2. 〈甲骨文「戎」字通釋〉，王宇信、宋鎮豪主編，《紀念殷墟甲骨文發現一百周年國際學術研討會論文集》（北京：社會科學文獻出版社，2003）。
3. 〈殷墟卜辭中的「示典」〉，《古文字研究》（北京：中華書局，2008）第 27 輯。

施謝捷

1. 〈甲骨文字考釋二則〉，《考古與文物》1989.4。
2. 〈釋「索」〉，《古文字研究》（北京：中華書局，2000）第 20 輯。

洪　颺

1. 〈花園莊東地甲骨的否定詞〉，《中國文字研究》（鄭州：大象出版社，2007）總第 9 輯。

十劃：陝、唐、高、高嶋、夏、連、徐、時、荊、孫

陝西省考古研究所

1. 《陝西出土商周青銅器（二）》（北京：文物出版社，1980）。

唐　蘭

1. 《古文字學導論》（山東：齊魯書社，1981）。

高本漢

1. 《先秦文獻假借字例》（台北：中華叢書編審委員會，1974）。

高江濤

1. 〈索氏銅器銘文中「索」字考辨及相關問題〉，發表於中國社會科學院考古研究所等主辦，「紀念世界文化遺產殷墟科學發掘 80 周年考古與文化遺產論壇」（安陽：2008 年 10 月 29～31 日）。

高　明

1. 〈武丁時代「貞𩵋卜辭」之再研究〉，《高明論著選集》（北京：科學出版社，2001）。

高智群

1. 〈獻俘禮研究〉，《文史》第 35 輯（1992）。

高嶋謙一

1. 〈釋𠖎〉，中國文字學會等主辦，《中國文字學會第四屆學術年會論文集》（安陽：陝

西師範大學，2007）。

夏 淥

1. 〈甲骨語言與甲骨文考釋〉，胡厚宣、黃建中主編，《甲骨語言研討會論文集》（武昌：華中師範大學，1993）。

連邵名

1. 〈殷商卜辭與洪範五行傳〉，《學術集林》第 8 卷（1996）。

2. 〈歷組一類卜辭研究〉，《中原文物》，2003.4。

徐中舒

1. 〈耒耜考〉，《徐中舒論先秦史》（上海：上海科學技術文獻出版社，2008）。

徐義華

1. 〈商代諸婦的宗教地位〉，王宇信、宋鎮豪主編，《紀念殷墟甲骨文發現一百周年國際學術研討會論文集》（北京：社會科學文獻出版社，2003）。

2. 〈試論花園莊東地甲骨的子〉，王宇信主編，《北京平谷與華夏文明國際學術研討會論文集》（北京：社會科學文獻出版社，2006）。

徐寶貴

1. 〈殷商文字研究兩篇〉，《出土文獻與古文字研究》（上海：復旦大學出版社，2006）第 1 輯

3. 《石鼓文整理研究》（北京：中華書局，2008）。

時 兵

1. 《上古漢語雙及物結構研究》（合肥：安徽大學出版社，2007）。

荊志淳

1. 〈商代用玉的物質性〉，發表於中國社會科學院考古研究所等主辦，「紀念世界文化遺產殷墟科學發掘 80 周年考古與文化遺產論壇」（安陽：2008 年 10 月 29～31 日）。

孫 俊

1. 《殷墟甲骨文賓組卜辭用字情況的初步考察》（北京：北京大學碩士論文，沈培先生指導，2005）。

十一劃：郭、張、黃、陳、曹、常、許、章、莊

郭旭東

1. 〈甲骨文所見商代的朝覲之禮（一）〉，發表於中國社會科學院考古研究所等主辦，「紀念世界文化遺產殷墟科學發掘 80 周年考古與文化遺產論壇」（安陽：2008 年 10 月 29 ～31 日）。

郭克煜

1. 〈索氏銅器的發現及其重要意義〉，《文物》1990.7。

郭沫若

1. 〈戈琱䤹必彤沙説〉,《殷周青銅器銘文研究》(北京:科學出版社,1961)。
2. 《卜辭通纂》(京都:朋友書房,1977)。
3. 《中國古代社會研究》(石家莊:河北教育出版社,2000)。
4. 《殷契粹編》,郭沫若著作編輯出版委員會編,《郭沫若全集·考古篇》(北京:科學出版社,2002)。

郭勝強

1. 〈婦好之再認識——殷墟花東 H3 相關卜辭研究〉,李雪山等主編,《甲骨學 110 年:回顧與展望》(北京:中國社會科學出版社,2009)。

郭錫良

1. 〈介詞「于」的起源和發展〉,《古漢語語法論集》(北京:語文出版社,1998)。

郭靜雲

1. 〈論岜、散、微、嫩、美字的關係〉,《古文字學論稿》(合肥:安徽大學出版社,2008)。

張天恩

1. 《關中商代文化研究》(北京:文物出版社,2004)。

張玉金

1. 〈釋甲骨文中的「西」和「囟」字〉《中國文字》(台北:藝文印書館,1999)新 25 期。
2. 〈周原甲骨文「囟」字釋義〉,《殷都學刊》2000.1。
3. 〈關於卜辭中的「抑」和「執」是否句末與氣詞的問題〉,《古漢語研究》2000.4
4. 〈釋甲骨文中的「ъ」和「ъ」〉,《故宮博物院院刊》2001.1。
5. 《甲骨文語法學》(上海:學林出版社,2001)。
6. 〈論殷代的禦祭〉,《文史》2003.3。
7. 《甲骨卜辭語法研究》(廣州:廣東高等教育出版社,2003)。
8. 〈論殷商時代的袷祭〉,《中國文字》(台北:藝文印書館,2005)新 30 期。
9. 〈殷墟甲骨文「吉」字研究〉,《古文字研究》(北京:中華書局,2006)第 26 輯。
10. 〈論甲骨文「不」「弗」的使用與動詞配價關係〉,《中央研究院歷史語言研究所集刊》77.2(2006)。
11. 〈殷墟甲骨文詞類系統〉《西周漢語代詞研究·附錄》(北京:中華書局,2006)。
12. 〈殷商時代宜祭的研究〉,《殷都學刊》2007.2。
13. 〈釋甲骨文中的「宜」字〉,《殷都學刊》2008.2。

張世超

1. 〈殷墟花園莊東地甲骨字跡與相關問題〉,《古文字研究》(北京:中華書局,2006)第 26 輯。

2. 〈釋「㚤」〉，《古文字研究》（北京：中華書局，2008）第 27 輯。

張永山

1. 〈從卜辭中的伊尹看「民不祀非族」〉，《古文字研究》（北京：中華書局，2000）第 22 輯。
3. 〈說「大歲」〉，陝西師範大學，寶雞青銅器博物館，《黃盛璋先生八秩華誕紀念文集》（北京：中國教育文化出版社，2005）。
4. 〈周原卜辭中殷王廟號與「民不祀非族」辨析〉，中國文物學會、中國殷商學會、中山大學編《商承祚教授百年誕辰紀念文集》（北京：文物出版社，2003）。
5. 〈也談花東卜辭中的「丁」〉，《古文字研究》（北京：中華書局，2006）第 26 輯。
6. 〈商代軍禮試探〉，《二十一世紀中國考古學——慶祝佟柱臣先生八十五華誕學術論文集》（北京：文物出版社，2006）。

張秉權

1. 〈卜辭𠙵正化說〉（《中央研究院歷史語言研究所集刊》29（1958）。
2. 〈甲骨文人地同名考〉，《慶祝李濟先生七十歲論文集》（台北：清華學報社，1967）。

張亞初

1. 〈商代職官研究〉，《古文字研究》（北京：中華書局，1986）第 13 輯。

張政烺

1. 〈古代中國的十進制氏族組織〉、〈甲骨文「肖」與「肖田」〉、〈卜辭「裒田」及其相關諸問題〉、〈婦好略說〉、〈帚好略說補記〉，《張政烺文史論集》（北京：中華書局，2004）。

張榮焜

1. 《殷墟花園莊東地甲骨字形研究》（台北：國立臺灣師範大學碩士論文，季旭昇先生指導，2004）。

黃天樹

1. 〈關於非王卜辭的一些問題〉、〈重論關於非王卜辭的一些問題〉、〈子組卜辭研究〉、〈非王卜辭中「圓體類」卜辭研究〉、〈非王「劣體類」卜辭〉、〈婦女卜辭〉、〈簡論「花東子類」卜辭的時代〉、〈甲骨文中所見地支記日例〉、〈讀契雜記（三則）〉、〈甲骨新綴 11 例〉、〈《殷墟花園莊東地甲骨》中所見虛詞的搭配和對舉〉、〈甲骨文中有關獵首風俗的記載〉、〈花園莊東地甲骨中所見的若干新資料〉，收於《黃天樹古文字論集》（北京：學苑出版社，2006）。
2. 《殷墟王卜辭的分類與斷代》（北京：科學出版社，2007）。
3. 〈讀花東卜辭劄記（二則）〉，《南方文物》2007.2。
4. 〈甲骨綴合四例及其考釋〉，中國文字學會等主辦，《中國文字學會第四屆學術年會論文集》（安陽：陝西師範大學，2007）。增加二例後以〈甲骨綴合六例及其考釋〉刊於宋鎮豪主編，《甲骨文與殷商史（新一輯）》（北京：線裝書局，2008）。
5. 〈殷墟甲骨文驗辭中的氣象紀錄〉，中央研究院歷史語言研究所，《古文字與古代史》

（台北：中央研究院歷史語言研究所，2007）第 1 輯。

6. 〈殷墟甲骨文助動詞補説〉，《古漢語研究》2008.4。

7. 〈談談殷墟甲骨文中的「子」字〉，《古文字研究》（北京：中華書局，2008）第 27 輯。

黃天樹、方稚松

1. 〈甲骨綴合九例〉，《黃天樹古文字論集》（北京：學苑出版社，2006）。

黃盛璋

1. 〈西周銅器中冊命制度及其關鍵問題新考〉，《考古學研究》編輯委員會編，《考古學研究》（西安：三秦出版社，1993）。

黃銘崇

1. 〈甲骨文、金文所見以十日命名者的繼統「區別字」〉，《中央研究院歷史語言研究所集刊》76.4（2005）。

2. 〈商人日干爲生稱以及同干不婚的意義〉，《中央研究院歷史語言研究所集刊》78.4（2007）。

陳年福

1. 〈釋「以」──兼説「似」字〉，《甲骨文動詞詞滙研究》（成都：巴蜀書社，2001）。

陳光宇

1. 〈兒氏家譜刻辭之「子」與花東卜辭之「子」〉，王宇信、宋鎮豪、徐義華主編，《紀念王懿榮發現甲骨文 110 周年國際學術研討會論文集》（北京：中國社會科學文獻出版社，2009）。

陳邦懷

1. 《殷代社會史料徵存》（天津：天津人民出版社，1959）。

陳志達

1. 〈殷墟玉器的玉料及其相關問題〉，《商承祚教授百年誕辰紀念文集》（北京：文物出版社，2003）。

陳佩君

1. 〈由花東甲骨中的同卜事件看同版、異版卜辭的關係〉，中國文字學會、輔仁大學中國文學系，《第十八屆中國文字學國際學術研討會論文集》（台北：輔仁大學中國文學系，2007）。

陳英杰

1. 《西周金文作器用途銘辭研究》（北京：線裝書局，2008）。

陳偉武

1. 〈商代甲骨文中的縮略語〉，《中國語言學報》第 11 期（2003）。

陳昭容

1. 〈關於「甲骨文被動式」研究的檢討〉，中央研究院歷史語言研究所、師範大學中國文學系，《甲骨文發現一百周年學術研討會論文集》（台北：文史哲出版社，1999）。

陳　絜

1. 《商周姓氏制度研究》（北京：商務印書館，2007）。

陳煒湛

1. 〈關於甲骨文田獵卜辭的文字考訂與辨析〉，《甲骨文田獵刻辭研究》（南寧：廣西教育出版社，1995）。

2. 〈讀花東卜辭小記〉，四川大學歷史文化學院主辦，《紀念徐中舒先生誕辰 110 周年國際學術研討會論文集》（成都：四川大學歷史文化學院，2009）。

陳夢家

1. 《殷墟卜辭綜述》（北京：中華書局，2004）。

陳漢平

1. 《屠龍絕緒》（哈爾濱：黑龍江教育出版社，1989）。

陳　劍

1. 〈說花園莊東地甲骨卜辭的「丁」——附：釋「速」〉、〈金文「象」字考釋〉、〈釋「琮」及相關諸字〉、〈殷墟卜辭的分期分類對甲骨文字考釋的重要性〉，收於《甲骨金文考釋論集》（北京：線裝書局，2007）。

2. 〈甲骨文舊釋「𢓊」和「𤔲」的兩個字及金文「𤔲」字新釋〉，《出土文獻與古文字研究》（上海：復旦大學出版社，2006）第 1 輯。

3. 〈說殷墟甲骨文中的「玉戚」〉，《中央研究院歷史語言研究所集刊》78.2（2007）。

4. 〈甲骨金文舊釋「𧽚」之字及相關諸字新釋〉，《出土文獻與古文字研究》（上海：復旦大學出版社，2008）第 2 輯。

曹定雲

1. 〈論商人廟號及其相關問題〉，《新世紀的中國考古學：王仲殊先生八十歲華誕紀念論文集》（北京：科學出版社，2005）。

2. 〈殷人妃姓辯——兼論文獻「子」姓來由及相關問題〉，王建生、朱歧祥主編，《花園莊東地甲骨論叢》（台北：聖環圖書股份有限公司，2006）。

3. 〈三論殷墟花東 H3 占卜主體「子」〉（提要），發表於中國殷商學會、安陽市政府、安陽師範學院主辦，「慶祝殷墟申報世界文化遺產成功暨 YH127 坑發現 70 周年紀念研討會」（安陽：2006 年 8 月 11～14 日）。

4. 〈殷墟花東 H3 卜辭中的「王」是小乙——從卜辭中的人名「丁」談起〉，《古文字研究》（北京：中華書局，2006）第 26 輯。

5. 〈殷墟花東 H3 卜辭中的「王」是小乙——從卜辭中的人名「丁」談起〉，《殷都學刊》2007.1。

6. 《殷墟婦好墓銘文研究》（昆明：雲南人民出版社，2007）。

7. 〈三論殷墟花東 H3 占卜主體「子」〉，《殷都學刊》2009.1。略作修改後刊於《先秦、秦漢史》2009.5。

曹淑琴

1. 〈庚國（族）銅器初探〉，《中原文物》1994.3。

曹錦炎

2. 〈甲骨文合文新釋〉，《古文字研究》（北京：中華書局，2000）第 22 輯。又收於李雪山等主編，《甲骨學 110 年：回顧與展望》（北京：中國社會科學出版社，2009）。

常玉芝

1. 《殷商曆法研究》（吉林：吉林文史出版社，1998）。

常耀華

1. 《子組卜辭人物研究》、〈子組卜辭綴合兩例〉、〈花東 H3 卜辭中的「子」——花園莊東地卜辭人物通考之一〉、〈YH251、330 卜辭研究〉，收於《殷墟甲骨非王卜辭研究》（北京：線裝書局，2006）。

許進雄

1. 〈甲骨綴合新例〉，《中國文字》（台北：藝文印書館，1980）新 1 期。

章秀霞

1. 〈花東田獵卜辭的初步整理與研究〉，《殷都學刊》2007.1。

2. 〈殷商後期的貢納、徵求與賞賜——以花東卜辭為例〉，《中州學刊》2008.5。

莊惠茹

1. 〈金文「某伐」詞組研究〉，《古文字研究》（北京：中華書局，2008）第 27 輯。

十二劃：曾、彭、喻、單、馮、寒、焦

曾小鵬

1. 《《殷墟花園莊東地甲骨》詞類研究》（重慶：西南大學碩士論文，喻遂生先生指導，2006）。

曾毅公

1. 〈論甲骨綴合〉，《華學》（廣州：中山大學，2000）第 4 輯。

曾憲通

1. 〈古文字資料的釋讀與訓詁問題〉，《古文字與出土文獻叢考》（廣州：中山大學出版社，2005）。

彭邦炯

1. 〈商人卜蝝說〉，《農業考古》1983.2。

2. 〈從「嚞」、「屯」論及相關甲骨刻辭〉，《考古與文物》1989.3。

3. 〈從《花東》卜辭的行款說到印、臣及𠇑、𣪊、𣪊字的釋讀〉，宋鎮豪主編，《甲骨

文與殷商史（新一輯）》（北京：線裝書局，2008）。

彭裕商

1. 〈非王卜辭研究〉，《古文字研究》（北京：中華書局，1986）第 13 輯。

2. 《殷墟甲骨斷代》（北京：中國社會科學出版社，1994）。

3. 〈西周金文中的「賈」〉，《考古》2003.2

喻遂生

1. 〈甲骨文動詞和介詞的為動用法〉、〈甲骨文的詞頭「有」〉，收於《甲金語言文字研究論集》（成都：巴蜀書社，2002）。

2. 〈花園莊東地甲骨的語料價值〉，王建生、朱歧祥主編，《花園莊東地甲骨論叢》（台北：聖環圖書股份有限公司，2006）。

單周堯

1. 〈古文字札記二則〉，中國文字學會、輔仁大學中國文學系，《第三屆中國文字學國際學術研討會論文集》（台北：輔仁大學中國文學系，1992）。

單曉偉

1. 〈甲骨文中「徙」字及徙田問題研究〉，《中國歷史文物》2007.1。

馮洪飛

1. 《殷墟花園莊東地甲骨虛詞初步研究》（北京：首都師範大學碩士論文，黃天樹先生指導，2007）。

寒　峰

1. 〈商代「臣」的身分縷析〉，（上海：上海古籍出版社，1983）。

焦智勤

1. 〈關於新出殷商陶文四則的通信〉，宋鎮豪主編，《甲骨文與殷商史（新一輯）》，（北京：線裝書局，2008）。

十三劃：董、裘、楊、齊、詹、葛、溫

董作賓

1. 《甲骨文斷代研究例》（台北：中央研究院歷史語言研究所，1965）。

裘錫圭

1. 〈釋「畫」〉、〈釋秘〉、〈釋「求」〉、〈釋「勿」「發」〉、〈「弄」字補釋〉、〈說以〉、〈說「弜」〉、〈甲骨文中所見的商代農業〉、〈甲骨文中的幾種樂器名稱──釋「庸」、「豐」、「鞀」〉、〈甲骨文所見的商代五刑──並釋「刖」「剢」二字〉、〈說卜辭的焚巫尪與作土龍〉、〈從殷墟甲骨卜辭看殷人對白馬的重視〉、〈關於殷墟卜辭的命辭是否問句的考察〉、〈說「玄衣褖袡」──兼釋甲骨文「袒」字〉、〈論歷組卜辭的時代〉、〈古文字釋讀三則〉，收於《古文字論集》（北京：中華書局，1992）。

2. 〈說殷墟卜辭的「奠」──試論商人處置服屬者的一種方法〉，《中央研究院歷史語言

研究所集刊》64.3（1993）。

3. 〈說「捲函」——兼釋甲骨文「櫅」字〉,《華學》（廣州：中山大學出版社,1995）第 1 輯。

4. 〈甲骨文中的見與視〉,中央研究院歷史語言研究所、師範大學中國文學系,《甲骨文發現一百周年學術研討會論文集》（台北：文史哲出版社,1999）。

5. 〈說「□凡有疾」〉,《故宮博物院院刊》2000.1。

6. 〈關於商代的宗族組織與貴族和平民兩個階級的初步研究〉、〈甲骨卜辭中所見「田」、「牧」、「衛」等職官的研究〉,《古代文史研究新探》（江蘇：江蘇古籍出版社,2000）。

7. 〈關於殷墟卜辭的「瞽」〉,王宇信、宋鎮豪、孟憲武主編,《2004 年安陽殷商文明國際學術研討會論文集》（北京,社會科學文獻出版社,2004）。

8. 〈「花東子卜辭」和「子組卜辭」中指稱武丁的「丁」可能應該讀為「帝」〉,陝西師範大學,寶雞青銅器博物館,《黃盛璋先生八秩華誕紀念文集》（北京：中國教育文化出版社,2005）。

9. 〈說「姷」（提綱）〉,中央研究院歷史語言研究所,《古文字與古代史》（台北：中央研究院歷史語言研究所,2009）第 2 輯。

楊升南

1. 〈卜辭中所見的諸侯對商王室的臣屬關係〉,《甲骨文與殷商史》（上海：上海古籍出版社,1983）。

2. 〈商代人牲身份的再考察〉,《歷史研究》1988.1。

3. 〈殷墟花東 H3 卜辭「子」的主人是武丁太子孝己〉,王宇信、宋鎮豪、孟憲武主編,《2004 年安陽殷商文明國際學術研討會論文集》（北京,社會科學文獻出版社,2004）。又收於楊升南,《甲骨文商史叢考》（北京：線裝書局,2007）。又收於李雪山等主編,《甲骨學 110 年：回顧與展望》（北京：中國社會科學出版社,2009）。

4. 以上三文皆收於楊升南,《甲骨文商史叢考》（北京：線裝書局,2007）。

楊　州

1. 《甲骨金文中所見「玉」資料的初步研究》（北京：首都師範大學博士論文,黃天樹先生指導,2007）。

2. 〈說殷墟花園莊東地甲骨文「𤰃」〉,《北方論叢》2007.3。

3. 〈從花園莊東地甲骨文看商代的玉禮〉,《中原文物》2009.3。

4. 〈說殷墟甲骨文中的章（璋）〉,《首都師範大學學報（社會科學版）》2009.3。

5. 〈說殷墟甲骨文中的𤣥〉,《山西大同大學學報（社會科學版）》23.2（2009）。

楊希枚

1. 〈聯名制與卜辭商王廟號〉,《先秦文化史論集》（北京：中國社會科學出版社,1995）。

楊逢彬

1. 《殷墟甲骨刻辭詞類研究》（廣州：花城出版社,2003）。

2. 〈殷墟甲骨刻辭中「暨」的詞性〉,《殷墟甲骨刻辭詞類研究・附錄七》（廣州：花城

出版社，2003）。

楊　寬

1. 《古史新探》（北京：中華書局，1965）。

楊樹達

1. 《積微居甲文說》（上海：上海古籍出版社，2006）。

齊文心

1. 〈殷代的奴隸監獄和奴隸暴動〉，《中國史研究》1979.1。

齊航福

1. 〈《殷墟花園莊東地甲骨‧釋文》求疵〉，《中州學刊》2006.2。

2. 〈花園莊東地甲骨刻辭中新見字的初步整理〉，中國文字學會等主辦，《中國文字學會第四屆學術年會論文集》（安陽：陝西師範大學，2007）。

3. 〈花東卜辭的賓語前置句試析〉，《河北師範大學學報（哲學社會科學版）31.5（2008）。

4. 〈花東卜辭中所見非祭祀動詞雙賓語研究〉，《北方論叢》2009.5。

詹鄞鑫

1. 〈卜辭訓詁四則〉、〈讀《小屯南地甲骨》札記〉、〈卜辭殷代醫藥衛生考（節本）〉、〈釋甲骨文「叟」字〉，《華夏考——詹鄞鑫文字訓詁論集》（北京：中華書局，2006）。

葛志毅

1. 〈周原甲骨與古代祭禮考辨〉，《先秦兩漢的制度與文化》（哈爾濱：黑龍江較育出版社，1998）。

溫少峰、袁廷棟

1. 《殷墟卜辭研究——科學技術篇》（成都：四川省社會科學院出版社，1983）。

溫明榮

1. 〈《小屯南地甲骨》釋文定補〉，《考古學集刊》（北京：中國大百科全書出版社，1999）第 12 集。

十四劃：劉、趙、廖

劉一曼

1. 〈殷墟花園莊東地甲坑的發現及主要收獲〉，中央研究院歷史語言研究所、師範大學中國文學系，《甲骨文發現一百周年學術研討會論文集》（台北：文史哲出版社，1999）。

劉一曼、曹定雲

1. 〈殷墟花園莊東地甲骨卜辭選釋與初步研究〉，《考古學報》1999.3。

2. 〈論殷墟花園莊東地甲骨卜辭的「子」〉，王宇信、宋鎮豪主編，《紀念殷墟甲骨文發現一百周年國際學術研討會論文集》（北京：社會科學文獻出版社，2003）。

3. 〈論殷墟花園莊東地 H3 的記事刻辭〉，王宇信、宋鎮豪、孟憲武主編，《2004 年安陽

殷商文明國際學術研討會論文集》（北京，社會科學文獻出版社，2004）。

4. 〈殷墟花東 H3 卜辭中的馬——兼論商代馬匹的使用〉，《殷都學刊》2004.1。
5. 〈殷墟花園莊東地出土甲骨卜辭中的「中周」與早期殷周關係〉，《考古》2005.9〈1991 年殷墟花園莊東地甲骨的發現與整理〉，王建生、朱歧祥主編，《花園莊東地甲骨論叢》（台北：聖環圖書股份有限公司 2006）。
6. 〈殷墟花園莊東地甲骨卜辭考釋數則〉，《考古學集刊》（北京：科學出版社，2006）第 16 集。
7. 〈再論殷墟花東 H3 卜辭中占卜主體「子」〉，《考古學研究（六）》（北京：科學出版社，2006）。

劉雨、張亞初

1. 《西周金文官制研究》，（北京：中華書局，2004）。

劉昭瑞

1. 〈關於甲骨文中子稱和族的幾個問題〉，《中國史研究》1987.2。

劉風華

1. 《殷墟村南系列甲骨卜辭的整理與研究》（鄭州：鄭州大學博士論文，王蘊智先生指導 2007）。
2. 〈小屯村南系列甲骨綴二〉《鄭州大學學報（哲學社會科學版）》39.1（2006）。

劉　桓

1. 〈殷代史官及其相關問題〉，《甲骨徵史》（哈爾濱：黑龍江較育出版社，2002）。
2. 〈關於商代貢納的幾個問題〉，《文史》2004.4。
3. 〈關於殷墟卜辭中「丁」的問題〉、〈商史札記三則〉、〈釋甲骨文的、二字〉、〈釋「」〉，《甲骨集史》（北京：中華書局，2008）。
4. 〈卜辭所見商王田獵的過程、禮俗及方法〉，《考古學報》2009.3。

劉　釗

1. 〈釋甲骨文耤、羲、嬗、敖、諸字〉，收於《古文字考釋叢稿》（長沙：岳麓書社，2005）。
2. 〈卜辭所見殷代的軍事活動〉，《古文字研究》（北京：中華書局，1989）第 16 輯。
3. 〈釋甲骨文中的「秉棘」——殷代巫術考索之一〉，發表於「復旦大學出土文獻與古文字研究中心」網站（http://www.guwenzi.com/SrcShow.asp?Src_ID=782），2009 年 5 月 6 日。此文原發表於《故宮博物院院刊》2009.2，網路文章中增加對《花東》206「」字的討論。

劉海琴

1. 〈甲骨文的「」字及其相關文題〉，《中國文字學報》創刊號（2003）。
2. 〈「暴虎」補正〉《語言研究》25.2（2005）。
3. 《殷墟甲骨祭祀卜辭中「伐」之詞性考》（上海：華東師範大學博士論文，詹鄞鑫先

生指導，2006）。

4. 〈甲骨文「伐」字資料反映「獵首」風俗商榷〉，《傳統中國研究集刊》（上海：上海人民出版社，2006）第 2 輯。

劉道廣

1. 〈「侯」形制考〉，《考古與文物》2009.3。

劉　源

1. 〈花園莊卜辭中有關祭祀的兩個問題〉，《揖芬集——張政烺先生九十華誕紀念文集》（北京：社會科學文獻出版社，2002）。

2. 《商周祭祖禮研究》（北京：商務印書館，2004）。

3. 〈殷墟花園莊東地甲骨研究概況〉，《歷史研究》2005.2。

4. 〈殷墟花園莊東地甲骨文所見禳祓之祭考〉，王建生、朱歧祥主編，《花園莊東地甲骨論叢》（台北：聖環圖書股份有限公司，2006）。又收於李雪山等主編，《甲骨學 110 年：回顧與展望》（北京：中國社會科學出版社，2009）。

5. 〈殷墟「比某」卜辭卜說〉，《古文字研究》（北京：中華書局，2008）第 27 輯。

6. 〈讀殷墟花園東地甲骨卜辭札記二則〉，《東方考古》（北京：科學出版社，2008）第 4 集。

7. 〈再談殷墟花東甲骨卜辭中的「□」〉，宋鎮豪主編，《甲骨文與殷商史（新一輯）》（北京：線裝書局，2008）。

趙　林

1. 〈論商代的母與女〉，《中國文化大學中文學報》第 10 期（2005）。

趙平安

1. 〈從楚簡「娩」的釋讀談到甲骨文的「娩幼」〉，李學勤、謝桂華主編，《簡帛研究二○○一》（桂林：廣西師範大學出版社，2001）。

2. 〈從失字的釋讀談到商代的佚侯〉，《中國社會科學院歷史研究所學刊》第 1 輯（2001）。

3. 〈釋「㓞」及相關諸字〉，《語言》第 3 卷（2002），頁 299～300。

4. 〈戰國文字的「奉」與甲骨文「逋」為一字說〉，《古文字研究》（北京：中華書局，2000）第 22 輯。

5. 〈唐子仲瀕兒盤匜「威」字考索〉，《中國歷史文物》2008.2。又收於《古文字研究》（北京：中華書局，2008）第 27 輯。

趙　偉

1. 《《殷墟花園莊東地甲骨·釋文》校勘》（鄭州：鄭州大學碩士論文，王蘊智先生指導，2007）。

趙　誠

1. 〈甲骨文字的二重性及其構形關係〉，《古文字研究》（北京：中華書局，1981）第 6

　　輯。

2. 〈羌甲探索〉,《揖芬集——張政烺先生九十華誕紀念文集》（北京：社會科學文獻出版社,2002）。

3. 《二十世紀金文研究述要》（太原：書海出版社,2003）。

趙　鵬

1. 《殷墟甲骨文人名與斷代的初步研究》（北京：線裝書局,2007）。

2. 〈從花東子組卜辭的人名看其時代〉,中國社會科學院歷史研究所學刊編委會編,《中國社會科學院歷史研究所學刊》（北京：商務印書館,2010）第 6 集。

廖序東

1. 〈金文中的同義並列複合詞〉,《中國語言學報》第 4 期（1991）。

十五劃：蔡、蔣、鄭

蔡哲茂

1. 〈逆羌考〉,《大陸雜誌》52.6（1976）。

2. 〈殷卜辭「伊尹䭨示」考——兼論它示〉,《中央研究院歷史語言研究所集刊》58.4（1987）。

3. 〈釋「𡳆」「𠬝」〉,《故宮學術季刊》5.3（1988）。

4. 〈說「𠬝」〉,中國文字學會、中央大學中國文學系,《第四屆中國文字學全國學術研討會論文集》（中壢：中央大學中國文學系,1993）。

5. 〈卜辭生字再探〉,《中央研究院歷史語言研究所集刊》64.4（1993）。

6. 〈再論子犯編鐘〉,《故宮文物月刊》13.6（1995）。

7. 〈伊尹傳說的研究〉,李亦園、王秋桂主編,《中國神話與傳說學術研討會論文集》（台北：漢學研究中心,1996）。

8. 〈說甲骨文葬字及其相關問題〉,張光裕等編,《第三屆國際中國古文字學研討會論文集》（香港：香港中文大學中國語言及文學系、香港中文大學中國文化研究所,1997）。

9. 《甲骨綴合集》（台北：樂學書局,1999）。

10. 〈甲骨綴合對殷卜辭研究的重要性——以《甲骨綴合集》為例〉,國立台南師範學院語文教育系,《第十一屆中國文字學全國學術研討會論文集》（台南：國立台南師範學院語文教育系,2000）

11. 〈甲骨文釋讀析誤〉,國立花蓮師範學院語教系編,《第十三屆全國暨海峽兩岸中國文字學學術研討會論文集》（台北：萬卷樓,2002）。

12. 〈釋殷卜辭𢎥字的一種用法〉,《古文字研究》（北京：中華書局,2002）第 23 輯。

13. 〈釋殷卜辭的「見」字〉,《古文字研究》（北京：中華書局,2002）第 24 輯。

14. 〈《殷虛文字乙編》4810 號考釋〉,中國文字學會、中山大學中國文學系,《第十四屆中國文字學全國學術研討會論文集》（高雄：中山大學中文系,2003）。

15. 〈殷墟甲骨文字新綴五十一則〉,《古籍整理研究學刊》2003.4。

16. 《甲骨綴合續集》（台北：文津出版社，2004）。

17. 〈說殷卜辭的 ⿱凵 字〉，《中央研究院歷史語言研究所集刊》76.3（2005）。

18. 〈說殷卜辭中的「圭」字〉，《漢字研究》（北京：學苑出版社，2005）第 1 輯。

19. 〈論殷卜辭中的「⿱」字為成湯之「成」——兼論「⿱」「⿱」為咸字說〉，《中央研究院歷史語言研究所集刊》77.1（2006）。

20. 〈殷卜辭「肩凡有疾」解〉，國家圖書館等主編，《屈萬里先生百歲誕辰國際學術研討會論文集》（台北：行政院文建會，2006）。

21. 〈甲骨新綴二十七則〉，《中國文化研究所學報》第 46 期（2006）。

22. 〈甲骨新綴十則〉，《古文字研究》（北京：中華書局，2006）第 26 輯。

23. 〈釋殷卜辭的 ⿱ （贊）字〉，《東華人文學報》第 10 期（2007）。

24. 〈花東卜辭「白屯」釋義〉，中國文字學會、輔仁大學中國文學系，《第十八屆中國文字學國際學術研討會論文集》（台北：輔仁大學中國文學系，2007）。

25. 〈說殷卜辭中的「蚰」字〉，中央研究院歷史語言研究所，《古文字與古代史》（台北：中央研究院歷史語言研究所，2007）第 1 輯。

26. 〈甲骨研究二題〉，《中國文字研究》（鄭州：大象出版社，2008）總第 10 輯。

27. 〈讀契札記五則〉，發表於嘉南藥理大學通識教育中心、中國文字學會主辦，「第十九屆中國文字學全國學術研討會」（台南：嘉南藥理大學，2008 年 5 月 24～25 日）。

28. 〈武丁王位繼承之謎——從殷卜辭的特殊現象來做探討〉，「中央研究院歷史語言研究所講論會」演講稿，2008 年 9 月 15 日。

29. 〈讀契札記十則〉第一則，發表於上海華東師範大學參加中國文字研究與應用中心所舉辦，「全球視野下的中國研究高級專家國際研討會，」（2008 年 10 月 31 日至 11 月 4 日）。

30. 〈商代的凱旋儀式——迎俘告廟的典禮〉，荊志淳、唐際根、高嶋謙一編，《多維視域——商王朝與中國早期文明研究》（北京：社會科學出版社，2009）。

31. 〈YH127 坑左右背甲成對文例研究——附錄：甲骨新綴十五則〉，發表於北京大學考古文博學院與陝西省考古研究所合辦的「鳳鳴岐山——周文化國際學術研討會」（西安：2009 年 4 月 8 日～11 日）。

蔣玉斌

1. 《殷墟子卜辭的整理與研究》（吉林：吉林大學博士論文，林澐先生指導，2006）。

2. 〈乙種子卜辭（午組卜辭）新綴十四例〉《古籍整理研究學刊》2006.2。

3. 〈子卜辭新綴三十二例〉，《古文字研究》（北京：中華書局，2006）第 26 輯。

4. 〈釋殷墟白組卜辭中的「兆」字〉，《古文字研究》（北京：中華書局，2008）第 27 輯。

鄭杰祥

1. 《商代地理概論》（鄭州：中州古籍出版社，1994）。

鄭振香、陳志達

1. 〈近年來殷墟新出土的玉器〉,《殷墟玉器》(北京:文物出版社,1998)。

十六劃:錢、閻

錢鍾書

1. 《管錐編》(北京:中華書局,1979)。

閻　志

1. 〈殷墟花園莊東地甲骨卜用丁日的卜辭〉,《故宮博物院院刊》2005.1。

十七劃:蕭、鍾、魏、謝

蕭良瓊

1. 〈卜辭文例和卜辭的整理與研究〉,《甲骨文殷商史》(上海:上海古籍出版社,1986)第 2 輯。

2. 〈「臣」、「宰」申議〉,《甲骨文與殷商史》(上海:上海古籍出版社,1991)第 3 輯。

蕭　楠

1. 〈《小屯南地甲骨》綴合篇〉,《考古學報》1986.3。

鍾柏生

1. 〈卜辭中所見的殷代軍禮之二──殷代的戰爭禮〉,《中國文字》(台北:藝文印書館,1993)新 17 期。

2. 〈卜辭中所見的尹官〉,《中國文字》(台北:藝文印書館,1999)新 25 期。

魏慈德

1. 〈說甲文骨字及與骨有關的幾個字〉,中國文字學會、台灣師範大學中國文學系,《第九屆中國文字學全國學術研討會論文集》(台北:台灣師範大學中國文學系,1998)。

2. 《殷墟 YH127 坑甲骨卜辭研究》(台北:政治大學博士論文,蔡哲茂先生指導,2001)。

3. 〈論同見於花東卜辭與王卜辭中的人物〉,《故宮博物院院刊》,2005.6,。

4. 〈殷墟花園莊東地甲骨卜辭的地名及詞語研究〉,《中國歷史文物》2005.6。

5. 〈殷非王卜辭中所見商王記載〉,逢甲大學中文系主編,《文字的俗寫現象與多元性:通俗雅正,九五經典:第十七屆中國文字學全國研討會論文集》(台北:聖環圖書股份有限公司,2006)。

6. 〈關於花東卜辭主人世系及身份的幾點推測〉,《華學》(廣州:中山大學出版社,2006)第 8 輯。

7. 《殷墟花園莊東地甲骨卜辭研究》(台北:台灣古籍出版有限公司,2006)。

謝湘筠

1. 〈殷墟甲骨新綴二十組〉,《東華人文學報》第 11 期(2007)。

2. 《殷墟第十五次發掘所得甲骨研究》(台北:政治大學碩士論文,蔡哲茂先生指導,2008)。

十八劃：韓

韓江蘇

1. 《甲骨文中的沚　》，（北京：中國社會科學院研究生院碩士論文，楊升南先生指導，2001）。

3. 〈甲骨文中的「我」〉，《河北大學學報（哲學社會科學版）》2004.5。

4. 〈釋甲骨文中的「斬」字〉，《殷都學刊》2006.2。

5. 《殷墟花東 H3 卜辭主人「子」研究》（北京：線裝書局，2007）。

6. 〈殷墟 H3 卜辭主人「子」爲太子再論證〉，《古代文明》2.1（2008）。

7. 〈從殷墟花東 H3 卜辭排譜看商代樂舞〉，《中國史研究》2008.1

8. 〈對《花東》480 卜辭的釋讀〉，《殷都學刊》2008.3。

9. 〈殷墟花東 H3 卜辭時代再探討〉，《故宮博物院院刊》2008.4。

10. 〈殷墟花東 H3 卜辭「不三其一」句解〉，王宇信、宋鎮豪、徐義華主編，《紀念王懿榮發現甲骨文 110 周年國際學術研討會論文集》（北京：中國社會科學文獻出版社，2009）。

十九劃：羅

羅立方

1. 〈殷墟花園莊東地甲骨卜辭考釋三則〉，《古文字研究》（北京：中華書局，2006）第 26 輯。

羅　琨

1. 〈商代人祭及相關問題〉，胡厚宣，《甲骨探史錄》（北京：生活・讀書・新知三聯書店，1982）。

2. 〈殷商時期的羌和羌方〉《甲骨文與殷商史》（上海：上海古籍出版社，1991）第 3 輯。

3. 〈殷墟卜辭中的「先」與「失」〉，《古文字研究》（北京：中華書局，2006）第 26 輯。

羅慧君

1. 〈甲骨文「往」字構形及其句例探論〉，《東海中文學報》第 21 期（2009）。

二十劃：饒、嚴、黨

饒宗頤

1. 《殷代貞卜人物通考》（香港：香港大學出版社，1959）。

2. 〈殷代西北西南地理研究的定點〉，張光裕等編，《第三屆國際中國古文字學研討會論文集》（香港：香港中文大學中國語言及文學系、香港中文大學中國文化研究所，1997）。

3. 〈殷代歷史地理三題〉，《九州》（北京：商務印書館，2003）第 3 輯。

4. 〈殷代地理疑義舉例——古史地域的一些問題和初步詮釋〉,《九州》第 3 輯。

嚴一萍

1. 〈釋揖〉,《中國文字》（台北：藝文印書館,1985）新 10 期。

5. 〈釋 ▨ 、▨ 〉,《甲骨古文字研究》（台北：藝文印書館,1976）第 1 輯。

嚴志斌

1. 《商代青銅器銘文研究》（北京：中國社會科學院研究生院博士論文,劉一曼先生指導,2006）。

黨相魁

1. 〈《輯佚》文字隸釋稿〉,段振美等編著,《殷墟甲骨輯佚》（北京：文物出版社,2008）。

二十三劃：欒

欒豐實

1. 〈牙璧研究〉,《文物》2005.7。

附錄　試論花東卜辭中的「弜巳」及相關卜辭釋讀※

壹、前　言

　　1991 年河南安陽殷墟的花園莊東地出土了一坑甲骨，編號 91 花東 H3，是繼 1936 年 YH127 坑、1973 年小屯南地後，甲骨科學發掘最重要的成果。整理者指出：

> 花園莊東地 H3 坑，共發現甲骨 1583 片，卜甲 1558 片（腹甲 1468
> 片、背甲 90 片），卜骨 25 片。有刻辭的甲骨 689 片，其中刻辭卜甲
> 684 片（腹甲 659 片、背甲 25 片），刻辭卜骨 5 片。〔註1〕

※　　本文曾發表於《輔大中研所學刊》第 20 期（2008）。今修訂後置於本文附錄，並
　　將原中英文摘要、參考書目、附圖刪除。另外，筆者寫作此文時尚未取得馮洪飛
　　先生的《殷墟花園莊東地甲骨虛詞初步研究》（北京：首都師範大學碩士論文，黃
　　天樹先生指導，2007），故於此修訂版中加入該文相關說法。再者，筆者寫作此文
　　時僅取得韓江蘇先生的博士論文，今已取得線裝書局正式出版的版本，也一併將
　　書目與引用頁數改爲正式出版者。

〔註 1〕中國社會科學院考古研究所編著，《殷墟花園莊東地甲骨》（昆明：雲南人民出版
　　社，2003）第 1 冊「前言」，頁 3。

《殷墟花園莊東地甲骨》出版後，學者又找出兩片重片，並有八組綴合。〔註2〕由於花東卜辭的內容非常豐富，涵蓋甲骨學研究的各層面，引起甲骨學界一定程度的重視，目前兩岸已累積了不少以花東卜辭為主題的研究成果。

本文所要討論的是花東卜辭中接在否定副詞「弜」後的「巳」字應如何解釋。關於甲骨文「弜」字的讀音，王國維認為「弜」為弓檠的「柲」的本字，當讀為「弼」，「弼」又通「茀」、「蔽」，〔註3〕黃天樹先生指出古音「弗」在幫紐物部，「弜」在並紐物部，聲皆脣音，韻部相同，甲骨文中還有在「弗」字上加「弜」聲的兩聲字，〔註4〕而裘錫圭先生同意王國維讀「弜」為「弼」，並認為與「叚」、「勿」音近，〔註5〕可知上古「弜」、「弗」、「叚」、「勿」等否定詞讀音都非常接近。裘先生並進一步分析「弜」字的用法，認為與「叚」字用法相似：

> 卜辭裏的副詞性否定詞有「不」、「弗」、「叚」、「弜」、「勿」、「母（毋）」等字。前四個是主要的，後二字出現的次數比它們少的多。「叚」是「發」射之「發」的初文，卜辭多用作否定詞，從文例看，「叚」和「勿」有可能是假借來表示同一個詞的。但兩者本來並非一字，所以嚴格說，不能把「叚」直接釋作「勿」。在四個主要的否定詞裏，「叚」和「弜」的用法相似，「不」和「弗」的用法也比較接近，而「叚」、「弜」和「不」、「弗」的用法則有明顯區別。粗略的說，「不」、「弗」是表示可能性和事實的，「叚」、「弜」是表示意願的。如果用現代的話來翻譯「不⋯⋯」「弗⋯⋯」往往可以翻成「不會⋯⋯」，「叚⋯⋯」、「弜⋯⋯」則跟「勿⋯⋯」一樣，往往可以翻成「不要⋯⋯」。〔註6〕

〔註2〕 姚萱，《殷墟花園莊東地甲骨卜辭的初步研究》（北京：線裝書局，2006），頁228。
按：至目前為止，包含疑似可綴與新綴者共十三組，詳見正文第一章第一節。

〔註3〕 王國維，《觀堂集林》（北京：中華書局，1959）「釋柲」，頁298～299。

〔註4〕 黃天樹，〈殷墟甲骨文「有聲字」的構造〉，《黃天樹古文字論集》（北京：學苑出版社，2006），頁276。

〔註5〕 裘錫圭，〈說「弜」〉，《古文字論集》（北京：中華書局，1992），頁118。

〔註6〕 〈說「弜」〉，《古文字論集》，頁117。歷來討論可參于省吾主編，《甲骨文字詁林》，（北京：中華書局，1996），頁2623～2630。以下簡稱《詁林》。

其說爲大多數學者接受。其後張玉金先生全面整理卜辭中的否定副詞，詳細區分其用法，並指出「弜」字：

> 一般用在謂語動詞是表示占卜主體能控制的動作行爲的否定句裏，
> 表示對必要的否定，可譯爲「不宜」、「不應該」。〔註7〕

　　再從語法來看，「弜」後所接詞語以謂語動詞爲主，「弜」字與謂語動詞間還可出現多種類型的詞語及短語。在帶有「弜」字的語句中，其語法結構與本文有關者有四：（1）「弜+動詞」，句型如「弜酒」（《合》25968），即「不應該進行酒祭嗎。」（2）「弜+副詞+動詞」，句型如「弜其祝」（《合》32563），即「不應該進行祝祭嗎。」（3）「弜+時間詞語+動詞」，句型如「其祝妣辛，惠翌日辛酒」「弜翌日辛酒」（《屯》261），即「爲助成對妣辛的祝祭在辛日那天進行酒祭好呢。還是不在辛日那天進行酒祭好呢。」（4）「弜+動詞性並列結構」，句型如「弜禱告」（《英》2460），即「不應該進行禱祭和告祭嗎。」〔註8〕

　　花束卜辭中出現「弜巳」者共有六例，關於甲骨文「弜」字的形、音、義與用法已如上述，而「巳」字解釋較爲分歧，其意義爲何影響到卜辭的釋讀與斷句。由於學者看法各異，卻未詳論，本文擬對此六例作初步的討論，並釋讀相關卜辭。

貳、花束卜辭「弜巳」諸家釋文異同概述

　　「弜巳」見於《花東》13、34、324、391、446、449 六版，〔註9〕主要四家釋文稍有不同，茲對照如下：

〔註7〕張玉金，《甲骨文語法學》（上海：學林出版社，2001），頁40。又見《甲骨文虛詞詞典》（北京：中華書局，1994），頁35。《甲骨文語法學》一書將《甲骨文虛詞詞典》內容系統化，並增補新資料，如否定副詞部分，除原有「勿」、「弜」、「不」、「弗」、「毋」、「非」外，還增加了「妹（蔑）」字。

〔註8〕節引自《甲骨文虛詞詞典》，頁35～46。「弜」字在語法上的規則可參考此書。

〔註9〕本文引用花束卜辭之號碼爲《花園莊東地甲骨》之片號，一律簡稱爲「《花東》+號碼」，連續引用時省略爲「《花東》+號碼、號碼……」。其他甲骨著錄亦同。

殷墟花東 H3 甲骨刻辭所見人物研究

	《殷墟花園莊東地甲骨·釋文》〔註10〕（簡稱《花東·釋文》）	《殷墟花園莊東地甲骨校釋》〔註11〕（簡稱《校釋》）	《殷墟花園莊東地甲骨卜辭的初步研究》〔註12〕（簡稱《初步研究》）	《甲骨文校釋總集》卷十九〔註13〕（簡稱《校釋總集·花東》）
13	弜巳祝，叀之用于祖乙？用。	弜巳祝，叀之用于祖乙？用。	弜巳祝，叀（惠）之用于且（祖）乙。用。	弜巳，祝叀之，用于祖乙。用。
34	乙巳卜：丁〔各〕，子弜巳，再？不用。	乙巳卜：丁〔各〕，子弜巳，再？不用。	乙巳卜：丁〔各〕，子弜巳再。不用。	乙巳卜，丁〔各〕，子弜巳，再。不用。
324	己亥卜：弜巳（祀）〔馺〕庚□□莫？	己亥卜：弜巳（祀）〔馺〕〔妣〕庚，□〔至〕莫？	己亥卜：弜巳〔馺〕眔畚黑。	己亥卜，弜巳，〔馺〕眔畚莫。
391	弜巳（祀）匽燕？弜巳（祀）匽燕？用。	弜巳（祀）匽燕？弜巳（祀）匽燕？用。	弜巳匽禾（燕*）〔註14〕弜巳匽禾（燕*）。用。	弜巳，匽禾。弜巳，匽禾。用。
446	乙卜：弜巳（祀）銎丁？壬卜：弜巳（祀）銎丁？	乙卜：弜巳（祀），銎丁？壬卜：弜巳（祀），銎丁？	乙卜：弜巳銎（速）丁。壬卜：弜巳銎（速）丁。	乙卜，弜巳，銎丁。壬卜，弜巳，銎丁。
449	乙亥：弜巳（祀），叙Ψ龜于室？用。	乙亥：弜巳（祀），叙Ψ龜于室？用。	乙亥：弜巳叙盆龜于室。用。	乙亥，弜巳，叙盆龜于室。用。

《釋文》、《校釋》在命辭後標問號，《初步研究》、《校釋總集》在命辭後標句號，可見四家釋文對命辭性質的看法。〔註15〕各家釋讀各有所本，對各版的關鍵字、

〔註10〕《殷墟花園莊東地甲骨》第6冊「殷墟花園莊東地甲骨釋文」。此為最早之花東卜辭釋文。

〔註11〕朱歧祥，《殷墟花園莊東地甲骨校釋》（台中：朱歧祥發行，2006）。以作者對花東卜辭研究之相關論文觀點為主對釋文進行全面整理，兼及作者學生之觀點。

〔註12〕《殷墟花園莊東地甲骨卜辭的初步研究》由作者之博士論文修改，為目前對花東卜辭文例、文字考釋等方面最深入之研究。

〔註13〕曹錦炎、沈建華編著，《甲骨文校釋總集》卷十九「花園莊東地甲骨」（上海：上海辭書出版社，2006）。為目前最新的釋文。

〔註14〕該書以「*」號表示字的解釋有爭議，此字尚無合理考釋，本文暫不隸定。

〔註15〕卜辭命辭性質問題學者意見分歧，未有定論，此非本文主題，相關討論從略，本

詞考釋與句法詮釋不同是歧異的主因。此進一步簡述各家看法：

（1）《花東‧釋文》在《花東》324 的說明中認為「⚹，釋『巳』，乃『祀』之省，祭名。」〔註16〕並且將《花東》391、446、449 的「巳」都釋作「祀」。至於《花東》13、34《花東‧釋文》並未釋為「祀」，不確定其釋為何字，其中《花東》34 從斷句來看，《釋文》可能認為「巳」是動詞。

（2）《校釋》對「巳」字的看法基本上與《花東‧釋文》同，釋文則有小異：《花東》324 對缺字看法與《花東‧釋文》不同。《花東》446 在「奎丁」前加逗點。《花東》391 斷句朱歧祥先生在〈論花園莊東地甲骨的對貞句型〉一文中有所修改，在「巳」後加逗點。相關討論詳見下文。

（3）《初步研究》皆隸定為「巳」，且不在「巳」後斷句，書中並未特別作解釋。

（4）《校釋總集‧花東》則一律於「巳」後斷句。由於該書釋文採寬式，且全書內容不涉及文字考釋，因此不知該書將「巳」釋為何字，然由標點可推測作者可能認為此六「巳」皆為動詞。

此六例中，《花東》324、449 的「巳」字爭議較小，學者多釋作「祀」，其他四版的「巳」各家說法不同，也影響了相關卜辭的釋讀，而馮洪飛將此六例的「巳」都視為「語氣副詞」，與各家不同。〔註17〕本文同意《花東》324、449 的「巳」為動詞「祀」，《花東》34、391 的「巳」應為語氣副詞，另二版則不易確定。以下進一步討論，並對相關卜辭作初步的詮釋。

參、卜辭中所見「巳」及「弜巳」的詞義與用法

過去學者對卜辭中的「巳」字多有討論，關於此字的字形與用法，《甲骨文字詁林》「子（⚹）」字按語指出：「卜辭⚹或⚹均用為祀。干支『辰巳』之『巳』則借子為之。」〔註18〕明確指出卜辭中作為干支的「巳」不作「⚹」或「⚹」

文一律於命辭後標句號。

〔註16〕《釋文》，頁 1693。

〔註17〕《殷墟花園莊東地甲骨虛詞初步研究》，頁 20。

〔註18〕《詁林》，頁 539。

形。至於卜辭「𠂤」字字義，《詁林》按語總結爲年祀之「祀」、祭祀之「祀」、地名三種用法，並對張政烺所提出作副詞的用法表示贊同，共計四種用法。又指出：「甲骨文『巳』與『祀』有時可通用，但已分化。只能視爲同源，而不能視爲同字。」〔註 19〕亦可知「𠂤」字不作干支字用。〔註 20〕爲便於行文，本文隸定爲「巳」者皆指「𠂤」，從前後文可確知爲干支用法者也隸定爲「巳」，不另加說明。

「巳」字的前三種用法，基本上爲學者接受，而作爲副詞的用法，學者間有不同意見。〔註 21〕本文認爲「巳」字確有副詞的用法。張政烺最早指出卜辭「弜巳」一詞常在動詞前面，當是副詞，字義應即《說文·巳部》的「巳，已也」。他舉出下列幾條卜辭爲例：

癸卯卜，狄貞：其兄（祝）。

癸卯卜，狄貞：弜巳兄（祝）。　　《合》30757〔註 22〕

其戠日。

弜巳戠日，吉。　　《合》38115

其𥄗（禦），〔受〕☒。

〔註 19〕《詁林》，頁 1787～1789。

〔註 20〕何以卜辭中的干支「巳」作子形，後代卻爲「𠂤」形。字形轉變何時產生。又卜辭中不作干支字的「𠂤」與後代作干支用的「𠂤」有何關係。都是難以解釋的問題。曹定雲先生曾整理殷周金文中地支「巳」的形體變遷，提出「戰國中期至晚期，地支『巳』作『𠂤』，不再作『𠂤』」的說法，可備一說。詳見〈殷人妃姓辯——兼論文獻「子」姓來由及相關問題〉，王建生、朱歧祥主編，《花園莊東地甲骨論叢》（台北：聖環圖書股份有限公司，2006），頁 390～392。

〔註 21〕如《甲》3915（即下文所引《合》30757）中的「弜巳」，屈萬里認爲「巳」應讀爲「祀」。見《殷墟文字甲編考釋》（台北：中央研究院歷史語言研究所，1961），頁 490。張政烺則認爲「巳」是副詞。又如《殷墟甲骨刻辭類纂》中除「巳賓」一詞隸定作「巳」外，其他一律隸定作「祀」，包括「勿祀」、「弜祀」等詞條。詳見姚孝遂主編，《殷墟甲骨刻辭類纂》（北京：中華書局，1989），頁 686～687。不過姚孝遂是《詁林》按語的編撰者，卻在按語中肯定張政烺之說。

〔註 22〕本版右甲橋正面上端有殘辭「☒狄☒亲☒」左邊相對位置上爲「癸卯卜，狄貞：弜巳叀（惠）又𠂤𠂤。」此辭可能爲反面對貞句，無法視爲單獨的句子考查，又由於正面辭殘，無法據以推測「弜巳」何解，故暫存疑待考。

　　弜巳钔（禦）。　　　《合》30759

　　其羍（禱），王受又（祐）。

　　弜巳羍（禱），于之若。　　《合》27370

認為：

> 在一些卜辭裏「弜巳」和「其」對言。「其」是該，表示一種試問的
> 語氣，和其簡單地相對的是弜，是否定的語氣。「弜巳」和「弜」不
> 同，它處於另一個極端，是全面肯定的語氣。……馬王堆帛書《老
> 子》（據甲本，缺字用乙本補）作：
>
> > 謂天毋巳清將恐裂，謂地毋巳寧將恐發，謂神毋巳靈將恐歇，
> > 謂谷毋巳盈將恐渴，謂侯王毋巳貴以高將恐蹶。
>
> 這裏一連串「毋巳」，義為「無休止地」，用普通話來說就是「沒完
> 沒了地」（參考《老子》河上公《章句》），卜辭「弜巳」義正相同。
> 〔註23〕

裴錫圭先生也針對同樣的問題提出看法，認為接於「弜」字後的「巳」應為虛
詞，他指出：

> 在正反對貞的卜辭裏，如果反面卜辭說「弜祀」，正面卜辭就應該說「祀」。
> 但在上引對貞卜辭裏，「巳」字卻只見於反面卜辭裏的否定詞之後，從來不在正
> 面卜辭裏出現。看來這種「巳」字應該是一個意義比較虛的詞。

《詩·唐風·蟋蟀》首章至三章都有「無已大康」的話：

> 無已大康，職思其居。　　首章
>
> 無已大康，職思其外。　　次章
>
> 無已大康，職思其憂。　　三章

丁聲樹先生認為詩中的「職」字與「式」通（丁文491頁），合於詩
義。上引辭例（4）〔註24〕以「異」與「勿巳」對言，《蟋蟀》以「職」

〔註23〕張政烺，〈殷契「魯田」解〉，《張政烺文史論集》（北京：中華書局，2004），頁593
　　　～594。原刊於1983年上海古籍出版社出版之《甲骨文與殷商史》，文末記「一九
　　　八一年四月十五日改訂」。

〔註24〕辭例（4）為：「甲子卜，狄貞：王異其田，亡災。」與「甲子卜，狄貞：王勿巳田。」

與「無（毋）巳」對言。「巳」和「已」古本一字，卜辭「勿巳」、「弜巳」的「巳」和《蟋蟀》「無已」的「已」可能是同一個詞。

……「巳」和「異」古音極近。它們之間的關係跟卜辭常見的虛詞「惠」（原作叀）和「唯」的關係相似。「惠」和「唯」音義都很接近。但是「唯」常常在「勿～弜」後面出現，「惠」卻從來不在「勿～弜」後面出現。在武丁時代甲骨文裏屢見正面卜辭用「惠」，反面卜辭用「勿唯」的例子。這跟「勿～弜」後面總是跟著「巳」不用「異」的情形是平形的。所以「巳」應該是跟「異」意思相近的一個虛詞。

〔註25〕

張玉金先生承裘說，並作出總結，認爲作爲語氣副詞的「巳」：

祇出現在謂語動詞是表示辭主能夠控制的動作行爲的語句裏（這跟「惠」相同），並且祇出現在否定句裏（這跟「惠」相反），表示必要的語氣，同時有強調否定的作用。〔註26〕

「弜」字如前述，表示對必要性的否定，作爲語氣副詞的「巳」則有加強「弜」語氣的作用。然而，張政烺先生將「弜巳」比照「毋巳」解釋爲「無休止地」、「沒完沒了地」，爲「巳」字提供了另一條解釋路徑。陳年福先生不同意張玉金先生的看法，他認爲「『巳』、『已』古本一字，上古『已然』之『已』本借『巳』或『吕（以）』爲之」，「『吕』字也是借自『巳』的孳乳字」，因此認爲「弜巳」的「巳」應作「已然」解，爲「時間副詞」。〔註27〕究竟「弜巳」的「巳」是「語氣副詞」還是「時間副詞」，本文贊成裘錫圭張玉金二位先生之說，對此問題，花東卜辭中的「弜巳」或可提供參考，如《花東》34「丁各，子再」與「丁〔各〕，子弜巳再」，是卜問丁來到子處後是否舉行「再」禮的對貞句型，其「巳」字就難以解釋爲「已然」（詳下文）。

（《合》30757）

〔註25〕 裘錫圭，〈卜辭「異」字和詩書裏的「式」字〉，《古文字論集》，頁 133。原刊於 1983 年出版之《中國語言學報》第 1 期。文中指出「異」應是表可能和意願的虛詞。

〔註26〕 《甲骨文語法學》，頁 38。

〔註27〕 陳年福，《甲骨文動詞詞滙研究》（成都：巴蜀書社，2001），頁 239～240。

　　此外，第五期卜辭中有「弜改」一詞，張政烺與裘錫圭二位先生都認爲可能與「弜巳」用法相同，〔註28〕而張政烺也已指出《侯馬盟書》和《詛楚文》中的改字字形與甲骨文的「改」字相同。由於對「改」字的理解不同，對「弜巳」也出現另一種解釋。李學勤先生認爲甲骨文的「改」字字形與字義都與後代的「改」字一脈相承，應解釋爲「更改」，故「弜改」、「弜巳」義爲「不要更改」，並認爲如此解釋則相關卜辭都能通讀。〔註29〕李說亦合理，但與釋「巳」爲虛詞的觀點無法相容。由於李文涉及層面較廣，引用辭例包括舊有卜辭及周原甲骨，非本文所能討論，且本文焦點爲花東卜辭，因此暫存其說，並就花東卜辭六例，討論其「弜巳」的解釋在「虛詞」、「祀」、「改」三種可能性中何者較爲合理。

肆、花東卜辭的「弜巳」及相關卜辭釋讀

　　了解了卜辭「巳」的用法後，便可討論花東卜辭中的「弜巳」，基本上此「巳」可分爲兩類，一作虛詞，一作動詞「祀」，另有二例不易判定詞性。以下分述之。

一、用作虛詞的「巳」

（一）《花東》34

首先看《花東》34，卜辭節錄如下：

　　乙巳卜：子大冎。不用。　一

　　乙巳卜：丁各，子冎小。用。　一

　　乙巳卜：丁各，子冎。用。　一二

　　乙巳卜：丁〔各〕，子弜巳冎。不用。　一二

　　乙巳卜：丁各，子〔于寡（庭）〕〔註30〕冎。用。　一

〔註28〕〈殷契「𦥑田」解〉，《張政烺文史論集》，頁594；〈卜辭「異」字和詩書裏的「式」字〉，《古文字論集》，頁135。

〔註29〕李學勤，〈釋「改」〉《中國古代文明研究》（上海：華東師範大學出版社，2006）。

〔註30〕〔〕內所補據《初步研究》，頁240，趙偉先生也有同樣意見。見《《殷墟花園莊東地甲骨‧釋文》校勘》（鄭州：鄭州大學碩士論文，王蘊智先生指導，2007），頁12。以下簡稱《校勘》。

乙巳卜：子于〔帚（寢）〕〔註31〕再。不用。　一　《花東》34

「再」字本義爲「舉」，引申爲「興起」而有「稱述」、「舉兵」、「祭祀奉獻」等意義，〔註32〕如《合》32535「王其再**珌**（珌）〔註33〕于祖乙」即「王舉珌獻於祖乙」。花東卜辭的「再」也作舉、獻義解，出現在對丁獻禮的卜辭中，茲舉二例如下：

丙卜：叀（惠）嫊（瑳）〔註34〕吉⇧（圭）〔註35〕再丁。　一

丙卜：叀（惠）玄〔註36〕⇧（圭）再丁，亡絽。　一　《花東》286

丙寅卜：丁卯子🐚（勞）丁，再𢿥⇧（圭）一、絽九。才（在）🐚。
來戰（狩）自鞏。　一二三四五　《花東》480

《花東》286 是卜問要進獻「瑳吉圭」還是「玄圭」給商王武丁。《花東》480 李學勤先生認爲是武丁從鞏地狩獵歸來，子前往迎接慰勞的記載，〔註 37〕故

〔註31〕同上。

〔註32〕見《詁林》，頁 3138～3139。其中將「再冊」的解釋學者意見紛歧，尚有爭議。卜辭中還有「龜（秋）再」、「燮大再」等詞，前指蝗災興起，後者「燮」字未有定論，或指某種災害。

〔註33〕此字陳劍先生認爲象玉戚之形，釋爲珌，見陳劍，〈說殷墟甲骨文中的「玉戚」〉，《中央研究院歷史語言研究所集刊》78.2（2007）。以下花東卜辭釋文釋爲珌者皆從陳說。

〔註34〕從《初步研究》考釋，見頁 212。

〔註35〕方稚松先生指出「吉」字後有「⇧」字（《初步研究》，頁 212）。⇧字見於《花東》193、203、286、359、363、475、480、490。劉一曼，曹定雲二位先生認爲此字「不能簡單的說⇧象玉圭之形。因爲殷墟出土玉器之中，圭出土數量不多，並有平首與尖首之分，且以平首爲主。玉戈的數量遠較圭爲多。玉戈、尖首圭、部分尖首的柄形飾，形體與⇧字相近，……⇧可能是玉戈類器物的泛稱。」見〈殷墟花園莊東地甲骨卜辭考釋數則〉，《考古學集刊》（北京：科學出版社，2006）第 16 集，頁 248。蔡師哲茂從卜辭辭例與文獻資料論證，認爲此字應即「圭」字。詳見〈說殷卜辭中的「圭」字〉，《漢字研究》（北京：學苑出版社，2005）第 1 輯。

〔註36〕此字據《初步研究》釋爲「玄」。（頁 240）趙偉先生也有同樣意見，見《校勘》，頁 49。

〔註37〕李學勤，〈從兩條《花東》卜辭看殷禮〉，《吉林師範大學學報（人文社會科學版）》2004.3，頁 2。

爲行禮時是否獻「彬圭一」與「緼九」的卜問。《花東》34 內容即「冉」禮的事前卜問，其中「冉小」應爲「小冉」，[註38]《花東》228 有「叀大歲又于祖甲。不用」與「叀小歲攺于祖甲。用。一羊」對貞的例子，《花東・釋文》指出「大歲」與「小歲」可能指歲祭規模的大小，[註39] 本版「小冉」與「大冉」也應指儀式的規模大小。此外《花東》34 卜問在「庭」或「寢」行禮也讓我們了解冉禮可在這兩個場所舉行，「庭」即宮室中有圍牆封閉的露天庭院，「寢」即寢室，亦有用爲安置神主之寢廟，[註40] 花東卜辭中有其他在「庭」行冉禮的記載，如：「己亥卜：于宮（庭）冉𢆶（琡）𤣩。[註41]。用。」（《花東》29）由以上資料可知，花東卜辭中記載了冉禮的部分流程與內容，包括行禮目的、事前準備、行禮地點、進獻禮器等，對殷禮研究而言，是非常重要的第一手資料。

　　上引《花東》34 卜辭內容兩兩對貞，首先卜問丁來時要進行大規模的冉禮

[註38]《花東・釋文》，頁 1572。

[註39]《釋文》，頁 1651。《花東》228「大歲」與「小歲」對貞的例子解決了卜辭中是否有「太歲」的問題。胡厚宣先生曾認爲《合》33692「弜又于大歲神」的「大歲」應爲「太歲」，花東卜辭公布後，黃天樹先生即用《花東》228「大歲」與「小歲」對貞的例子，說明《合》33692 中的「大歲」也應指「大規模的歲祭」。詳見〈花園莊東地甲骨中所見的若干新資料〉，《黃天樹古文字論集》，頁 450。張永山先生亦有類似說法，並進一步指出《花東》228 的「大歲」與其他卜辭中的「大歲」、「大禦」、「大祈」都是指大規模祭祀。詳見〈說「大歲」〉，陝西師範大學，寶雞青銅器博物館，《黃盛璋先生八秩華誕紀念文集》（北京：中國教育文化出版社，2005）。

[註40] 宋鎭豪，《夏商社會生活史》（北京：中國社會科學出版社，2005）上冊，頁 87。此書 1994 年 9 月初版，本文引用版本爲增訂版，其中增補了許多新資料，內容也有所修改。魏慈德先生對花東卜辭中的禮儀與行禮地點有精要的整理，可參，詳見魏慈德，《殷墟花園莊東地甲骨卜辭研究》（台北：台灣古籍出版有限公司，2006），頁 110～112。

[註41]《花東》149 也有己亥日卜問「叀今夕冉琡𤣩」的內容。「𤣩」字陳劍先生認爲是人名，即《花東》197「子禦𤣩妣庚，又饗」的「𤣩」。見〈說殷墟甲骨文中的「玉戚」〉，《中央研究院歷史語言研究所集刊》78.2，頁 420。但「𤣩」與「𤣩」未必同字，「𤣩」也可能是獻給丁的玉器，楊州先生認爲「𤣩」應爲「牙璋」，見楊州，《甲骨金文中所見「玉」資料的初步研究》（北京：首都師範大學博士論文，黃天樹先生指導，2007），頁 43～57。

還是小規模的舟禮，接下來卜問是否要由子親自行舟禮，〔註42〕其結果是「子舟」的卜問被採用，最後卜問行禮地點在庭還是在寢。很明顯第二組對貞句是正反對貞句型，對同一件事正反兩面卜問，卜問子是否要在丁到來之後親自對丁行舟禮，先正面卜問「子舟」，再反面卜問「子弜巳舟」，「巳」為語氣詞，無實義。若將「巳」釋為「祀」，則如前引裘先生所言，反面是「弜祀」，則正面應卜問「祀」，無論解釋為正反對貞或選貞句型，都無法通讀。以下表列幾種基本狀況：

		正反對貞 A 狀況	正反對貞 B 狀況		正反對貞 C 狀況	
巳為虛詞	正	子舟				
	反	子弜巳舟				
巳為祀			正	子祀舟（多祀）	正	子祀，舟（多祀）
			反	子弜祀舟	反	子弜祀，舟
		選貞 A 狀況	選貞 B 狀況		選貞 C 狀況	
巳為祀	正	子舟		子弜舟（多弜）		子弜祀（全異）
	反	子祀（全異）	正	子弜祀（全異）	正	子弜祀，「某」（全異）
		子祀舟（少弜）				子弜「某」，舟（全異）
		子祀，舟（少弜）	反	子弜祀舟	反	子弜祀，舟

可知釋「巳」為虛詞較能符合卜辭原貌。另外，此為卜問丁來後是否行舟禮，「巳」也無法解釋為「已然」。至於是否可釋為「改」，由於本版關於舟的卜問皆有用辭，「子舟」的結果是「用」，「子弜巳舟」的結果是「不用」，若「弜巳舟」解釋為「不要更改，仍然行舟」，則是對「子舟」卜問的進一步肯定，應該也是「用」才對。故本文認為「巳」應為加強語氣之語氣副詞，斷句為「子弜巳舟」，不應斷為「子弜巳，舟」。

〔註42〕楊州先生指出，從《花東》427、193、196、90 可知，對丁或婦好的獻禮不一定由子親自執行，如《花東》427 是卜問子親自獻禮丁是否侃，《花東》193「乙亥：子惠白圭舟。用。唯子獻」的「唯子獻」就是用辭後的補充記錄，記下了由子親自進獻。《花東》196 卜問呼多尹進獻玉璧給丁，丁是否侃，至於《花東》90 的「琡、🗾其入于丁，若」的「🗾」一般認為可能是某種進獻的禮器，楊先生認為是進獻者的名子，可備一說。詳見《甲骨金文中所見「玉」資料的初步研究》，頁 106。

（二）《花東》391

與《花東》34 類似的還有《花東》391：

　　己巳卜：子[囷][舞]。用。庚。　一

　　弜巳[囷][舞]。　一

　　辛未卜：[囷][舞]。不用。　一

　　弜巳[囷][舞]。用。　一　　《花東》391

這幾條卜辭最大的釋讀問題是「囷」與「[舞]」的字義。[舞]字辭例較多，《釋文》指出早期學者釋[舞]爲「燕」，借爲「燕享」。此字也有可能是人名、祭名，傾向釋爲祭名。〔註43〕《校釋》認爲此字借爲飲宴的「宴」。〔註44〕趙偉先生對此字的解釋較爲嚴謹，在《花東》23 的校勘中指出：

　　甲骨文中，「燕」字本作「[字]」，像燕鳥之形。子後一字本作「[字]」，
　　在甲骨文中多用爲人名或族名，或以爲「[字]」爲「燕」之異體，但
　　兩者有同見一辭之例，自非一字。〔註45〕

歷來有不少學者以[字]、[字]二字同出一片之例，認爲二者非一字，辭例如「壬子卜，史貞：王[舞]惠吉[字]（燕）。八月」（《合集》5280）而[舞]字多見「王[舞]惠吉」與「以[舞]」的用法，或可解釋爲祭名、[舞]祭之人，此外就字形而言，[舞]字反而更接近「舞」字，故或謂此字爲舞蹈之祭儀。〔註46〕朱鳳瀚指出從「王[舞]惠吉，不遘雨」來看，可能是一種貴族禮儀，或許要露天舉行，從卜辭所記情況看，未必皆於祭祀時舉行。〔註47〕然此字形、音、義難考，讀爲後代何字目前仍無合理的說法。見於花東卜辭中的[舞]字用法較爲特殊，與常見的用法不同，茲選錄辭例如下：

〔註43〕《花東·釋文》，頁 1567。

〔註44〕《校釋》，頁 964。

〔註45〕《校勘》，頁 10。另見王蘊智、趙偉，〈《殷墟花園莊東地甲骨·釋文》校勘記（一）〉，
　　　　《中國文字學會第四屆學術年會論文集》（安陽：中國文字學會，2007 年 8 月 8～
　　　　11 日），頁 523。

〔註46〕《詁林》，頁 261～263。

〔註47〕朱鳳瀚，〈讀安陽殷墟花園莊東地出土的非王卜辭〉，《商周家族形態研究（增訂本）》
　　　　（天津：天津古籍出版社，2004），頁 611。

己酉卜：翌日庚，子乎（呼）多臣 ⿱ 見（獻）丁。用。不率。〔註48〕一
《花東》34

庚戌卜：子乎（呼）多臣 ⿱ 見（獻）。用。不率。　一

庚戌卜：弜乎（呼）多臣 ⿱。　一　《花東》454

庚戌卜：子叀（惠）⿰（發）乎（呼）見（獻）丁，眔大亦 ⿱。用。戾。
一

庚戌卜：丁各。用。夕。　一

庚戌卜：丁各。用。夕。　二三　《花東》475

庚戌卜：隹（唯）王令（命）余乎（呼）⿱，若。　一　《花東》420

弜乎（呼）⿰（發）⿱。　一

乎（呼）崖 ⿱。不用。

乙亥卜：弜乎（呼）崖 ⿱。用。　一

乙亥卜：弜乎（呼）多宁（賈）見（獻）。用。　二　《花東》255

乙未卜：乎（呼）崖 ⿱見（獻）。用。　二

乙未卜：乎（呼）崖 ⿱見（獻）。用。　二　《花東》290

《初步研究》指出「⿱」跟「獻」多連言，〔註49〕由《花東》454 正反對貞可
知「⿱獻」可省作「⿱」，或者「⿱」、「獻」是兩種相關的活動，舉一可以該
二，故「⿱」應該是某種包含進獻活動的禮儀，多呼令臣下辦理。花東卜辭還
有「面獻」的例子：

辛亥卜：子呂（以）帚（婦）好入于狀。用。　一

辛亥卜：子攽（肇）帚（婦）好⿰（琡），生（往）⿳。才（在）狀。
一二

辛亥卜：乎（呼）崖⿰（面）見（獻）于帚（婦）好。才（在）狀。用。
一　《花東》195

〔註48〕《花東・釋文》將「用不率」看作命辭的一部分，其後學者多認爲是用辭，《初步
研究》有詳論，可參。（頁 86～88）

〔註49〕《初步研究》，頁 87。

從句法上看「面獻」與「∗獻」應爲類似的意義。黃天樹先生曾指出《花東》195 的「∗」字爲「面」，並將「面見于婦好」解釋爲「面謁見於婦好」，〔註50〕而《初步研究》進一步指出，從《花東》113.15「面多尹四十牛妣庚」與《花東》113.17「晉多尹四十牛妣庚」來看，「面」也可能爲一種用牲法。〔註51〕雖然∗字的解釋目前尚無定論，至少可以肯定∗爲某種與進獻禮儀有關的動詞，用法與花東卜辭中的「∗（面）」類似。至於∗字《釋文》未作解釋，《初步研究》指出《花東》372 的「己酉卜：子帚（寢）∗」或與本版的「子∗∗」有關，「∗」與「帚（寢）」可能同音相通，故「∗」爲處所詞。〔註52〕然由於辭例不足，並無法確定「∗」與「帚」是否同字。而韓江蘇先生認爲「子∗」是人名，也僅爲推測。〔註53〕事實上，「∗」字的解釋並不影響對「巳」字解釋，因此本文對「∗」字暫存疑待考。

另外，朱歧祥先生修正《校釋》的釋文，以爲《花東》391 爲特殊的正反對貞句型，釋讀爲「己巳卜：子∗燕？用。」與「弜巳（祀），∗燕？」對貞，認爲肯定句中省略了「巳（祀）」字，又說「此類複句正反對貞句例罕見」。〔註54〕依此說，正面肯定句應爲「子巳（祀），∗燕。」此推論有其合理性，但在正反對貞句型的肯定句中省略主要卜問內容的例子確實非常罕見，因此本文認爲，若釋「巳」爲虛詞，則爲一般的正反對貞句型，且卜辭中有不少同類句型可互相參照，應不須視爲特例。最近洪颺先生又提出一種看法，認爲本版與《花東》446「弜巳速丁」的「巳」是「時間名詞狀語」，如同《花東》196「日用馬」、「弜日用馬」之例，〔註55〕應該是認爲這兩版的「巳」表示於「巳日」進行「∗∗」、「速丁」的活動。本文認爲「巳」非「時間名詞」，詳下文「《花東》13」。

至於「巳」是否能釋爲「祀」或「改」，由於《花東》391 與《花東》34

〔註50〕〈花園莊東地甲骨中所見的若干新資料〉，《黃天樹古文字論集》，頁 60。

〔註51〕《初步研究》，頁 164。

〔註52〕《初步研究》，頁 345。

〔註53〕韓江蘇，《殷墟花東 H3 卜辭主人「子」研究》（北京：線裝書局，2007），頁 210。

〔註54〕朱歧祥，〈論花園莊東地甲骨的對貞句型〉，《中國文字》新 31 期（2006），頁 14。

〔註55〕洪颺，〈花園莊東地甲骨的否定副詞〉，《中國文字研究》（鄭州：大象出版社，2007）第 9 輯，頁 267。

句型相同，「巳」不應釋爲「祀」或「改」，理由見前文。

二、存疑待考者

（一）《花東》13

《花東》13 的「巳」字詞性不易判別，辭例如下：

甲午：歲且（祖）甲牝〔註56〕一，子祝。才（在）🐾。　一

乙未：歲且（祖）乙牝一，子祝。才（在）🐾。　一二

弜巳祝，叀（惠）之用于且（祖）乙。用。　一二

叀（惠）子祝，歲且（祖）乙牝。用。　一二　《花東》13

此「巳」各家釋文均未說明釋爲何字，曾小鵬曾討論《花東》13 的內容，指出：

> 頭兩句是問「用一頭牡來歲祭祖甲嗎。由子來祝。」句義重心在前
> 一句，試比較第四句，在子前加叀字強調，使貞問的重點落在「是
> 否要由子這個人來祝」上了。而第三句是賓語提前句，……其中的
> 代詞「之」指上句提過的「牡」。〔註57〕

又認爲《花東》13 的「巳」是「地支名」，〔註58〕可知他認爲「弜巳祝」應釋讀爲「不要在巳日祝」。「惠之用于祖乙」前的「弜巳祝」如何解釋，影響到對本版卜問內容的理解。關於「弜巳祝」的例子，若由王卜辭中的類似辭例來看，除前引《合》30757外，也有其他例子：

〔註56〕《花東·釋文》認爲此字從「上」，即將🐾（牡）之「上」橫書，故仍作「牡」。（頁1563）《校釋》、《初步研究》亦釋爲「牡」，《校釋總集·花東》釋爲「𤘑」。《校勘》認爲所謂橫書「上」應該都是「七」，花東卜辭中的🐾字都應釋爲「牡」（頁8），說又見《殷墟花園莊東地甲骨·釋文》校勘記（一）〉，頁522。張世超先生也有同樣看法，並指出此字有🐾、🐾二形，由後者𠂉與腹平形之筆畫作弧形，而前者𠂉與腹平形之筆畫雖是直畫，象牡勢筆畫下垂也不同於「上」，另外也舉出辭例上的證據，詳見張世超，〈花東卜辭祭牲考〉，《南方文物》2007.2，頁94～95。本文從趙、張二位先生之說，釋爲「牡」。

〔註57〕曾小鵬，《《殷墟花園莊東地甲骨》詞類研究》（重慶：西南大學碩士論文，喻遂生先生指導，2006），頁13。

〔註58〕《《殷墟花園莊東地甲骨》詞類研究》第三章「花東詞表」，頁47。李靜也認爲花東卜辭中的「𠃌」有假借爲干支名的用法，見《《殷墟花園莊東地甲骨》文字研究》（重慶：西南大學碩士論文，喻遂生先生指導，2006），頁66。

弜巳兄（祝），于之若。

其祝，在匕（妣）辛有正。　　《合》27553

弜巳兄（祝）。

兄（祝）一牛。　　《合》30758

其「巳」在句中都作虛詞，但《花東》13 的「巳」未必能釋爲虛詞。以下將卜辭編號說明：

（1）乙未：歲且（祖）乙牡一，子祝。才（在）𣥁。　一二

（2）弜巳祝，叀（惠）之用于且（祖）乙。用。　一二

（3）叀（惠）子祝，歲且（祖）乙牡。用。　一二

此三條卜辭中，（2）與（3）並非對貞，而是對（1）的進一步卜問，即（1）、（2）、（3）針對同事而卜，（2）、（3）是（1）卜問的延伸，且（2）、（3）的卜問結果都是「用」。若將（2）的「巳」解釋爲「祀」，則不易解釋的是（2）之前出現的事項只有「歲祖乙牡」與「子祝」，並無卜問「祀祝」或「弜祀」。然而，若（2）中「弜巳祝」的「巳」爲虛詞，則本版未見與之對貞的正面卜問，無法透過對貞之肯定句內容推測「巳」的詞性，又（2）、（3）皆承（1）而卜問，若「巳」爲虛詞，則（2）卜問不要由子祝，（3）卜問要由子祝，兩者相反而卜問結果都是「用」，也無法得到合理的解釋。故本文對此「巳」暫存疑待考。

　　至於「巳」是否如曾先生所說爲地支名，前文曾提到卜辭干支名「巳」皆借「子」爲之，花東卜辭之干支名「巳」亦皆作𡥀、𡥀等形，與諸𢀑字用法明顯有別。而孟琳舉《花東》549 爲例認爲花東卜辭的𢀑有作干支用者，〔註59〕實爲沿襲《花東·釋文》之誤，《花東》549 爲「戊申：子于己□𠥓」，《校釋》與《初步研究》皆已指出《釋文》將「己」誤植爲「巳」。〔註60〕若對照拓片，可知確爲「己」字，並不作𢀑。此外，甲骨文中是否有地支記日的現象，宋鎮豪先生曾舉例證明，其後黃天樹先生、常玉芝先生亦陸續補充數例，包括金文

〔註59〕孟琳，《《殷墟花園莊東地甲骨》詞滙研究》（重慶：西南大學碩士論文，喻遂生先生指導，2006），頁44。

〔註60〕《校釋》，頁1045；《初步研究》，頁378。

二例，共計三十四例，〔註61〕然而，目前所知所有地支記日的例子中，「巳」日僅見於《合》1934、21021〔註62〕、22046、32559、40521+5468〔註63〕、《甲骨綴合新編》706、「麥方尊」，除周初的「麥方尊」外，卜辭地支記日的「巳」皆作「子」形。因此若將《花東》13 之「巳」釋為地支名則為孤例，難以成立。

此外，《校釋總集・花東》對（2）的斷句異於其他三家，為「弜巳，祝更之，用于祖乙。用」由於該書釋文採寬式，且全書內容不涉及文字考釋，因此不知其將「巳」釋為何字，但此釋讀與李學勤先生的斷句法相同，李先生釋「弜巳」之「巳」為改，並一律在「弜巳」後斷句，〔註64〕不知《校釋總集・花東》是否採用李說。誠如前舉曾小鵬的解釋，「更之用于祖乙」卜問內容強調是否用前面提到的犧牲祭祀祖乙，故此句中間不應點斷，卜辭中亦有類似句型「惠雨奉于」（《合》34271）。若釋「巳」為「改」並於「弜巳」後斷句，則可套用李先生的觀點，斷為「弜巳，祝，更之用于祖乙。用」可譯為「不要更改，仍然行祝，用前面提到的犧牲祭祀祖乙嗎。採用此卜。」如此不僅可通讀卜辭，還能符合（2）、（3）卜皆被採用的情況。然而，此釋讀之成立還是必須建立在甲骨文中的「巳」字確能考釋為「改」的前提下，本文無力解決此問題，僅能推測（2）中的「巳」有釋為「改」的可能性，仍有待進一步考證。

綜上所述，《花東》13 的「巳」不能釋為地支名，至於應釋作「祀」還是語氣副詞，無法得出肯定的答案，而釋作「改」則需進一步考證，因此本文對《花東》13 的「弜巳」只能存疑待考。

〔註61〕詳見宋鎮豪，〈試論殷代的記時制度——兼論中國古代分段記時制度〉，《殷都學刊》編輯部，《全國商史學術研討會論文集》（河南：《殷都學刊》編輯部，1985），頁304～305。黃天樹，〈甲骨文中所見地支記日例〉，《黃天樹古文字論集》。原刊於《中國語文研究》第 10 期（香港：香港中文大學，1992）。常玉芝，《殷商曆法研究》（吉林：吉林文史出版社，1998），頁 93～95。

〔註62〕此片為《乙》12+303+366+478，蔣玉斌先生指出乙 366 為誤綴，見《𠂤組甲骨文獻的整理與研究》（長春：東北師範大學碩士學位論文，董蓮池先生指導，2003），頁9。

〔註63〕蔡哲茂，《甲骨綴合集》（台北：樂學書局，1999），第 74 組。

〔註64〕詳見〈釋「改」〉，《中國古代文明研究》，頁 17～18。

（二）《花東》446

《花東》446 的「巳」作何解也不易確定。辭例如下：

乙卜：弜巳盍（速）丁。

壬卜：弜巳盍（速）丁。　一

壬卜：丙（丙）盍（速）丁。　一　《花東》446

《初步研究》指出此「弜巳速丁」的占卜「是爲是否『速丁』即召請商王武丁來至子處而貞卜」，〔註65〕推測《初步研究》可能認爲「巳」爲虛詞。要通讀這幾條卜辭涉及諸多問題，包括「盍」、「丙」二字的解釋，目前學者意見分歧，本文同意陳劍先生釋盍爲「速」，義爲「召請」的看法，而丙字則探沈培先生的意見，釋爲「丙日」。〔註66〕

花東卜辭中有不少關於「速丁」的占卜，若解釋爲「召請丁」，似能整理出一系列與會見商王之禮儀有關的記載，〔註67〕《花東》420 精簡的記錄了整個過程：

壬子卜：子丙（丙）盍（速）。用。〔丁〕各，乎（呼）畲（飲）。　一二
《花東》420

命辭是卜問子是否於丙日召請丁，而驗辭指出丁確實來了，並且舉行了「飲」的活動。〔註68〕其中提到的每個程序，花東卜辭中都有各別的卜問，如：

辛卜：其盍（速）丁。　二

〔註65〕《初步研究》，頁 169。

〔註66〕詳見陳劍，〈說花園莊東地甲骨卜辭的「丁」——附：釋「速」〉，《故宮博物院院刊》2004.4。關於盍字的解釋，《花東・釋文》在《花東》90 解釋中認爲該辭的盍與《花東》37 的「見」，《花東》180 的「殷」字義相近，見頁 1596。其後韓江蘇先生支持《釋文》說法，認爲花東卜辭中的盍應爲貢納、進獻義，見《殷墟花東 H3 卜辭主人「子」研究》，頁 139～144。《校釋》還有另一種說法，見於 501 片下，認爲「盍」字可能是「武」，則「盍丁」爲「武丁」，又於 288 片下認爲「子盍」和「丁」可能是一人的異稱，並註明「存疑待考」，見頁 1044、1016。至於丙字，《釋文》、《校釋》在 294 片的解釋中皆認爲是人名，韓江蘇先生亦有論證。按：「盍」字本文從陳說，「丙」字相關討論見正文第三章第二節。

〔註67〕按：正文第二章第一節對相關卜辭有進一步整理。

〔註68〕《初步研究》認爲「丁各，呼飲」爲驗辭（頁73）。本文從之。

　　　弓盘（速）丁。　　二　　《花東》124

除了卜問是否速丁，也有分別針對速丁後丁各、不各，以及不速丁的狀況進行卜問，如：

　　　甲午卜：子盘（速），不其各。子曰（占）曰：不其各，乎（呼）鄉（饗）。用。否且（祖）甲彡。　　一二

　　　甲午卜：丁其各。子叀（惠）俳𠂤（琡）攵（肇）丁。不用。否且（祖）甲彡。　　三　　《花東》288

　　　乙卯卜：子其自畜（飲），弓盘（速）。用。　　一二

　　　乙卯卜：子其畜（飲），弓盘（速）。用。　　三　　《花東》454

《花東》454 是卜問不速丁則是否「自飲」，速丁後的狀況有丁各或不各，如《花東》288 卜問的是不各後是否舉行「饗」的活動。值得注意的是丁各後有「俳琡肇丁」的卜問，「肇」字有致送之義，〔註69〕可能丁來後會接著舉行前文所提到的舟禮。

　　花東卜辭中速丁的卜問伴隨著一連串相關事宜的卜問，是殷禮研究的第一手資料。魏慈德先生的「花東卜辭同文例號碼表」第 46 組指出 294.7、420.5、475.10（即上引卜辭有「子丙速」者）為同事異卜同文例，〔註70〕《初步研究》進一步將《花東》294、420、475 三版內容繫聯，又加入《花東》446、454，認為從內容看為一時所卜。〔註71〕若檢視這幾版龜甲的大小，會發現《花東》294、420、454、475 四版長度在 19 到 21 公分之間，有可能是選用大小接近的腹甲占卜同事，而《花東》446 明顯較此四版大。〔註72〕若將此五版中有關速

〔註69〕詳見方稚松，《殷墟甲骨文五種記事刻辭研究》（北京：首都師範大學博士論文，黃天樹先生指導，2007），頁 37～52。

〔註70〕《殷墟花園莊東地甲骨卜辭研究》，頁 160。

〔註71〕《初步研究》，頁 169～170、406。

〔註72〕《花東》146、179、467 三版大小接近，劉一曼、曹定雲二位先生曾以之為例，指出：「當時的占卜，對日期接近、卜問事類相同，常常選用尺吋近似的龜甲作占卜的材料。」見〈殷墟花東 H3 卜辭中的馬──兼論商代馬匹的使用〉，《殷都學刊》2004.1，頁 7。但陳佩君小姐對花東卜辭的同卜事件作了仔細的整理後，認為雖然王卜辭中有此現象，花東卜辭中仍有選用不同大小的龜版占卜同事之例。詳見〈由花東卜辭的同卜事件看同版、異版卜辭的關係〉，輔仁大學中國文學系、中國文字

丁的辭例繫聯，可看出從辛亥日、壬子日到乙卯日連續卜問丙辰日要不要速丁的事件，《初步研究》已有繫聯結果，茲節引如下（將卜辭重新編號以利說明）：

（1）庚戌卜：子乎（呼）多臣 𢀛 見（獻）。用。不率。　一

（2）庚戌卜：弜乎（呼）多臣 𢀛 。　一　　《花東》454

（3）庚戌卜：隹（唯）王令（命）余乎（呼）𢀛 ，若。　一　　《花東》420

（4）庚戌卜：子叀（惠）發乎（呼）見（獻）丁，眔大亦 𢀛 。用。昃。
　　　一

（5）庚戌卜：丁各。用。夕。　一

（6）庚戌卜：丁各。用。夕。　二三　　《花東》475

（7）辛亥卜：丁曰：余不其生（往）。母（毋）𥄉（速）。　一

（8）辛亥卜：子曰：余丙𥄉（速）。丁令（命）子曰：生（往）眔帚（婦）好于夐（夒）麥。子𥄉（速）。　一　《花東》475

（9）壬子卜：子丙（丙）𥄉（速）。用。〔丁〕各，乎（呼）畬（飲）。
　　　一二　　《花東》420

（10）壬子卜：子弜𥄉（速），乎（呼）畬（飲）。用。　一　《花東》475

（11）壬卜：弜巳𥄉（速）丁。　一

（12）壬卜：丙（丙）𥄉（速）丁。　一　《花東》446

（13）乙卯卜：子其自畬（飲），弜𥄉（速）。用。　一二

（14）乙卯卜：子其畬（飲），弜𥄉（速）。用。　三　《花東》454

（15）乙卯卜：子丙𥄉（速）。不用。　一二

（16）乙卯卜：歲且（祖）乙牢，子其自，弜𥄉（速）。用。　一二　《花東》294

（17）乙卜：弜巳𥄉（速）丁。　　《花東》446

由此可知，「速丁」牽涉一套禮儀過程，《花東》446 很可能也是針對是否要速

學會主辦，《第十八屆中國文字學國際學術研討會論文集》（台北：輔仁大學，2007年 5 月 19～20 日），頁 143。

丁的卜問，「巳」可釋爲虛詞。然而，《花東》446 的「弜巳」並非出現在對貞句型中，與《花東》13 一樣，無法透過對貞之肯定句內容推測「巳」的詞性。然而若釋「巳」爲「祀」，則召請武丁之前還需一番祭祀，也不合情理。至於釋爲「改」，從壬日與乙日的卜問中似有解釋空間。從（9）的驗辭可知，子確實於丙日召請武丁，武丁也來到子處。而（9）、（10）是在丙日之前的壬日對是否召請武丁的卜問，由於速丁與不速丁用辭皆爲「用」，結果矛盾，故再次對速丁作卜問，即（11）卜問「不更改，仍要速丁」。或許子對丙日是否速丁一直猶豫不決，於丙日前一日再度卜問，即（13）、（14）、（15）、（16），結果是不速丁被採用，但子仍不放心，故又再次卜問「不更改，仍要速丁」，即（17）。如此解釋亦僅爲推論，如前文《花東》13 末段所述，卜辭「巳」是否可釋爲「改」，仍有待進一步考證。

綜上所述，對《花東》446 的「巳」的解釋，本文認爲釋爲語氣副詞或「改」各有其可能性，但都僅爲推論，尚有無法解釋之處，故本文不敢妄作評斷，暫存疑待考。

三、用作動詞的「巳」

（一）《花東》324

《花東》324 相關辭例如下：

己亥卜：弜巳（祀）〔馳〕眔臽黑。　一

己亥卜：子叀（惠）今⊿用，隹（唯）亡𢦏。　一　　《花東》324

《花東》324 的「弜巳〔馳〕眔臽黑」一句，《花東・釋文》作「弜巳（祀）〔馳〕庚□□莫」，《校釋》作「弜巳（祀）〔馳〕〔妣〕庚，□〔至〕莫」，對缺字的看法與《花東・釋文》不同。《初步研究》指出「庚」與缺文應爲「眔臽」二字，拓片尚可辨認，「莫」應爲「黑」。《花東》352 有「于臽黑𠂇（左）□」，「臽黑」即「臽之黑馬」。〔註73〕另外，《花東》259 有「辛巳卜：子惠賈視用逐。用。獲一鹿」可知「賈視」指某種用於田獵的馬，〔註74〕而《花東》352「于臽黑𠂇（左）□」同版出現「于賈視」，也可推測「臽黑」、「賈視」可能

〔註73〕《初步研究》，頁 330。

〔註74〕〈殷墟花東 H3 卜辭中的馬──兼論商代馬匹的使用〉，《殷都學刊》2004.1，頁 8。

都指馬。花東卜辭中還有「龂麤」一詞：

　　庚子卜：才（在）〔我〕：且（祖）□其眔龂麤。　一

　　隹（唯）龂麤子。不用。〔註75〕　一　《花東》467

「麤」在花東卜辭中多用爲犧牲，〔註76〕龂麤即龂送來的麤。龂是常見於卜辭中的人、地、族名，商王也有向龂取馬的例子，如：「□辰卜，㞢貞：呼取馬于龂，以。三月。」（《合》8797正）

　　綜上所述，可知《花東》324「弜祀〔馳〕眔龂黑」的「巳」應爲祭祀動詞「祀」，「馳」與「龂黑」爲名詞，爲賓語，可釋讀爲「不要用馳及龂之黑馬祀」，「巳」後不需斷句。

（二）《花東》449

《花東》449辭例如下：

　　甲戌：歲且（祖）甲牝，祝彡。　二

　　乙亥：弜巳（祀）叙、盅龜于室。用。　一

　　乙亥：歲且（祖）乙，〔雨〕卯（禦），舌彡牢牝一。　一《花東》449

「叙」字亦見於《花東》247，《花東·釋文》採用于省吾之說，認爲「叙」通「肄」，〔註77〕于氏認爲「叙」即「肄」，通「肆」，在卜辭中多見「叙鼚」一詞，意爲「延長福祉」。〔註78〕「叙」在本辭或可解釋爲祭祀動詞，但卜辭中「叙」字還有其他用法：

　　貞：其令乎（呼）射麋、叙。

　　□卜，何□彡祖辛。　　《合》27255

　　白牛叀（惠）二，又正。

　　白牛叀（惠）三，又正。　大吉

　　叀（惠）白牛、犬，又正。　大吉

〔註75〕《初步研究》認爲從行款看也可能是「子唯龂麤。不用」（頁366）。

〔註76〕詳見劉一曼，〈花園莊東地H3祭祀卜辭研究〉，《三代考古（二）》（北京：科學出版社，2006），頁37。

〔註77〕《花東·釋文》，頁1660。

〔註78〕于省吾，《甲骨文字釋林》（北京：中華書局，1979），頁49～51。

其叙，弜用。　　《合》29504

丁未卜：象來涉，其乎（呼）靡射。　吉

☑射叙。

己未卜：象，靡既其乎（呼）☑。　吉　《屯南》2539

《屯南》2539 的說明中指出：

> 從辭義看，叙當爲獸名。《説文》：「叙，脩豪獸。一曰河内名豕也。」
> 于省吾謂：「叙字象以手刷洗希畜豪毛之形。」（《駢》48～50 頁）。
> 〔註79〕

本辭的「叙」字也可解釋爲用於祭祀的動物。

「盀龜」一詞還見於《花東》450：「子往于（）（），肇子丹一、盀龜二。」

《校釋》認爲或與《合集》8996 正的龜字相同，〔註80〕其辭例如下：

> ☑貞：〔光〕☑來。王☑隹（唯）來。五☑允至，以龜：龜八、龜五百
> 十。四月。　二　小（）　《合》8996 正

《詁林》按語中曾指出此字可能是「盀」、「龜」合文，即盀地之龜。〔註81〕《初步研究》則舉出《合》16012 反還有「☑〔亥〕受盀龜」，並認爲：

> 卜辭有一個從「龜」從「盀」的字，辭例爲「以龜龜八，～五百十」，
> 裘錫圭先生認爲可能當讀爲「鼈」（《古文字論集》18~19 頁）。《花
> 東》449.7、450.3 和《合集》16012 反的「盀」也跟「龜」或「龜」
> 同見，也很可能該釋讀爲「鼈」。不過其字形畢竟不從「龜」，同時
> 「盀」字在第 1 期卜辭裏又常作地名（《古文字論集》頁 22~23 頁），
> 所以「盀龜」和「盀龜」係指「盀」地之「龜」和「龜」的可能性
> 似乎也難以完全排除。〔註82〕

方稚松先生則舉出《英》784 反「☑〔受〕自盀龜☑」，而曰：「由《英藏》這

〔註79〕中國社會科學院考古研究所編著，《小屯南地甲骨》（北京：中華書局，1980
　　　～1983）下冊第 1 分冊，頁 1024。

〔註80〕《校釋》，頁 1038。

〔註81〕《詁林》，頁 2657。

〔註82〕《初步研究》，頁 141。

一版『盥』前有『自』字看，『盥』當理解爲地名。」〔註83〕故「盥龜」釋爲「盥地之龜」較合理，「盥龜」與「𩰬」一樣是作爲祭牲的動物。

　　卜辭中的「室」字的含意，也可說明「弜巳𩰬、盥龜于室」的「巳」爲祭祀之義。如「大室」、「中室」、「盟室」、「司室」之類，均爲祭祀之所，亦有稱「大甲室」、「且（祖）丁室」者，爲廟中之室。〔註84〕關於卜辭中的「室」及其功用，陳夢家曾指出：「除小室外都是祭祀所在的宗室，大室則亦兼爲治事之所，如乙辛玉銘賞易於大室」。〔註85〕目前所見卜辭中稱「室」的建築有十二種，即「大室」、「中室」、「小室」、「南室」、「東室」、「西室」、「北室」、「新室」、「司室」、「盟室」、「𰻞室」、「文室」。〔註86〕除了陳夢家指出「帝小室」的「小室」應爲居所外，宋鎮豪先生認爲「新室」是統治者的居宅，也是宴饗之所，〔註87〕呂源則認爲《花東》3的「北室」也可能屬於寢殿性質，「東室」、「西室」可能是東廡、西廡中的房間。〔註88〕可知卜辭中的「室」包含祭祀、居住、治事、宴饗等功能，其中大部分爲祭祀場所。此外，方稚松先生也指出賓組骨面記事刻辭有「自室出」的辭例，應爲祭祀處所，或與《花東》449的室性質相近。〔註89〕

　　綜上所述，本版的「巳」也應釋爲祭祀動詞「祀」，與上文《花東》324的「弜祀〔馳〕眔甾黑」相同，「𩰬」與「盥龜」爲祭品，作爲動詞「巳」的賓語。「弜祀𩰬、盥龜于室」可釋讀爲「不要在室中用𩰬與盥之龜祀」。

伍、結　語

　　本文對《花東》13、34、391、446、324、449六版中的「弜巳」一詞作了初步的考察，認爲《花東》34、391的「巳」應爲表示否定語氣的副詞，《花東》

〔註83〕《殷墟甲骨文五種記事刻辭研究》，頁75。

〔註84〕《詁林》，頁1995。

〔註85〕陳夢家，《殷墟卜辭綜述》（北京：中華書局，2004），頁477。

〔註86〕《夏商社會生活史》上冊，頁85。

〔註87〕《夏商社會生活史》上冊，頁85。

〔註88〕呂源，《殷墟甲骨文建築詞彙初步研究》（北京：首都師範大學碩士論文，黃天樹先生指導，2006），頁9。

〔註89〕《殷墟甲骨文五種記事刻辭研究》，頁95。

13、446 的「巳」暫存疑待考，而《花東》324、449 的「巳」應爲「祭祀」之「祀」。

其中《花東》34、391 從對貞句型看，釋爲「祀」較不合理，而從用辭看，釋爲「改」亦難以成立。此外對此六例的相關的字、句進行初步的討論，以求通讀卜辭內容。而《初步研究》還提到《花東》286 的「弜若巳」作 ，「若」字頭部筆劃特異，可能是要刻寫「弜巳若」，卻誤將「巳」與「若」頭部相重，故將「巳」補刻於右邊，〔註90〕如此涉及「弜巳」者又多了一例。不過此推論雖合理，卻無法證實，故本文不討論此例。

在討論這幾版卜辭內容時，也發現《花東》34、391、446 三版有涉及殷禮的第一手資料，包括「再」、「獻」與「速」的相關禮儀，非常有史料價值。本文也作了簡要的說明。花東卜辭中的殷禮資料非常豐富，對其內容作詳細的釋讀，並與舊有卜辭中的相關記載比較，甚至配合先秦古籍中的禮儀資料作更進一步研究，都非常有意義。

〔註90〕《初步研究》，頁 188。

後　記

　　本書是由我的碩士論文修改而成，初稿完成於 2009 年 7 月，原先預計於 2010 年出版，當時由於俗事煩擾，便將校對工作擱在一邊，一晃眼就過了幾年，期間多了不少新資料、新說法，看到舊稿，實在不知該不該再作增補。幾經考慮，還是決定不修改內容，觀點與資料皆一仍其舊，僅對字、句進行校訂，就當作是對當時學思歷程的一種紀念。另外在目錄部分作了調整，原先的目錄中有一些註解與標示，說明同一人物見於不同類別的狀況，爲避免影響目錄頁的版面，移至本書第一章第三節介紹「章節架構」處。

　　另外，要再一次感謝我的指導教授蔡哲茂先生，以及當時的口試委員周鳳五先生與林宏明先生對拙文的批評與指正。尤其是蔡先生，無論是學業上還是生活上，他對學生總是無私的照顧與包容，跟隨老師多年，我受到的幫助與啓發，難以估計，身爲他的學生，我感到非常幸運。

　　最後，還要特別感謝首都師範大學的黃天樹先生。當年黃先生在臺大中文擔任客座教授，開設「古文字學專題討論」這門課時，我也是慕名而來的其中一人，黃先生的學問既博且精，課程內容精確詳實，講課毫無贅語冗詞，是一種純粹的知識傳授，讓我獲益匪淺，也對黃先生的學問與風範感到十分敬佩。而黃先生應允吾師蔡哲茂先生的請求，在百忙之中抽空爲拙文寫序並提出一些意見，對我而言更是莫大的鼓勵，謹在此向黃先生表達由衷的感謝。

古育安

2013 年 9 月 12 日於臺北木柵